BEST SELLER

Matthew Quick trabajó como profesor en Filadelfia antes de dejarlo todo para navegar durante seis meses por el Amazonas peruano, formar el círculo literario The Bardbarians, recorrer el sur de África con la mochila al hombro y, finalmente, trabajar a tiempo completo como escritor. Doctorado en escritura creativa por el Goddard College, actualmente vive en Filadelfia con su mujer y su galgo.

MATTHEW QUICK

Un final feliz

Traducción de
Carla Crespo Usó

DEBOLS!LLO

Título original: *The Silver Linings Playbook*

Tercera edición: marzo, 2013

© 2008, Matthew Quick
© 2013, Random House Mondadori, S. A.
  Travessera de Gràcia, 47-49. 08021 Barcelona
© 2013, Carla Crespo Usó, por la traducción

Printed in Spain – Impreso en España

ISBN: 978-84-9032-365-6
Depósito legal: B-28658-2012

Compuesto en M. I. maqueta, S. C. P.

Impreso en Liberdúplex,
Sant Llorenç d'Hortons (Barcelona)

P 3 2 3 6 5 6

Para Alicia: la raison

UNA INFINITA CANTIDAD DE DÍAS HASTA
MI INEVITABLE REUNIÓN CON NIKKI

No hace falta que levante la vista para saber que mamá me ha hecho otra visita sorpresa. Siempre lleva las uñas de los pies pintadas de rosa durante los meses de verano y reconozco el estampado de flores de sus sandalias de piel; son las que mamá se compró la última vez que me sacó del lugar malo y me llevó al centro comercial.

De nuevo, mamá me ha encontrado en albornoz, haciendo ejercicio en el jardín trasero sin nadie que me vigile. Sonrío porque sé que le gritará al doctor Timbers y le preguntará que para qué tengo que estar encerrado si luego se me va a dejar solo todo el día.

—¿Cuantas flexiones piensas hacer, Pat? —dice mamá cuando comienzo la segunda serie de cien sin haberle dirigido la palabra.

—A Nikki... le gustan... los hombres... con el torso... bien... trabajado —explico, pronunciando las palabras al ritmo de las flexiones y saboreando las saladas gotas de sudor que me entran en la boca.

Es agosto y hace calor; es perfecto para quemar la grasa.

Mamá me observa durante un minuto y lo que me pregunta a continuación hace que entre en estado de *shock*. Su voz tiembla un poco al decirme:

—¿Quieres venir a casa hoy conmigo?

Dejo de hacer flexiones, vuelvo la cara hacia mi madre y la observo a la luz del sol de mediodía. Sé que habla en serio porque parece preocupada, como si estuviera cometiendo un error, y yo sé que esa es la cara que pone mamá cuando ha dicho algo en serio. No está hablando como cuando parlotea durante horas o como cuando no está enfadada o asustada.

—Puedes venir a casa, siempre que prometas no ir a buscar a Nikki otra vez —añade—. Vendrás a casa y vivirás con tu padre y conmigo hasta que te encontremos un trabajo y un apartamento.

Continúo con mis flexiones, mantengo la vista fija en la hormiga negra y brillante que me está subiendo por la nariz, pero mi visión periférica también alcanza a ver cómo me cae el sudor y llega al césped.

—Pat, di que vendrás a casa conmigo. Yo cocinaré para ti, podrás visitar a tus viejos amigos y retomar tu vida. Por favor. Necesito que tengas ganas de hacerlo. Aunque solo sea por mí, Pat. Por favor.

Duplico las flexiones, siento mi torso desgarrándose, creciendo... Noto el dolor, el calor, el sudor y el cambio.

No quiero quedarme en el lugar malo, un sitio en el que nadie cree en la esperanza, el amor o los finales felices; un sitio en el que todo el mundo me dice que a Nikki no le gustará mi nuevo cuerpo y que no querrá verme cuando nuestro período de separación haya terminado. Pero también tengo miedo de que la gente que pertenecía a mi antigua vida no esté tan entusiasmada como yo estoy tratando de estar.

Aun así, necesito alejarme de los médicos deprimentes y de las feas enfermeras (siempre cargadas con vasos de cartón llenos de pastillas que parecen interminables) para poder pensar con claridad, y será mucho más fácil tratar con mamá que con estos profesionales. Por eso doy un salto, me pongo en pie y digo:

—Viviré contigo hasta que termine el período de separación.

Mientras mamá rellena todo el papeleo yo subo a mi habitación a darme una última ducha. Luego lleno mi bolsa de lana con mi ropa y una foto enmarcada de Nikki. Le digo adiós a mi compañero de habitación, Robbie, que simplemente me mira desde su cama (como hace siempre) mientras se le cae la baba por la barbilla como si fuera miel transparente. Pobre Robbie, con sus escasos mechones de cabello, su cabeza de forma extraña y su cuerpo flácido. ¿Qué mujer podría amarlo?

Me guiña un ojo. Lo interpreto como que me dice adiós y me desea buena suerte, así que yo le guiño los dos ojos para desearle el doble de suerte. Imagino que me entiende, ya que gruñe y se toca la oreja con el hombro como hace siempre que comprende lo que estás tratando de decirle.

El resto de mis amigos están en terapia musical; yo no acudo a esa terapia pues ciertas canciones a veces hacen que me enfade. Pienso que quizá deba despedirme de quienes me han hecho compañía mientras he estado encerrado, así que miro por la ventana de la clase y veo a mis chicos tocando la pandereta y cantando una de las canciones de los años sesenta y setenta que más le gustan a la hermana Nancy. Una canción que a través del cristal de la ventana resulta irreconocible. Veo cómo abren y cierran la boca y cómo mueven la cabeza al ritmo de la música; parecen tan felices que no deseo interrumpir su diversión. Odio las despedidas.

Vestido con su abrigo blanco, el doctor Timbers me está esperando cuando me reúno con mi madre en la recepción, que tiene tres palmeras entre los sofás y los sillones, como si el lugar malo se encontrase en Orlando en vez de en Baltimore.

—Disfruta la vida —me dice con mirada solemne mientras me da la mano.

—Lo haré en cuanto termine el período de separación —respondo, y en ese momento su cara se oscurece como si hubiera dicho que voy a matar a su mujer, Natalie, y a sus tres hijas rubias, Kristen, Jenny y Becky. Su expresión se agrava porque no cree en la esperanza y parece que sea su trabajo transmitir apatía, negatividad y pesimismo incesantemente.

Pero yo me aseguro de que comprenda que ha fracasado en su intento de infectarme con sus teorías depresivas de la vida y que estaré esperando con ganas el momento de que termine el período de separación.

—Imagíneme patinando —le digo al doctor Timbers. Es lo que Danny (mi único amigo negro en el lugar malo) me dijo que iba a decirle al doctor Timbers cuando le dejaran salir. Me siento un poco mal por robarle la frase, pero funciona, lo sé porque el doctor Timbers entorna los ojos como si le hubiera golpeado en la barriga.

Mientras mamá conduce por Maryland y Delaware y pasamos frente a un montón de locales de comida rápida y de *striptease*, me explica que el doctor Timbers no quería dejarme salir del lugar malo, pero que con la ayuda de unos cuantos abogados y de la novia de su terapeuta (el hombre que ahora será mi nuevo terapeuta) emprendió una batalla legal y logró convencer a algún juez de que ella podía cuidar de mí, así que le doy las gracias.

En el momento en que estamos cruzando el puente Delaware Memorial se vuelve hacia mí y me pregunta si quiero ponerme bien.

—Quieres ponerte bien, ¿verdad, Pat? ¿Verdad?

Yo asiento y le digo:

—Sí que quiero.

Enseguida entramos en New Jersey.

Mientras conducimos por la avenida Hadon hacia el corazón de Collingswood (mi ciudad natal) me doy cuenta de que parece un lugar diferente. Hay muchas *boutiques* y restaurantes nuevos que parecen caros, y extraños bien vestidos paseando por las aceras. Hay tantas cosas diferentes que me pregunto si realmente es mi ciudad natal. Empiezo a sentirme ansioso y a respirar con dificultad; a veces me pasa.

Mamá me pregunta qué es lo que va mal y cuando se lo digo me promete que mi nuevo terapeuta, el doctor Patel, conseguirá que me sienta normal en muy poco tiempo.

Cuando llegamos a casa voy directo al sótano y es como si

fuera Navidad. Encuentro lo que mi madre tantas veces me había prometido: un banco de musculación, unas pesas, una bicicleta estática y el Stomach Master 6000 (el que en tantas ocasiones había visto de noche por televisión y había deseado durante toda mi estancia en el lugar malo).

—¡Gracias, gracias, gracias! —le digo a mamá mientras le doy un gran abrazo con el que la levanto del suelo y le hago dar una vuelta en el aire.

Cuando la dejo en el suelo, sonríe y me dice:

—Bienvenido a casa, Pat.

Me pongo a trabajar enseguida, alternando series de flexiones, ejercicios, abdominales con el Stomach Master 6000, sentadillas, horas en la bicicleta y sesiones de hidratación (trato de beber dos litros de agua al día). Luego está la escritura. Normalmente son mis memorias diarias, como esta, para que Nikki pueda leer lo que he hecho y pueda saber qué ha sido de mi vida desde que comenzó el período de separación. Mi memoria empezó a empeorar en el lugar malo a causa de las drogas que me daban, así que comencé a escribir todo lo que hacía para saber qué contarle a Nikki cuando nuestro período de separación terminase y para ponerla al día de mi vida. Pero los médicos del lugar malo me confiscaron todo lo que había escrito antes de venir a casa, así que he tenido que volver a empezar.

Cuando finalmente salgo del sótano me doy cuenta de que las fotos de Nikki y mías ya no están en las paredes ni en la repisa de la chimenea.

Le pregunto a mi madre qué ha pasado con las fotos. Me dice que unas semanas antes de que yo volviera nos robaron y que se llevaron las fotos. Le pregunto que para qué querría un ladrón fotos de Nikki y mías, y mamá me explica que todas las fotos estaban puestas en marcos muy caros.

—¿Y por qué no se llevaron los ladrones el resto de las fotos de la familia? —pregunto.

Me dice que los ladrones se llevaron todos los marcos caros, pero que como tenía los negativos del resto de las fotografías familiares las reemplazó.

—¿Por qué no reemplazaste las fotos de Nikki y mías? —le pregunto.

Mamá me dice que no tenía los negativos porque los padres de Nikki habían pagado las fotos de la boda y solo le habían dado a mi madre copias de las fotos que le gustaban. Las otras fotos que teníamos y que no eran de la boda también se las había dado Nikki, y como ahora no podíamos estar en contacto con ellos por el período de separación no podía pedirles los negativos.

Le digo a mi madre que si el ladrón vuelve le romperé la rótula y lo sacudiré hasta que no le quede un soplo de vida. Ella me dice:

—Ya lo creo que lo harías.

Mi padre y yo no hablamos ni una sola vez durante la primera semana que estoy en casa, lo cual no es nada sorprendente ya que siempre está trabajando; él es el director de la empresa Big Foods, en el sur de Jersey. Cuando papá no está en el trabajo está en su estudio leyendo novelas históricas (normalmente novelas sobre la guerra civil). Mamá dice que necesita tiempo para acostumbrarse a tenerme en casa otra vez, y yo estoy feliz de darle ese tiempo, pues da un poco de miedo hablar con él. Recuerdo cómo me gritó la única vez que me visitó en el lugar malo. Dijo cosas horribles sobre Nikki y la esperanza. Veo a papá en los pasillos de casa, por supuesto, pero no me mira al pasar.

A Nikki le gusta leer y, como siempre ha querido que leyera, empiezo a hacerlo para poder participar en las conversaciones de aquellas cenas en las que yo permanecía callado en el pasado. Aquellas conversaciones con los amigos literatos de Nikki, unos profesores de inglés que creen que soy un bufón inculto. De hecho, así es como me llamaba un amigo de Nikki cuando bromeaba con él por ser tan bajito.

—Al menos yo no soy un bufón inculto —solía decirme Terry, y Nikki se reía sin parar.

Mamá es socia de la biblioteca, así que saca libros para mí ahora que estoy en casa y puedo leer lo que quiera sin que el doctor Timbers (quien, por cierto, hablando de libros, es un poco fascista) tenga que controlarlos. El primero que leo es *El Gran Gatsby.* Me lo termino en tres noches.

La mejor parte es la introducción, que explica que la novela trata sobre el tiempo y que no se puede volver atrás, y así es como me siento yo respecto a mi cuerpo y al ejercicio, pero aún quedan una cantidad infinita de días hasta mi inevitable reunión con Nikki.

Cuando leo la historia en sí (lo mucho que Gatsby ama a Daisy pero nunca puede estar con ella por más que lo intente) me dan ganas de romper el libro en pedazos y llamar a Fitzgerald y decirle que su libro está del todo equivocado, a pesar de que sé que Fitzgerald probablemente haya fallecido. En especial cuando Gatsby cae muerto en la piscina la primera vez que va a nadar en todo el verano, o cuando Daisy ni siquiera va a su funeral, o cuando Nick y Jordan separan sus caminos y Daisy termina con el racista de Tom, cuya necesidad por el sexo básicamente asesina a una mujer inocente. Se podría decir que Fitzgerald nunca se dedicó a mirar las nubes al atardecer, porque no hay ningún rayo de esperanza al final del libro, si me permitís que lo diga.

Comprendo el motivo por el que a Nikki le gustaba esta novela, está muy bien escrita. Pero el hecho de que le gustara me preocupa ya que significaría que Nikki no tiene esperanza, pues siempre decía que *El Gran Gatsby* era la mejor novela escrita por un americano, y fijaos cómo acaba. Aunque estoy seguro de una cosa: Nikki estará orgullosa de mí cuando le diga que he leído su libro favorito.

También le daré otra sorpresa: voy a leer todas las novelas que se estudian en su clase de literatura, para que esté orgullosa y para que sepa que realmente estoy interesado en lo que le gusta y que vea que estoy haciendo un esfuerzo real por salvar nuestro matrimonio. Así podré hablar con sus ostentosos amigos y decir cosas como: «Tengo treinta años. O sea, que me sobran cinco años para mentirme a mí mismo y llamarlo honor», que es lo que dice Nick hacia el final de la famosa novela de Fitzgerald, aunque a mí también me sirve la frase. Me sirve porque yo también tengo treinta años, así que cuando diga la frase pareceré realmente listo. Estaremos hablando en medio de una cena, y la referencia hará que Nikki sonría y empiece a reír, pues estará sorprendida de que yo haya leído *El Gran Gatsby*. Al menos eso es parte de mi plan, soltar esa frase cuando menos se lo espere para «dejar caer el conocimiento», como diría mi amigo negro Danny.

Dios, no puedo esperar.

NO PREDICA EL PESIMISMO

Mi trabajo se ve interrumpido a mediodía cuando mamá baja al sótano y me dice que tengo una cita con el doctor Patel. Le pregunto si puedo ir más tarde, ya que tengo que completar mis ejercicios, pero mamá contesta que tendré que regresar al lugar malo de Baltimore si no voy a las reuniones con el doctor Patel, e incluso cita la sentencia del juez y me dice que puedo leerla si no la creo.

Así que me doy una ducha y mamá me lleva al consultorio del doctor Patel, que está en la primera planta de una gran casa en Voorhees, justo al salir de la carretera Haddonfield-Berlin.

Cuando llegamos me siento en la sala de espera mientras mamá rellena más papeles. Por lo menos se habrán talado diez árboles para poder escribir toda la documentación sobre mi salud mental. Nikki odiaría eso; ella se preocupa mucho por el medio ambiente y cada Navidad me regalaba un árbol de la selva (en realidad era un trozo de papel en el que decía que un árbol era mío). Ahora me siento mal por haberme burlado de esos regalos. Nunca más me burlaré de la destrucción de la selva cuando Nikki regrese.

Mientras me siento ahí, pasando las páginas de la revista *Sports Illustrated*, al tiempo que escucho el hilo musical de la sala de espera, me doy cuenta de que cuando están sonando esas encantadoras flautas, de repente, sin previo aviso, se oye: «La la laaa... la la laa... la la laaa... la laa la laaa». Es la canción: «My Cherie Amour». Y entonces me levanto del asiento gritando, tirando las sillas, cogiendo montones de revistas que estampo contra la pared, y chillando:

—¡No es justo! ¡No toleraré estos trucos! ¡No soy una cobaya!

Y en ese momento, un pequeño hombre indio (quizá de un metro y medio de altura), que lleva un jersey de punto, pantalones de vestir y zapatillas de tenis blancas y brillantes, me pregunta con mucha calma qué es lo que sucede.

—¡Quite esa música! —grito—. ¡Quítela! ¡Ahora!

El hombre diminuto es el doctor Patel, o al menos esa es la impresión que me da cuando le dice a la secretaria que quite la música y ella obedece. Stevie Wonder sale de mi cabeza y dejo de gritar.

Me tapo la cara con las manos para que nadie me vea llorar y, al cabo de un minuto o dos, mi madre empieza a frotarme la espalda.

Hay mucho silencio. El doctor Patel me pide que vaya con él a su despacho. Lo sigo a regañadientes mientras mamá ayuda a la secretaria a recoger el desastre que he organizado.

Su despacho es extrañamente acogedor. Hay dos sofás reclinables colocados el uno frente al otro, y plantas que parecen arañas (llenas de largas hojas verdes y blancas) cuelgan desde el techo y enmarcan la ventana tras la cual se puede ver un jardín lleno de flores. Pero en la habitación no hay nada más excepto una caja de pañuelos que está en el suelo junto a los sofás. El suelo es de una madera de color amarillo brillante y el techo y las paredes están pintados como si fueran el cielo. Por todo el despacho veo lo que parecen nubes de verdad; lo tomo como una buena señal, pues me encantan las nubes. Hay una sola lámpara colgando del techo, y vista desde abajo parece una tarta de vainilla, pero me doy cuenta de que el trozo de techo que hay alrededor de la lámpara está pintado como si fuera el sol y cálidos rayos salieran del centro.

Tengo que admitir que me tranquilizo en cuanto entro en el despacho del doctor Patel. Ya no me importa haber oído la canción de Stevie Wonder.

El doctor Patel me pregunta en qué sillón reclinable prefiero sentarme. Elijo el negro en vez del marrón e inmediatamente me arrepiento de mi decisión. Haber elegido el negro hará que parezca más deprimido que si hubiera elegido el marrón, y la realidad es que no estoy deprimido en absoluto.

Cuando el doctor Patel se sienta aprieta un mando que tiene en el lateral de su asiento y eso hace que se levante el reposapiés. Se reclina y coloca las manos detrás de la cabeza como si estuviera a punto de ver alguna competición.

—Relájate —dice—. Y no me llames doctor Patel, llámame Cliff. Me gusta que las sesiones sean informales y amistosas, ¿de acuerdo?

Parece bastante agradable, así que yo también cojo el mando, reclino el sofá y trato de relajarme.

—O sea —dice—, que te ha cabreado la canción de Stevie Wonder. No puedo decir que yo sea admirador suyo precisamente, pero...

Cierro los ojos, tarareo unas notas y cuento en silencio hasta diez; luego dejo la mente en blanco.

Cuando abro los ojos dice:

—¿Quieres hablar de Stevie Wonder?

Cierro los ojos, tarareo unas notas y cuento en silencio hasta diez; luego dejo la mente en blanco.

—De acuerdo. ¿Quieres hablar de Nikki?

—¿Por qué quieres hablar de Nikki? —digo demasiado a la defensiva.

—Si voy a ayudarte, Pat, necesito conocerte, ¿no? Tu madre me ha dicho que deseas volver con Nikki, que es tu mayor ilusión en esta vida, así que he pensado que lo mejor será comenzar por ahí.

Empiezo a sentirme mejor, pues no dice que volver con Nikki sea imposible y eso parece significar que el doctor Patel siente que la reconciliación con mi mujer aún es posible.

—¿Nikki? Ella es genial —digo. Luego sonrío recordando el calor que siento en el pecho cuando pronuncio su nombre o veo su cara en mi mente—. Es lo mejor que me ha pasado. La quiero más que a mí mismo. Tengo muchísimas ganas de que acabe el período de separación.

—¿Período de separación?

—Sí. Período de separación.

—¿Qué es el período de separación?

—Hace unos meses decidí darle a Nikki algo de espacio y ella accedió a regresar cuando hubiera solucionado los problemas que nos impedían estar juntos. Así que es como si estuviéramos separados, eso sí, temporalmente.

—¿Por qué os separasteis?

—Sobre todo porque yo no la apreciaba y era adicto al trabajo. Dirigía el Departamento de Historia del Instituto Jefferson y entrenaba tres equipos. Nunca estaba en casa y ella se sentía sola. Y además dejé de cuidar mi apariencia y engordé. Pero también estoy trabajando en eso y deseo ir a un consejero matrimonial, como ella quería, porque ahora soy un hombre nuevo.

—¿Fijasteis una fecha?

—¿Una fecha?

—Sí, una fecha para finalizar el período de separación.

—No.

—O sea, que el período de separación podría seguir indefinidamente.

—En teoría, sí. Especialmente porque no estoy autorizado a ponerme en contacto con Nikki o con su familia.

—¿Cómo es eso?

—Hum... realmente no lo sé. Quiero decir, yo quiero a mi familia política tanto como a Nikki. Pero no importa, porque pienso que Nikki regresará antes o después y entonces lo arreglaré todo con sus padres.

—¿En qué te basas para pensar eso? —me pregunta de manera amable y con una sonrisa en la boca.

—Creo en los finales felices —le digo—, y siento que esta película ya ha avanzado suficiente.

—¿Película? —dice el doctor Patel.

Cuando lo miro pienso que es exactamente igual que

Gandhi; solo le falta llevar las mismas gafas que él y la cabeza rapada. Además, estamos allí sentados en los sillones de una habitación alegre y Gandhi está muerto, ¿no?

—Sí —digo—. ¿Nunca te has percatado de que la vida es como una serie de películas?

—No. Explícamelo.

—Bueno, tienes las de aventuras. Todas empiezan con problemas, pero luego los admites y te conviertes en mejor persona, después de trabajar duro. Eso es lo que fertiliza el final feliz y hace que florezca. Como el final de las películas de *Rocky*, *Rudy*, *Karate Kid*, *La guerra de las galaxias*, la trilogía de *Indiana Jones* y *Los goonies*, que son mis películas favoritas. Aunque ahora no voy a ver películas, no lo haré hasta que Nikki regrese porque mi vida es la única película que voy a ver y que siempre está funcionando. Además, ahora sé que es el momento de que llegue el final feliz porque he mejorado mucho gracias al ejercicio, la medicación y la terapia.

—Ya veo —dice el doctor Patel sonriendo—. A mí también me gustan los finales felices.

—Así que estás de acuerdo conmigo. ¿Piensas que mi mujer volverá pronto?

—El tiempo lo dirá —contesta el doctor Patel, y desde ese momento sé que Cliff y yo nos llevaremos bien, porque él no predica el pesimismo como el doctor Timbers o los empleados del lugar malo. Cliff no me dice que debo afrontar la que él cree que es mi realidad.

—Es gracioso, porque todos los otros terapeutas a los que he ido me decían que Nikki no volvería. Incluso después de haberles contado cómo había mejorado y cómo estaba esforzándome, ellos seguían «chafándome», como decía mi amigo negro Danny.

—La gente puede ser cruel —explica con una mirada compasiva que hace que confíe en él todavía más. En ese momento me percato de que no está anotando todo lo que yo digo en una libreta, y eso es algo que aprecio de verdad.

Le digo que me gusta la habitación y charlamos acerca de lo que me gustan las nubes y de cómo la mayoría de la gente pierde la capacidad de ver rayos de luz cuando hay nubes, aunque siempre están ahí, encima de nosotros, casi cada día.

Le pregunto cosas sobre su familia, para ser amable, y descubro que tiene una hija cuyo equipo de hockey sobre hierba va segundo en la liga del sur de Jersey. También descubro que tiene un hijo en primaria que quiere ser ventrílocuo y que incluso practica por las noches con un muñeco de madera llamado Grover Cleveland (quien, por cierto, fue el único presidente de Estados Unidos que ejerció en dos períodos no consecutivos). Realmente, no entiendo por qué el hijo de Cliff ha llamado a su muñeco de madera con el nombre de nuestro presidente número 22 y 24, pero esto no se lo digo. Después, Cliff me dice que tiene una mujer que se llama Sonja, que fue quien pintó esta habitación tan maravillosamente bien. Esto nos lleva a una discusión sobre lo increíbles que son las mujeres y lo importarte que es cuidar a tu mujer mientras la tienes, porque si no lo haces puedes perderla rápidamente, y es que Dios quiere que valoremos a nuestras mujeres. Le digo a Cliff que ojalá nunca tenga que experimentar un período de separación y él me dice que espera que el mío termine pronto, y lo que dice es muy agradable.

Antes de marcharme, Cliff me explica que va a cambiarme la medicación y que eso podría dar lugar a algunos efectos secundarios, por lo que debo informar a mi madre si siento malestar, somnolencia, ansiedad o cualquier otra cosa, porque puede que le lleve algo de tiempo encontrar la combinación adecuada de medicamentos, y yo le prometo que lo haré.

De camino a casa le cuento a mi madre que el doctor Cliff Patel me ha gustado de verdad y que tengo más esperanzas puestas en la terapia. Le doy las gracias por sacarme del lugar malo y le digo que es más probable que Nikki venga a Collingswood que a una institución mental. Al decir esto, mamá se echa a llorar, lo cual me resulta extraño. Incluso coloca el coche en el arcén, apoya la cabeza en el reposacabezas y, con el motor en marcha, llora durante mucho rato (lloriquea, tiembla y hace pequeños ruiditos de lástima). Le froto la espalda, como ella me ha hecho a mí en el despacho del doctor Patel cuando ha sonado cierta canción. Diez minutos después deja de llorar y regresamos a casa.

Para recuperar la hora que he pasado con Cliff me quedo hasta tarde haciendo ejercicio, y cuando me voy a la cama mi padre aún está en su despacho con la puerta cerrada, así que pasa otro día sin que haya hablado con él. Creo que es extraño vivir en la misma casa que otra persona con quien no puedes hablar (especialmente si esa persona es tu padre), y ese pensamiento me entristece.

Como mamá aún no ha ido a la biblioteca no tengo nada para leer. Así que cierro los ojos y pienso en Nikki hasta que aparece conmigo en mis sueños, como siempre.

EL FUEGO NARANJA PENETRA MI CALAVERA

Sí, de verdad creo en los rayos de esperanza, en los rayos de luz, sobre todo porque los he estado viendo cada día cuando salía del sótano, me envolvía con la bolsa de basura (para que mi torso estuviera bien envuelto en plástico y sudara más) y salía a correr. Siempre intento que los dieciséis kilómetros que corro (y que son parte de mi entrenamiento diario de diez horas) coincidan con la puesta de sol, así puedo terminar corriendo por los campos del parque Knights, donde cuando era niño solía jugar a béisbol y a fútbol.

Mientras corro por el parque levanto la vista y veo lo que el día me ofrece. Si las nubes están bloqueando el sol siempre hay algún rayo de luz que me recuerda que he de seguir, ya que sé que aunque las cosas parezcan oscuras en mi vida, puede que mi mujer vuelva pronto a mí. Ver esos rayos de luz a través de esa masa fofa blanca y gris es electrificante. Incluso uno mismo puede recrear el efecto manteniendo la mano a cierta distancia de una bombilla y marcando su huella hasta que se queda temporalmente ciego. Duele mirar las nubes, pero también ayuda (como la mayoría de las cosas que causan dolor). Así que necesito correr; y mientras me arden los pulmones, siento punzadas de dolor en la espalda, mis piernas se endurecen y esa grasa que tengo alrededor de la cintura se mueve, pienso que estoy cumpliendo mi penitencia y que puede que Dios esté lo suficientemente contento conmigo para prestarme algo de ayuda. De hecho, creo que está contento y por eso durante la pasada semana me estuvo enseñando nubes interesantes.

Desde que mi mujer me pidió que nos separásemos temporalmente he perdido más de veintidós kilos. Mi madre dice que pronto pesaré lo mismo que cuando jugaba en el equipo de fútbol del instituto, que fue cuando conocí a Nikki. Pienso que igual estaba enfadada por el peso que gané durante los cinco años que estuvimos casados. Cómo se sorprenderá cuando termine el período de separación y vea mis músculos.

Si en la puesta de sol no hay nubes (como me sucedió ayer) miro al cielo y el ardiente fuego naranja penetra mi calavera y me ciega. Es casi igual de bueno, pues también arde y hace que casi todo parezca divino.

Cuando corro, siempre imagino que estoy corriendo hacia Nikki, y eso me hace sentir que reduzco el tiempo que he de esperar hasta verla de nuevo.

EL PEOR FINAL IMAGINABLE

Como sé que uno de los autores que Nikki enseña cada año es Hemingway, le pido a mamá que me traiga una de las mejores novelas de Hemingway.

—Si es posible, una que tenga una historia de amor, pues debo estudiar el amor para ser un marido mejor cuando Nikki vuelva —le digo a mamá.

Cuando ella regresa de la biblioteca me cuenta que la bibliotecaria dice que la mejor historia de amor de Hemingway es *Adiós a las armas*. Así que rápidamente abro el libro y puedo sentir cómo me vuelvo más culto según paso las primeras páginas.

Mientras leo, voy buscando citas que pueda dejar caer la próxima vez que Nikki y yo estemos con sus amigos (y para que pueda decirle a Terry el de las gafas: «¿Un bufón inculto conocería esta frase?»). Así seré capaz de hablarles de Hemingway.

Pero la novela no es más que un truco.

La mayor parte del libro estás deseando que Henry sobreviva a la guerra y que pueda tener una hermosa vida con Catherine Barkley. Sí, sobrevive a todo tipo de peligros (incluso a que le disparen), y finalmente se escapa a Suiza, donde vive con la embarazada Catherine a quien tanto ama. Durante un tiempo viven en las montañas, leyendo, haciendo el amor y comiendo y bebiendo.

Hemingway debería haber terminado ahí la novela, pues

ese es el rayo de esperanza que esa gente necesitaba después de haber luchado tanto para sobrevivir a la sombría guerra.

Pero no.

En cambio se le ocurre el peor final imaginable: Hemingway hace que Catherine muera de una hemorragia después de dar a luz su bebé. Es el final más tortuoso que probablemente vaya a experimentar en literatura, cine o televisión.

Cuando llego al final estoy llorando, en parte por los personajes y en parte porque Nikki les enseña esto a los niños, y no puedo imaginar por qué alguien querría exponer a los impresionables adolescentes a un final tan horrendo. ¿Por qué les enseñan a los adolescentes que su lucha para mejorar no sirve para nada?

He de admitir que por primera vez desde que el período de separación empezó estoy enfadado, y es porque Nikki enseña cosas así de pesimistas en su clase. Nunca pienso citar a Hemingway y nunca pienso leer otro de sus libros. Y si todavía estuviera vivo, le escribiría ahora mismo una carta y lo amenazaría con estrangularlo hasta la muerte con mis manos desnudas por ser tan negativo. No me extraña que se suicidara pegándose un tiro, como dice en la introducción.

SOLO TENGO AMOR PARA TI

La secretaria del doctor Patel apaga la radio en cuanto me ve entrar en la sala de espera y eso me hace reír, pues ella trata de hacerlo de manera casual para que no me dé cuenta, pero en realidad parece asustada porque presiona el interruptor con cautela, de la forma en que lo hace la gente que me ha visto sufrir uno de mis ataques, como si no fuera humano, como si yo fuera un enorme animal salvaje.

Después de una breve espera, me reúno con Cliff para mi segunda sesión, como haré cada viernes durante mi futuro inmediato. Esta vez elijo el sofá marrón y nos sentamos en los sofás reclinables mirando las nubes, hablando de cuánto nos gustan las mujeres y cosas así.

Cliff me pregunta si me gusta mi nueva medicación y le digo que sí, a pesar de que no he notado ningún efecto y solo me he tomado la mitad de las pastillas que mi madre me dio la semana pasada (el resto lo escondía bajo la lengua y lo escupía en el váter cuando me dejaban solo). Me pregunta si he experimentado algún efecto secundario, como que me falte la respiración, pérdida del apetito, sentimientos suicidas, sentimientos homicidas, perdida de la virilidad, escozores o diarrea, y yo le digo que no he experimentado nada.

—¿Y alucinaciones? —me dice mientras se inclina hacia delante.

—¿Alucinaciones? —pregunto.

—Alucinaciones.

Me encojo de hombros y le digo que no creo haber tenido alucinaciones. Él me responde que lo sabría si las hubiera tenido.

—Si ves algo raro u horrible avisa a tu madre —dice—, pero no te preocupes porque probablemente no alucinarás. Solamente un porcentaje muy pequeño de personas sufre alucinaciones al tomar esta combinación de medicamentos.

Yo asiento y le prometo que se lo diré a mi madre si creo tener alucinaciones, pero realmente dudo que pueda tener alucinaciones, no importa qué tipo de medicamentos me dé, pues no creo que me dé LSD ni nada parecido. Supongo que la gente más débil se quejará de los medicamentos, pero yo no soy débil y puedo controlar mi mente bastante bien.

Estoy hidratándome en el sótano mientras me tomo mi descanso de tres minutos entre los ejercicios del Stomach Master 6000 y los de piernas con las pesas, cuando percibo el inconfundible olor de los canapés de cangrejo de mi madre y se me empieza a hacer la boca agua.

Como adoro esos canapés, salgo del sótano, entro en la cocina y veo que mi madre no solo está preparando canapés de cangrejo (que están hechos con carne de cangrejo untada en mantequilla, naranja y queso sobre bollitos ingleses), sino que también está preparando pizza barbacoa y esas alitas de pollo que compra en Big Foods.

—¿Por qué estás cocinando canapés de cangrejo? —pregunto esperanzado, ya que sé, por experiencia, que solamente prepara aperitivos cuando tenemos visita.

A Nikki le encantan los canapés de cangrejo, y si colocas un plato lleno frente a ella se los comerá todos y luego se quejará de vuelta a casa diciendo que está gorda y que ha comido demasiado. Cuando yo era un abusador emocional, solía decirle que no quería escuchar sus quejas cada vez que se pasaba con la comida. La próxima vez que Nikki coma demasiados canapés de cangrejo le diré que no se ha excedido y que además está muy delgada, que necesita ganar algo de peso y que a mí me gustan las mujeres con curvas.

Espero que el hecho de que mi madre esté preparando canapés signifique que el período de separación ha terminado y que Nikki está de camino a casa de mis padres. Esa sería la mayor sorpresa de bienvenida que mamá podría cocinar. Y dado que mamá siempre trata de hacer cosas buenas por mí y por mi hermano, me preparo mentalmente para volver con Nikki.

Mi corazón late con fuerza durante los breves instantes que mi madre tarda en responder a mi pregunta.

—Los Eagles juegan contra los Steelers en un partido de exhibición de la pretemporada —dice mi madre. Y eso es raro porque ella siempre ha odiado los deportes y ni siquiera sabe que la temporada de fútbol americano es en otoño. Y mucho menos qué equipos juegan cada día—. Tu hermano va a venir a ver el partido contigo y con tu padre.

Mi corazón sigue latiendo deprisa, ya que no he visto a mi hermano casi desde que empezó el período de separación. Mi hermano, al igual que mi padre, dijo algunas cosas realmente horribles de Nikki la última vez que hablamos.

—Jake tiene muchas ganas de verte, y sabes cuánto le gustan a tu padre los Eagles. Me muero de ganas de tener a mis tres hombres sentados en el sofá, viendo un partido como en los viejos tiempos. —Mi madre sonríe con tanta ansia que creo que se va a poner a llorar, así que me doy la vuelta y bajo al sótano para hacer flexiones hasta que no sienta los músculos.

Como sé que probablemente luego no podré ir a correr porque vamos a tener cena familiar, salgo a correr temprano. Paso frente a las casas de mis amigos del instituto, por delante de Saint Joseph, que es la iglesia católica a la que yo solía ir, frente al Instituto Collingswood (¡clase de ochenta y nueve normas!) y ante la casa en la que vivían mis abuelos hasta que murieron.

Mi antiguo mejor amigo me ve cuando paso por su nueva casa en Virginia Avenue. Ronnie acaba de llegar de trabajar, está saliendo del coche y se dirige hacia la puerta de su casa cuando lo adelanto por la acera. Me mira a los ojos y cuando ya he pasado, grita:

—¿Pat Peoples? ¿Eres tú? ¡Pat! ¡Ey!

Yo corro más rápido todavía porque mi hermano va a venir a hablar conmigo; Jake no cree en los finales felices y no estoy emocionalmente capacitado para ver a Ronnie ahora. Ahora no, porque nunca vino a visitarnos a Nikki y a mí en Baltimore, a pesar de que nos lo prometió un montón de veces. Nikki solía decir que Ronnie estaba dominado y que su mujer, Veronica, guardaba la agenda social de Ronnie en el mismo sitio que sus pelotas: en su monedero.

Nikki me dijo que Ronnie nunca vendría a visitarme a Baltimore y tenía razón.

Tampoco vino a visitarme al lugar malo, pero solía escribirme cartas en las que me contaba lo maravillosa que era (e imagino que es) su hija Emily, aunque todavía no la he conocido y no he podido verificarlo.

Cuando llego a casa, el coche de Jake ya está allí (un fabuloso BMW plateado, lo cual quiere decir que mi hermano está mejorando en lo de «engordar el bolsillo», como solía decir Danny). Entro por la puerta de atrás y corro a la ducha. Una vez aseado y vestido con ropa limpia, tomo aire y sigo el rastro de la conversación que proviene del salón.

Jake se pone en pie al verme. Lleva unos pantalones de raya diplomática y un polo azul lo suficientemente ajustado para mostrar que aún está en forma. También lleva un reloj con diamantes en la esfera y que es lo que Danny llamaría el «caprichito» de Jake. Ha perdido un poco de pelo, pero lo lleva engominado. Tiene pinta de pretencioso.

—¿Pat? —pregunta.

—Te dije que no lo reconocerías —dice mamá.

—Pareces Arnold Schwarzenegger —dice mientras toca mi bíceps, lo cual odio, porque no me gusta que me toque nadie excepto Nikki. Como es mi hermano, no digo nada—. Estás cachas —añade.

Desvío la mirada al suelo pues recuerdo lo que dijo sobre Nikki (y aún estoy enfadado por eso), pero también estoy muy feliz de ver a mi hermano después de tanto tiempo, tanto que parece una eternidad.

—Escucha, Pat, debería haber ido a verte a Baltimore, pero esos sitios no me gustan y... y... y no podía verte así, ¿de acuerdo? ¿Estás furioso conmigo?

En cierto modo sí que estoy furioso con Jake, pero de repente recuerdo otra de las frases de Danny y es tan apropiada que tengo que decirla, así que suelto:

—Solo tengo amor para ti.

Por un instante, Jake me mira como si lo hubiera golpeado en la tripa. Luego, parpadea varias veces como si fuera a llorar, me rodea con los dos brazos y me abraza.

—Lo siento —dice mientras me abraza durante más tiempo del que me gusta, a menos que sea Nikki la que me abrace, claro.

Cuando me suelta, Jake dice:

—Te he traído un regalo.

Saca una camiseta de los Eagles de una bolsa de plástico y me la da. La extiendo y veo que lleva el número 84, deduzco que es el número de un receptor, pero no reconozco el nombre del jugador. «¿No era el joven receptor Freddie Mitchell el número 84?» Esto lo pienso pero no lo digo, ya que no quiero ofender a mi hermano, que ha sido lo suficientemente amable para comprarme un regalo.

—¿Quién es Baskett? —pregunto, pues es el nombre que hay escrito en la camiseta.

—¿La sensación, Hans Baskett? Es el ídolo de la pretemporada. Estas camisetas están de moda en Filadelfia. Y tú llevarás esta a los partidos de esta temporada.

—¿A los partidos?

—Bueno, ahora que has vuelto querrás recuperar tu antiguo asiento, ¿verdad?

—¿En los Vet?

—¡Los Vet! —dice Jake riendo y mirando a mi madre, que parece algo asustada—. No, en el Lincoln Financial Field.

—¿Qué es el Lincoln Financial Field?

—¿Es que en ese lugar no te dejaban ver la televisión? Es el hogar de los Eagles, el estadio en el que tu equipo ya ha jugado tres temporadas seguidas.

Sé que Jake me está mintiendo, pero no digo nada.

—En fin, tienes un asiento junto a mí y también junto a Scott. Son pases de temporada, hermanito. ¿Mola o qué?

—No tengo dinero para pagar pases de temporada —digo. Dejé que Nikki se quedara la casa, los coches y el dinero del banco cuando empezó el período de separación.

—De eso me ocupo yo —dice Jake mientras me da un golpecito en el brazo.

Le doy las gracias a mi hermano y mamá empieza a llorar otra vez. Llora tanto que tiene que salir de la habitación, lo cual es muy extraño, porque Jake y yo estamos haciendo las paces y porque un pase de temporada para ver a los Eagles es un regalo bastante bueno, sin contar la camiseta.

—Ponte la camiseta, hermanito.

Me la pongo y me siento bien con el color verde del equipo de los Eagles, en especial porque es una camiseta que Jake eligió para mí.

—Espera y verás lo bueno que Baskett va a ser este año —dice Jake de manera extraña, como si mi futuro estuviera unido de alguna forma al del nuevo receptor de los Eagles, Hank Baskett.

EL DONUT DE HORMIGÓN

Me percato de que mi padre ha esperado hasta que el partido estuviera a punto de comenzar para entrar en el salón. Como aún es pretemporada no hacemos ninguno de los típicos rituales que hacemos antes del partido cuando la temporada ha empezado. Papá se ha puesto la camiseta de McNabb con el número 5 y está sentado en el borde del sofá dispuesto a saltar de su asiento. Inclina la cabeza con solemnidad mirando a mi hermano, pero a mí me ignora por completo, incluso después de que mi madre le diga cuando van a la cocina:

—Por favor, intenta hablar con Pat.

Mamá pone la comida en bandejas, se sienta junto a Jake y todos empezamos a comer.

La comida está deliciosa, pero soy el único que lo dice. Mamá parece contenta de que alguien le haga un cumplido, pero aun así pregunta:

—¿Seguro que todo está bien?

Mamá hace esto porque cuando se trata de cocinar es muy modesta, a pesar de ser una gran cocinera.

—¿Qué crees que harán los Pajarracos esta temporada, papá? —pregunta Jake.

—Ocho y ocho —responde mi padre con pesimismo, como siempre hace al comienzo de la temporada.

—Once y cinco —dice mi hermano. A lo que mi padre niega con la cabeza y resopla—. ¿Once y cinco? —me pregunta a mí. Yo asiento porque soy optimista y ganar once partidos pondría a los Eagles en los *playoffs*.

Como tenemos pases de temporada, tendríamos también pases para los *playoffs* si los Pajarracos llegaran a jugarlos, y no hay nada mejor que unos *playoffs* con los Eagles.

Ahora, he de admitir que no he estado pendiente de las novedades del equipo fuera de temporada, así que cuando dan la alineación me sorprendo al constatar que muchos de mis jugadores favoritos no están en el equipo. Duce Staley. Hugh Douglas. James Thrash. Corey Simon. Todos se han ido. Quiero preguntar el motivo, pero no lo hago porque tengo miedo de que mi padre y mi hermano piensen que ya no soy un auténtico aficionado del equipo. Eso era lo que decían que me pasaría cuando me mudé a Baltimore con Nikki y cedí mi pase.

Para mi sorpresa, el equipo ya no juega en el estadio de los Veteranos, juega en el Lincoln Financial Field, como Jake había dicho. De alguna manera han construido un nuevo estadio desde la temporada pasada; he debido de perdérmelo al estar en el lugar malo. Aun así hay algo que no me cuadra.

—¿Dónde está el Lincoln Financial Field? —pregunto, tratando de sonar despreocupado, cuando empiezan los anuncios.

Mi padre vuelve la cabeza, me mira y no responde a mi pregunta. Me odia. Parece que le cause repulsión, como si fuera una obligación estar sentado en el salón viendo el partido con su hijo desequilibrado.

—Está en el sur de Filadelfia, como los otros estadios —dice mi hermano con demasiada rapidez—. Buenos canapés de cangrejo, mamá.

—¿Puedes ver el Lincoln Financial Field desde los Vet? —pregunto.

—El estadio de los Veteranos se ha ido —dice Jake.

—¿Ido? —pregunto—. ¿Qué quiere decir que se ha ido?

—El 21 de marzo de 2004 a las siete de la mañana. Cayó como si fuera un castillo de naipes —dice mi padre sin mirarme antes de darle un bocado a un trozo de carne de una alita de pollo—. Hace dos años.

—¿Cómo? Yo estuve en los Vet el año pa... —Me detengo porque empiezo a sentirme un poco mareado y me están entrando náuseas—. ¿Qué año has dicho?

Mi padre abre la boca para hablar, pero mi madre lo corta diciendo:

—Ha cambiado mucho en este tiempo que no has estado.

Aun así me niego a creer que el estadio de los Veteranos ya no está, incluso después de que Jake saque su portátil del coche y me enseñe el vídeo de cómo se demolió. El estadio de los Veteranos, al que solíamos llamar el donut de hormigón, cae como si fueran fichas de dominó, el polvo gris cubre la pantalla y no se ve otra cosa. Se me parte el corazón al ver derrumbarse ese lugar, a pesar de que sospecho que lo que estoy viendo es un truco generado por ordenador.

Cuando era niño, mi padre me llevó muchas veces a ver jugar a los Phillies en los Vet y, por supuesto, también recuerdo todas las veces que fui con Jake a ver a los Eagles, así que me cuesta creer que tal monumento de mi infancia pueda haber sido destruido mientras yo estaba en el lugar malo. El vídeo termina y pregunto a mi madre si puedo hablar con ella en la otra habitación.

—¿Qué sucede? —me dice cuando entramos en la cocina.

—El doctor Patel dijo que era posible que la nueva medicación me hiciera alucinar.

—Bien.

—Creo que acabo de ver cómo se demolía el estadio de los Veteranos en el ordenador de Jake.

—Lo has visto, cielo. Lo demolieron hace dos años.

—¿En qué año estamos?

Ella duda pero luego responde:

—En 2006.

Si eso fuera cierto yo tendría treinta y cuatro años. El período de separación duraría ya cuatro años. «Imposible.»

—¿Cómo sabes que no estoy alucinando ahora mismo?

¿Cómo sabes que no eres una alucinación? ¡Todos sois alucinaciones! ¡Todos! —Me doy cuenta de que estoy gritando
pero no puedo evitarlo.

Mamá sacude la cabeza y trata de acariciarme la mejilla,
pero yo le aparto la mano de un manotazo y ella empieza a
llorar otra vez.

—¿Cuánto tiempo he estado en el lugar malo? ¿Cuánto?
¡Dime!

—¿Qué está pasando aquí? —chilla mi padre—. Intenta-
mos ver el partido.

—Chist —dice mi madre entre lágrimas.

—¿Cuánto? —grito yo.

—¡Díselo, Jeanie! ¡Vamos! ¡Se enterará antes o después!
—Mi padre grita desde el salón—. ¡Díselo!

Cojo a mi madre por los hombros y la sacudo tan fuerte
que tiembla y le chillo:

—¿Cuánto tiempo?

—Casi cuatro años —dice Jake. Me doy la vuelta y veo a
Jake en la puerta de la cocina—. Ahora, suelta a mamá.

—¿Cuatro años? —Me río y suelto a mamá. Se tapa la
cara con las manos y sus ojos están arrepentidos y llenos de
lágrimas—. ¿Por qué me estáis gastando bro...?

Oigo a mi madre, grita, y yo siento cómo la parte de atrás
de mi cabeza golpea la nevera. Luego todo se apaga.

DISTANTE COMO LA VÍA LÁCTEA

Al regresar a New Jersey creía que estaba a salvo porque no pensaba que Stevie Wonder pudiera abandonar el lugar malo, lo cual reconozco que es tonto (porque Stevie Wonder tiene mucho talento y es muy ingenioso).

He estado durmiendo en la buhardilla, pues ahí hace mucho calor. Cuando mis padres se van a dormir, subo la escalera, desenchufo el ventilador, me meto en mi viejo saco de dormir y cierro la cremallera dejando solamente mi cara al aire; así me dispongo a perder algunos kilos sudando. Sin el ventilador la temperatura sube rápidamente y pronto mi saco de dormir está lleno de sudor y siento cómo mi cuerpo adelgaza. Había hecho esto ya varias noches y no había sucedido nada extraño o inusual.

Pero esta noche estoy en la buhardilla, sudando y sudando en la oscuridad, y de repente oigo: «La la laaa... la la laa... la la laaa la laaa la laaa». Trato de mantener los ojos cerrados, tarareo una nota y cuento hasta diez en silencio. Sé que simplemente estoy alucinando, como el doctor Patel dijo que haría. Pero me abofetean y cuando abro los ojos allí está, en la buhardilla de mis padres. Tiene una aureola en la cabeza, como si fuera Jesús; lleva esas gafas de sol cuadradas; tiene el bigote rizado, la frente despejada y esas trenzas finas con cuentas. Está vestido de negro y sonríe.

—¿Cómo? ¿Cómo me has encontrado? —le pregunto.

—Firmado, precintado y entregado; soy tuyo —dice con

esa suave voz que tiene. Y a pesar de que estoy empapado por el sudor, me estremezco—. Eres el sol en mi vida. Por eso siempre estaré contigo.

—Por favor —suplico—, ¡déjame solo!

Pero él coge aire y empieza a cantar:

—*My Cherie Amour, lovely as a summer day...* —Inmediatamente salgo del saco de dormir y empiezo a golpearme la cabeza contra una tabla de madera que está en un trozo en el que no hay contrachapado—. *My Cherie Amour, distant as the milky way, my Cherie Amour, pretty little one that I adore.* —Y siento que la cicatriz de mi frente se abre de nuevo y la sangre y el sudor se derraman por la madera—. *You're the only girl my heart beats for, how I wish that you were mine.*

Bang, bang, bang, bang.

Y entonces aparecen mis padres, pero yo estoy ahí, rabioso, fuera de mí, gritando:

—¡Para de cantar esa canción! ¡Para! ¡Por favor!

Mi madre se golpea contra la madera y entonces mi padre me pega una patada en las costillas, lo cual hace que Stevie Wonder desaparezca y la música pare. Cuando caigo de espaldas al suelo, papá salta sobre mí y me golpea en la cara. Mamá trata de apartar a papá de mí y yo lloro como un bebé. Mamá le dice a papá que deje de pegarme y finalmente él se aleja de mí. Ella me dice que todo saldrá bien, a pesar de que mi padre me ha golpeado en la cara tan fuerte como ha podido.

—Esto ha sido suficiente, Jeanie. Mañana por la mañana volverá al hospital. A primera hora —dice mi padre antes de bajar por la escalera.

Yo estoy llorando tanto que casi no puedo ni pensar.

Mi madre se sienta junto a mí y me dice:

—No pasa nada, Pat, estoy aquí.

Yo apoyo la cabeza en el regazo de mi madre y lloro hasta dormirme mientras mamá me acaricia el cabello.

Cuando abro los ojos, el ventilador está puesto otra vez, el sol atraviesa los cristales de la ventana y mamá aún está acariciándome el cabello.

—¿Cómo has dormido? —me pregunta forzando una sonrisa. Sus ojos están rojos y tiene las mejillas llenas de lágrimas.

Durante unos instantes me siento bien ahí tumbado junto a mamá, con su mano acariciándome la cabeza y su suave voz cantando en mi oído, pero de pronto el recuerdo de la noche anterior hace que me incorpore de golpe mientras mi corazón late a toda prisa.

—No me mandéis de nuevo al lugar malo. Lo siento. Lo siento mucho. Por favor —suplico, le suplico por todo lo que tengo, pues no sabéis lo que odio el lugar malo y al pesimista del doctor Timbers.

—Te vas a quedar aquí con nosotros —dice mamá mirándome a los ojos como hace cuando dice la verdad. Y luego me da un beso en la mejilla.

Vamos a la cocina y ella me prepara unos deliciosos huevos revueltos con queso y tomate. Yo me tomo todas las pastillas pues siento que se lo debo a mamá por haberla derribado y por haber hecho enfadar a mi padre.

Me sorprendo al ver que el reloj marca ya las once de la mañana, así que en cuanto vacío mi vaso me dirijo a realizar mis ejercicios.

LA CENA DE ETIQUETA

Ronnie finalmente viene a verme al sótano y me dice:

—Tengo que volver a casa, así que solo dispongo de unos minutos.

Termino la serie de flexiones y sonrío, ya que sé lo que esa frase significa. Veronica no sabe que Ronnie ha venido a verme, y él tiene que darse prisa para que no lo pille haciendo algo sin su permiso (algo como decir hola a su mejor amigo, al cual hace mucho tiempo que no ha visto).

Cuando termino, dice:

—¿Qué te ha pasado en la cara?

Me toco la cicatriz de la frente.

—Ayer se me resbaló la pesa de las manos y se me cayó encima.

—¿Se te ha puesto el ojo morado por eso?

Me encojo de hombros, no quiero decirle que mi padre me pegó un puñetazo.

—Tío, realmente estás en forma. Me gusta tu gimnasio —dice mirando mis aparatos y el Stomach Master 6000; luego me ofrece la mano—. ¿Crees que podría venir a hacer ejercicio contigo?

Me pongo en pie, le doy la mano y digo:

—Claro. —Sé que es solamente otra de las promesas falsas de Ronnie.

—Escucha, siento mucho no haber ido a verte a Baltimore, pero bueno, teníamos a Emily y, bueno, ya sabes. Pero he sentido que las cartas nos mantenían unidos, y ahora que estás en casa podríamos pasar tiempo juntos, ¿no?

—Como si... —empiezo a decir, pero luego me muerdo la lengua.

—Como si ¿qué?

—Nada.

—¿Aún crees que Veronica te odia?

Mantengo la boca cerrada.

Sonríe con cara de bobo y dice:

—¿Crees que si te odiara te invitaría a cenar mañana por la noche?

Miro a Ronnie y trato de averiguar si va en serio o no.

—Veronica va a preparar una cena especial para darte la bienvenida. ¿Vas a venir o no?

—Claro —digo sin creer lo que estoy oyendo, pues las promesas de Ronnie no suelen llevar la palabra «mañana».

—Genial. Ven a mi casa a las siete para que tomemos una copa primero. La cena será a las ocho y será una de esas cenas formales de tres platos, así que ponte algo bonito, ¿de acuerdo? Ya sabes cómo se toma Veronica lo de las cenas de etiqueta —dice. Luego me da un abrazo, el cual tolero solamente por lo sorprendido que estoy por la invitación de Veronica. Ronnie me pone la mano en el hombro y dice—: Tío, da gusto que estés en casa.

Mientras lo veo subir la escalera, pienso en toda la porquería que Nikki y yo diríamos de Ronnie y Veronica si el período de separación hubiese acabado y fuera a venir a la cena de etiqueta conmigo.

—Una cena de gala —diría Nikki—. Pero ¿dónde estamos, en el colegio?

Dios, Nikki odia a Veronica.

SI RECAIGO

Como sé que si llevo la ropa equivocada le habré arruinado la noche a Veronica (como pasó aquella vez que fui con bermudas y chanclas a una cena en la que había que ir arreglado), no puedo dejar de pensar en qué me pondré para la cena. Paso tanto tiempo pensándolo que no me doy cuenta de que es viernes y, por lo tanto, hora de ver al doctor Patel. Lo recuerdo cuando, en mitad de mis ejercicios, mamá llama y me dice:

—Nos vamos en quince minutos, métete en la ducha.

Una vez en su despacho, elijo el sillón marrón. Nos reclinamos y Cliff empieza:

—Tu madre me ha dicho que has tenido una semana movidita. ¿Quieres hablar de ello?

Le cuento lo de la cena de Veronica, que ya no puedo ponerme mi ropa antigua porque he perdido tanto peso que se me cae y que la única que me vale es la camiseta que mi hermano me ha regalado. Le digo que estoy estresado por ir a la cena; que ojalá pudiera pasar el tiempo solo con Ronnie y no tener que ver a Veronica, de quien, por cierto, Nikki decía que era una borde.

El doctor Patel asiente varias veces y luego pregunta:

—¿Te gusta la camiseta que te regaló tu hermano? ¿Te sientes cómodo con ella?

Le digo que adoro la camiseta.

—Póntela para la cena, seguro que a Veronica también le gustará.

—¿Estás seguro? —pregunto—. Lo digo porque Veronica es muy especial cuando se trata de la ropa que uno se pone para salir a cenar.

—Estoy seguro —responde, y eso me hace sentir mucho mejor.

—¿Qué hay de los pantalones?

—¿Qué hay de malo con los que llevas puestos ahora?

Miro los pantalones caqui que mi madre me compró el otro día en Gap porque decía que no debería llevar pantalones de chándal a las citas con el doctor y, a pesar de que no son chulos como mi nueva camiseta de los Eagles, están bien, así que me encojo de hombros y dejo de preocuparme por Veronica y la cena.

Cliff intenta que hablemos de Stevie Wonder, pero cierro los ojos, tarareo mentalmente una nota y cuento hasta diez cada vez que dice su nombre.

Luego Cliff me dice que he sido algo rudo con mi madre, zarandeándola en la cocina y golpeándola en la buhardilla, y eso me entristece, pues quiero mucho a mi madre y ella me ha salvado del lugar malo y ha firmado un montón de documentos legales... pero no puedo negar lo que Cliff ha dicho. Mi pecho está lleno de arrepentimiento, tanto que no lo puedo soportar y rompo a llorar. Lloro sin parar durante cinco minutos.

—Tu madre ha arriesgado mucho, y todo porque cree en ti.

Sus palabras hacen que llore todavía más.

—Quieres ser una buena persona, ¿verdad, Pat?

Asiento y lloro. Quiero ser una buena persona. De verdad quiero serlo.

—Voy a aumentar tu medicación —me dice el doctor Patel—. Puede que te sientas un poco perezoso, pero debería ayudar a controlar tus ataques violentos. Debes saber que son tus acciones, y no tus deseos, los que te convertirán en una buena persona. Si tienes algún otro episodio como los de esta semana quizá tenga que recomendar que regreses al centro de salud mental para que te den tratamientos más intensivos, lo cual...

—No, por favor. Seré bueno —digo rápidamente, sabiendo que es menos probable que Nikki regrese si yo vuelvo al lugar malo—; confía en mí.

—Lo hago —me responde el doctor Patel con una sonrisa.

NO SÉ CÓMO FUNCIONA ESTO

Hago un poco más de ejercicio en el sótano y luego cojo mi bolsa y salgo a correr. Después vuelvo a casa y me ducho, vaporizo un poco de colonia de papá en el baño y me muevo entre la colonia que acabo de rociar (justo como mamá me enseñó a hacerlo en el instituto). Luego me pongo desodorante, mis pantalones caquis nuevos y la camiseta de Hank Baskett.

Cuando le pregunto a mi madre cómo estoy dice:

—Muy guapo. ¿Realmente crees que deberías llevar la camiseta de los Eagles a una cena? Puedes ponerte una de las camisas de Gap que te compré, o un polo de tu padre.

—No pasa nada —digo mientras sonrío con confianza—. El doctor Patel dijo que era buena idea llevar esta camiseta.

—¿Eso dijo? —pregunta mamá riendo. Luego me da unas flores y saca una botella de vino blanco de la nevera.

—¿Qué es esto?

—Regálale esto a Veronica y dale las gracias de mi parte. Ronnie ha sido un buen amigo —dice mamá. Luego parece como si fuese a llorar otra vez.

Le doy un beso y, con las manos llenas de flores y vino, camino calle abajo y cruzo el parque en dirección a casa de Ronnie.

Ronnie abre la puerta. Lleva camisa y corbata, lo cual me hace pensar que quizá el doctor Patel se equivocó con lo de la ropa y voy poco arreglado. Pero Ronnie mira mi nueva camiseta, comprueba el nombre que pone en la espalda (probablemente para asegurarse de que no llevo una camiseta pasada de moda de Freddie Mitchell) y dice:

—¡Hank Baskett es el hombre! ¿Dónde conseguiste esa camiseta con lo poco que llevamos de temporada? ¡Es genial!

Eso me hace sentir mucho mejor.

Seguimos el aroma a carne a través de su salón colonial y a través de su comedor colonial y llegamos a la cocina, donde Veronica está dando de comer a Emily. Me sorprendo al ver que no parece un bebé recién nacido, parece mayor.

—Hank Baskett está en casa —dice Ronnie.

—¿Quién? —pregunta Veronica, pero sonríe al ver las flores y el vino—. *Pour moi?*

Durante unos instantes me mira el ojo morado, pero no lo menciona y yo aprecio el gesto. Le doy lo que mi madre le envía y Veronica me da un beso en la mejilla.

—Bienvenido a casa, Pat —dice, lo cual me sorprende porque parece sincera—. Espero que no te importe, Pat, pero he invitado a alguien más a cenar —añade Veronica mientras me guiña un ojo y abre el horno, del que sale un maravilloso aroma a tomate y albahaca.

—¿A quién? —pregunto.

—Ya lo verás —responde sin levantar la vista de la humeante salsa.

Antes de que pueda decir nada más, Ronnie ha levantado a Emily de su sillita diciendo:

—Saluda al tío Pat. —Me suena un poco raro hasta que me doy cuenta de que está hablando de mí—. Dile hola al tío Pat, Emily.

Me saluda con su pequeña manita y en breves instantes la tengo en mis brazos. Sus ojos oscuros inspeccionan mi cara. Sonríe mientras señala mi nariz y dice:

—Pap.

—¿Has visto qué lista es mi niña, tío Pat? —exclama Ronnie mientras acaricia el sedoso pelo negro de Emily—. Ya sabe tu nombre.

Emily huele al puré de zanahoria que lleva por toda la cara hasta que Ronnie se lo limpia con una servilleta. He de admitir que Emily es una niña muy mona y al instante comprendo por qué Ronnie me ha escrito tantas cartas hablándome de su hija y por qué la quiere tanto. Empiezo a pensar que algún día Nikki y yo deberíamos tener niños. Me pongo tan contento que le doy a Emily un beso en la frente mientras imagino que ella es el bebé de Nikki y yo su padre. Le doy un montón de besos en la frente hasta que empieza a reírse.

—¿Cerveza? —dice Ronnie.

—Se supone que no debo beber por la medicación y...

—Cerveza —dice Ronnie, y en pocos minutos nos encontramos bebiendo cerveza en el porche mientras Emily se sienta en el regazo de su padre y da sorbitos de una botella rellena con zumo de manzana.

—Qué gusto da tomar una cerveza contigo —dice Ronnie justo antes de brindar con su botella de Yuengling Lager contra la mía.

—¿Quién más viene a cenar?

—Tiffany, la hermana de Veronica.

—¿Tiffany y Tommy? —pregunto, pues recuerdo al marido de Tiffany de la boda de Ronnie y de Veronica.

—Solo Tiffany.

—¿Dónde está Tommy?

Ronnie da un largo sorbo de cerveza, mira la puesta de sol y dice:

—Tommy murió hace algún tiempo.

—¿Qué? —digo. Yo no sabía nada—. Lo siento mucho.

—Asegúrate de no sacar el tema de Tommy esta noche, ¿de acuerdo?

—Claro —afirmo. Luego doy unos cuantos sorbos de cerveza—. ¿Cómo murió?

—¿Cómo murió quién? —pregunta una voz de mujer.

—Hola, Tiffany —dice Ronnie. Al instante está sentada con nosotros en el porche. Lleva un vestidito negro, tacones, un collar de perlas y el maquillaje y el pelo demasiado perfectos para mi gusto (como si estuviera poniendo demasiado esfuerzo en parecer atractiva, como a veces hacen las mujeres mayores)—. Recuerdas a Pat, ¿verdad?

Me pongo en pie y le doy la mano. La forma en que Tiffany me mira me pone nervioso.

Volvemos a la casa y después de una pequeña charla, Tiffany y yo nos quedamos solos en el salón, uno en cada extremo del sofá, mientras Veronica termina la cena y Ronnie lleva a Emily a la cama.

—Estás muy guapa esta noche —digo cuando el silencio se vuelve incómodo.

Antes de que el período de separación comenzase, yo nunca le decía piropos a Nikki y creo que esto hirió de verdad su autoestima. Pienso que puedo practicar y piropear a otras mujeres sobre su aspecto físico para que me salga de manera natural cuando Nikki regrese. Aunque Nikki siempre está guapa. Tiene unos años más que yo, pero tiene un cuerpo bonito y una melena negra larga y sedosa.

—¿Qué te ha pasado en la cara? —pregunta Tiffany sin mirarme.

—Un accidente levantando pesas.

Se mira las manos, las cuales tiene cruzadas sobre el regazo. Lleva las uñas pintadas de rojo.

—¿Dónde trabajas ahora? —digo, pensando que es una pregunta segura.

Arruga la nariz como si acabara de tirarme un pedo.

—Me despidieron hace meses.

—¿Por qué?

—¿Realmente importa? —dice mientras se levanta y se dirige hacia la cocina.

Me bebo lo que me queda de la segunda cerveza y espero a que Ronnie vuelva.

La cena es elegante, hay velas encendidas y han sacado la vajilla buena y la cubertería de plata, pero el ambiente es extraño.

Tiffany y yo estamos callados mientras que Veronica y Ronnie no dejan de hablar de nosotros.

—A Pat le encanta la historia. Sabe absolutamente todo de cada presidente de Estados Unidos. Vamos. Pregúntale algo —dice Ronnie.

Como Tiffany ni siquiera levanta la mirada de su plato, Veronica explica:

—Mi hermana está acudiendo a clases de baile moderno, tiene un recital dentro de dos meses. Deberías verla bailar, Pat. Dios, ojalá pudiera bailar como mi hermana. Todos vamos a ir a ver el recital. ¡Deberías venir con nosotros!

Asiento con cuidado cuando Tiffany levanta la mirada para ver qué respondo. Digo que sí para practicar el ser bondadoso. Además, seguro que a Nikki le habría gustado ir a un recital de baile y a partir de ahora quiero hacer cosas que le gusten a Nikki.

—Pat y yo vamos a hacer ejercicio juntos —dice Ronnie—. ¿Has visto lo en forma que está mi amigo? Qué mal quedo yo. Necesito hacer ejercicio contigo en ese sótano, Pat.

—A Tiffany le encanta la costa. Los cuatro deberíamos llevar a Emily a la playa algún fin de semana de septiembre, cuando ya no haya aglomeraciones. Podríamos hacer un picnic. ¿Te gustan los picnics, Pat? A Tiffany le encantan, ¿verdad, Tiff?

Ronnie y Veronica se dedican a hablar de nosotros durante quince minutos y luego hay una pausa que aprovecho para preguntar si alguien sabe algo sobre la demolición del estadio de los Vet. Para mi sorpresa, Ronnie y Veronica dicen que lo demolieron hace años, igual que dijo mi padre. Eso me preocupa tremendamente, ya que no tengo ningún recuerdo de ello ni de los años que han pasado desde entonces. Pienso en preguntar cuándo nació Emily, pues recibí una carta de Ronnie por aquella época, pero me asusto y no lo hago.

—Yo odio el fútbol americano —dice Tiffany—, más que nada en el mundo.

Después de esto, todos comemos un rato en silencio.

Los tres platos que Ronnie había prometido resultan ser

la cerveza, lasaña con guarnición de puré de espárragos y tarta de lima. Los tres platos están deliciosos y se lo digo a Veronica (para practicar para cuando Nikki regrese), a lo que ella me responde:

—¿Acaso pensabas que mi comida estaría mala?

Sé que lo dice de broma, pero Nikki habría dicho que eso demostraba lo bruja que Veronica podía llegar a ser. Pienso en que si Nikki estuviera aquí, nos quedaríamos despiertos y charlando en la cama como solíamos hacer cuando íbamos un poco borrachos. Ese pensamiento me pone triste y alegre a la vez.

Cuando nos terminamos la tarta, Tiffany se pone en pie y dice:

—Estoy cansada.

—Pero si apenas hemos terminado de cenar —protesta Veronica—, y tenemos el Trivial Pursuit...

—He dicho que estoy cansada.

Nos quedamos en silencio.

—Bueno —dice finalmente Tiffany—, ¿piensas acompañarme a casa o qué?

Me lleva unos segundos darme cuenta de que Tiffany me habla a mí, pero digo rápidamente:

—Claro.

Puesto que estoy practicando el ser bueno, ¿qué otra cosa podría haber dicho?

Hace una noche cálida, pero no pegajosa. Tiffany y yo recorremos una manzana antes de que le pregunte dónde vive.

—Con mis padres, ¿de acuerdo? —dice sin mirarme.

—Oh. —Me doy cuenta de que solo estamos a unas cuatro manzanas de la casa de los señores Webster.

—Tú también vives con tus padres, ¿no?

—Sí.

—Entonces no hay para tanto.

Ha oscurecido, imagino que serán las nueve y media de la noche. Tiffany camina deprisa con los brazos cruzados sobre el pecho, y eso que lleva tacones. Muy pronto estamos en la puerta de casa de sus padres.

Pienso que va a darme las buenas noches cuando me mira y dice:

—Mira, no he tenido una cita desde la universidad, pero sé cómo funciona esto.

—¿Cómo funciona el qué?

—He visto cómo me mirabas. No me cuentes rollos, Pat. Vivo en la parte trasera, en un pequeño apartamento separado de la casa, así que no hay posibilidad alguna de que mis padres nos pillen. Odio el hecho de que hayas llevado esa sudadera a la cena, pero puedes follarme siempre y cuando apaguemos las luces antes de empezar. ¿De acuerdo?

Estoy demasiado sorprendido para hablar y durante un rato nos quedamos ahí quietos.

—O no —añade Tiffany justo antes de echarse a llorar.

Estoy tan confundido que hablo, pienso y me preocupo a la vez, y en el fondo no sé qué decir ni qué hacer.

—Me ha encantado pasar un rato contigo y creo que eres muy guapa, pero yo todavía estoy casado —digo, mostrándole mi anillo.

—Yo también —dice ella enseñándome un anillo con un diamante que lleva en la mano izquierda.

Recuerdo lo que Ronnie me ha contado sobre el fallecimiento de su marido. Ella es viuda, no casada, pero no digo nada puesto que ahora solo digo cosas buenas; eso lo aprendí en terapia y a Nikki le gustará.

Me entristece ver que Tiffany aún lleva su anillo de casada.

De repente, Tiffany me abraza; su cabeza reposa en mi pecho y el maquillaje me está manchando el jersey de Hank Baskett. No me gusta que me toque nadie excepto Nikki, y realmente no quiero que Tiffany me manche de maquillaje la camiseta que me regaló mi hermano, pero me sorprendo a mí mismo y le devuelvo el abrazo a Tiffany.

Apoyo la barbilla junto a su brillante melena, huelo su perfume y, de repente, yo también estoy llorando, y eso me asusta mucho. Nuestros cuerpos tiemblan juntos mientras brota el agua. Lloramos durante unos diez minutos, luego ella se separa y corre hacia la casa de sus padres.

· Cuando llego a casa, mi padre está viendo la televisión. Los Eagles están jugando un partido de la pretemporada y yo no lo sabía. Ni siquiera me mira, quizá sea porque ahora soy muy mal aficionado. Mi madre me dice que Ronnie ha llamado y que le ha dicho que era importante y que debía llamarlo inmediatamente.

—¿Qué ha pasado? ¿Qué es eso que llevas en la camiseta? ¿Es maquillaje? —pregunta mi madre. Como no contesto, continúa—. Deberías devolverle la llamada a Ronnie.

Pero me tumbo en la cama y me quedo mirando el techo hasta que amanece.

RELLENO DE LAVA

Miro la fotografía de Nikki y pienso que desearía haberle dicho cuánto me gustaba.

Fue a un fotógrafo profesional a hacérsela. De hecho, también fue a la peluquería a peinarse y a maquillarse antes de ir al fotógrafo. Incluso la semana antes había estado yendo a rayos uva para ponerse morena, ya que mi cumpleaños es en diciembre y la foto fue mi regalo al cumplir veintiocho años.

Nikki aparece de lado, de forma que se ve más su mejilla izquierda que la derecha, la cual está enmarcada por su melena rubia y rizada. Se ve su oreja izquierda, y colgando de ella los pendientes de diamantes que le regalé en nuestro primer aniversario de casados. Nikki había tratado de resaltar las pecas de su nariz poniéndose morena, esas pecas que adoro y que echo de menos cada invierno. En la foto, las pecas se ven claramente, y Nikki dijo que esa había sido la idea, y que incluso le había dicho al fotógrafo que se centrase en resaltar las pecas, pues sabe que adoro sus pecas. Su cara es ovalada, pero su barbilla es algo puntiaguda. Su nariz es como la de una leona, grande y regia, y sus ojos son del color de la hierba verde. En la foto está poniendo ese mohín que tanto me gusta (no llega a ser una sonrisa), y sus labios están tan brillantes que no puedo evitar besar la foto cada vez que la miro.

Beso la fotografía otra vez. Siento la frialdad del cristal y dejo una mancha en él que limpio rápidamente con la manga de la camisa.

—Dios, cuánto te echo de menos, Nikki —digo, pero la foto no me contesta, está callada, como siempre—. Siento mucho que esta foto no me gustase antes, porque no puedes imaginar cuánto me gusta ahora. Sé que te dije que no era un gran regalo, pero antes no trataba de ser bueno. Sí, sé que te pedí una barbacoa nueva, pero ahora me alegro de tener esta fotografía. Me ha ayudado a pasar el tiempo en el lugar malo, me ha hecho querer ser mejor persona y ahora he cambiado. Así que no solo aprecio todo el esfuerzo y los pensamientos que dedicaste al regalo, sino que es el único recuerdo que me queda de ti, pues alguna mala persona robó todos los cuadros que había en casa de mi madre porque los marcos eran caros y...

De repente, por alguna razón, recuerdo que hay un vídeo de nuestra boda y me acuerdo de que en ese vídeo puedo ver a Nikki andando, bailando y hablando. De hecho, incluso hay un momento en el que Nikki habla directamente a la cámara como si me estuviese hablando a mí y dice:

—Te amo, Pat Peoples, semental sexy.

Recuerdo lo que me reí al ver el vídeo la primera vez con sus padres.

Llamo a la puerta del dormitorio de mis padres, y vuelvo a llamar.

—¿Pat? —dice mamá.

—Tengo que trabajar por la mañana, ¿sabes? —dice mi padre, pero lo ignoro.

—¿Mamá? —digo yo hablándole a la puerta.

—¿Qué pasa?

—¿Dónde está el vídeo de mi boda?

Se hace el silencio.

—Recuerdas el vídeo de la boda, ¿verdad?

Aun así no dice nada.

—¿Está en la caja de cartón en la salita con el resto de los vídeos familiares?

A través de la puerta puedo oír que ella y mi padre susurran. Luego mi madre dice:

—Cariño, creo que te dimos vuestra copia del vídeo. Debe de estar en tu antigua casa. Lo siento.

—¿Qué? No, está abajo en el armario de la salita. No importa. Yo la encontraré. Buenas noches —digo, pero cuando llego al armario y busco en la caja de los vídeos descubro que no está ahí. Me doy la vuelta y me doy cuenta de que mi madre me ha seguido hasta la salita. Está en camisón. Se está mordiendo las uñas—. ¿Dónde está?

—Os lo dimos...

—¡No me mientas!

—Pues no se dónde podemos haberlo guardado, pero aparecerá antes o después.

—¿No lo sabes? ¡Es irreemplazable! —Sé que solamente es un vídeo, pero no puedo evitar estar enfadado y me percato de que ese es uno de mis problemas—. ¿Cómo puedes olvidar dónde está cuando sabes lo importante que es para mí? ¿Cómo?

—Cálmate, Pat —dice mi madre levantando las manos y dando un cuidadoso paso hacia mí como si estuviera tratando de calmar a un cachorrito—. Relájate, Pat, relájate.

Pero yo no puedo evitar sentirme más y más enfadado, así que antes de decir o hacer alguna tontería me recuerdo lo cerca que estoy de volver al lugar malo, el lugar en el que Nikki nunca me encontrará. Cabreado, paso por donde está mi madre y me encamino hacia el sótano, donde empiezo a ejercitarme con el Stomach Master 6000. Cuando termino aún estoy enfadado, así que hago cuarenta y cinco minutos en la bicicleta estática y luego bebo agua hasta estar lo suficientemente hidratado para hacer quinientas flexiones. Cuando parece que mis pectorales están rellenos de lava es cuando me siento lo bastante calmado para irme a dormir.

Cuando subo, todo está silencioso y no se ve luz por debajo de la puerta del dormitorio de mis padres, así que cojo la foto de Nikki y subo a la buhardilla. Apago el ventilador y me meto en el saco de dormir. Coloco la foto de Nikki junto a mí, le doy un beso de buenas noches y me dispongo a sudar y perder peso.

No he dormido en la buhardilla desde la última vez que Stevie Wonder me visitó. Tengo miedo de que regrese, pero también me siento gordo. Cierro los ojos, tarareo una nota y cuento hasta diez en silencio una y otra vez. A la mañana siguiente me despierto indemne.

FALLAR COMO HIZO DIMMESDALE

Es posible que simplemente los puritanos fueran más tontos que la gente de nuestros días, pero no puedo creer que a esos habitantes de Boston del siglo XVII les costase tanto darse cuenta de que su líder espiritual dejó embarazada a la fresca del pueblo. Yo resolví el misterio en el capítulo en el que Hester le dice a Dimmesdale:

—Habla tú por mí.

Sé que debería haber leído *La letra escarlata* en el instituto, quizá si hubiera sabido que había tanto sexo y espionaje lo habría leído con dieciséis años. Dios, me muero de ganas de preguntarle a Nikki si le da bombo al asunto del sexo en su clase; si lo hiciera, seguro que los adolescentes leerían el libro.

No me cayó muy bien Dimmesdale, pues tenía a una mujer estupenda y se negó una vida con ella. Ahora comprendo que no hubiera sido fácil para él explicar cómo había dejado embarazada a la joven mujer de otro hombre, especialmente porque él era un hombre de la Iglesia. Pero si hay un tema que trata Hawthorne es el de que el tiempo cura todas las heridas. Dimmesdale lo aprende, pero demasiado tarde. Además, pienso que Dios habría querido que Pearl tuviese un padre y que quizá considere la indiferencia de Dimmesdale hacia su hija un pecado mayor que tener sexo con la mujer de otro hombre.

En cierto modo simpatizo bastante con Chillingworth. Quiero decir, manda a su joven esposa al Nuevo Mundo tratando de darle una vida mejor y ella termina embarazada de otro hombre. Aunque él era viejo y antipático y no tenía sentido que se casase con una chica tan joven. Cuando empieza a torturar psicológicamente a Dimmesdale y le da todas esas hierbas y raíces extrañas me recordaba al doctor Timbers y a sus empleados. En ese momento me di cuenta de que Chillingworth nunca iba a tratar de ser bueno, y entonces dejé de tener esperanzas en él.

Pero Hester me encantó porque creía en los rayos de esperanza. Incuso cuando los horribles hombres barbudos y las mujeres gordas estaban en su contra, ella se mantuvo fiel a sus principios y cosía y ayudaba a la gente cuando podía, y trató de criar lo mejor posible a su hija (a pesar de que Pearl demostró ser una niña algo demoníaca).

Aunque Hester no consiguió estar con Dimmesdale (lo cual para mí es un fallo), sentí que había tenido una vida plena: consiguió ver cómo su hija crecía y tenía un buen matrimonio, lo cual en cierto modo es bonito.

Pero me doy cuenta de que nadie apreció a Hester por lo que realmente era hasta que fue demasiado tarde. Cuando más ayuda necesitaba la abandonaron, y solo empezaron a apreciarla cuando ofreció su ayuda a los demás. Esto sugiere que es importante apreciar a las buenas mujeres antes de que sea demasiado tarde, y ese es un buen mensaje para los alumnos. Ojalá mi profesora del instituto me hubiera enseñado esa lección, pues seguro que habría tratado a Nikki de manera diferente cuando nos casamos. Pero también puede que sea el tipo de cosas que hay que aprender a lo largo de nuestra vida, fallando como hizo Dimmesdale o como hice yo.

La escena en la que Dimmesdale y Hester finalmente están juntos por primera vez en la ciudad me hizo desear que acabara el período de separación. Así yo podría estar con Nikki en algún lugar público y pedirle perdón por haber sido un estúpido en el pasado. Entonces le diría lo que pienso del clásico de Hawthorne y eso la haría feliz. Dios, va a sentirse muy feliz cuando sepa que he leído un libro escrito en inglés antiguo.

¿TE GUSTAN LAS PELÍCULAS EXTRANJERAS?

Cliff me pregunta sobre la cena que dio Veronica de una manera que me hace sospechar que mi madre ya lo ha comentado con él (probablemente en un intento de hacer que me ponga las camisas que me compró en Gap y que a ella le encantan y a mí no). En cuanto me siento en el sillón marrón reclinable, Cliff saca el tema y se toca la barbilla (como hace cada vez que me pregunta por algo que mi madre ya le ha contado).

Aunque sé que ya se lo ha contado, tengo ganas de decirle que tuvo razón al aconsejarme que me pusiera la camiseta que mi hermano me había regalado. Sorprendentemente, no quiere hablar de la ropa que llevé, quiere hablar de Tiffany, y no deja de preguntarme por ella, por cómo me hizo sentir y si disfruté con su compañía.

Primero soy educado y respondo diciendo que Tiffany es muy agradable, que iba muy bien vestida y que tiene muy buen tipo, pero Cliff no deja de buscar la verdad como hacen siempre los terapeutas. Todos tienen alguna especie de habilidad psíquica que les permite ver a través de las mentiras y por eso saben que al final te cansarás de seguir el rollo de la mentira y querrás contar la verdad.

Al final, digo:

—Bueno, la verdad es que no me gusta decir esto, pero Tiffany es un poco guarra.

—¿Qué quieres decir? —me pregunta Cliff.

—Quiero decir que es un poco puta.

Cliff se sienta más erguido. Parece sorprendido y lo suficientemente incómodo para hacer que yo también me sienta incómodo.

—¿En qué basas esa observación? ¿Vestía de manera provocadora?

—No. Ya te lo he dicho. Llevaba un vestido bonito. Pero en cuanto terminamos de cenar me pidió que la acompañase a casa.

—¿Qué hay de malo en eso?

—Nada. Pero al final del paseo me pidió que tuviésemos un encuentro sexual. Y no con esas palabras.

Cliff se quita la mano de la barbilla, se recuesta y dice:

—Oh.

—Lo sé. Yo también me quedé alucinado, sobre todo porque sabe que estoy casado.

—¿Y lo hiciste?

—¿Hacer qué?

—Tener un encuentro sexual con Tiffany.

Primero me cuesta asimilar las palabras de Cliff, pero luego me cabreo al comprenderlas.

—¡No!

—¿Por qué no?

No puedo creer que Cliff realmente me esté preguntando eso, sobre todo porque es un hombre felizmente casado, pero le respondo de todas formas.

—¡Porque amo a mi mujer! ¡Por eso!

—Eso es lo que pensaba —dice.

Eso me hace sentir mejor, pues me doy cuenta de que solamente estaba poniendo a prueba mi moral, lo cual es del todo comprensible ya que las personas que salen de una institución mental deben tener una buena moral para que el mundo continúe girando sin interrupciones mayores y pueda haber finales felices.

Luego digo:

—Ni siquiera sé por qué Tiffany quería tener sexo conmigo. Quiero decir, no soy un hombre atractivo, y ella es muy guapa. Podría encontrar a alguien mejor, seguro. Estoy pensando que quizá sea ninfómana. ¿Qué piensas?

—No sé si es ninfómana o no —dice—. Lo que sé es que a veces la gente dice y hace lo que cree que los demás quieren que haga. Quizá Tiffany no quería tener sexo contigo pero pensó que te ofrecía algo que tú querías, para que la valorases.

Pienso durante unos instantes en esta explicación y digo:

—¿Quieres decir que Tiffany pensaba que yo quería tener sexo con ella?

—No necesariamente —dice sujetándose la barbilla de nuevo—. Tu madre me contó que llegaste con la camiseta llena de maquillaje. ¿Puedo preguntarte cómo sucedió?

Reticente, porque no me gusta cotillear, le cuento que Tiffany llevaba su anillo de casada a pesar de que su marido ha muerto y le cuento lo del abrazo y lo de que nos pusimos a llorar frente a la casa de sus padres.

Cliff asiente y dice:

—Parece que Tiffany necesita un amigo y que pensó que tener sexo contigo la ayudaría a que fueses su amigo. Pero cuéntame otra vez cómo manejaste la situación.

Así que le digo exactamente lo que nos llevó al abrazo y cómo dejé que me manchase la camiseta de Hank Baskett con maquillaje y...

—¿Dónde conseguiste una camiseta de Hank Baskett? —me pregunta.

—Ya te lo dije. Me la regaló mi hermano.

—¿Eso es lo que te pusiste para la cena?

—Claro, como me dijiste que hiciera.

Sonríe y hasta se ríe, lo cual me sorprende. Luego añade:

—¿Qué dijeron tus amigos?

—Ronnie dijo que Hank Baskett era el hombre.

—Es que Hank Baskett es el hombre. Estoy seguro de que hará al menos siete *touchdowns* esta temporada.

—Cliff, ¿eres seguidor de los Eagles?

Hace el cántico de los Eagles.

—¡E! ¡A! ¡G! ¡L! ¡E! ¡S! ¡EAGLES!

Eso me hace reír, ya que es mi terapeuta y no sabía que a los terapeutas les gustase el fútbol americano.

—Bueno, ahora que sé que tú también tienes sangre verde, tendremos que dejar el tema de los Pajarracos para luego —dice Cliff—. ¿Realmente permitiste que Tiffany llorase sobre tu camiseta nueva de Hank Baskett?

—Sí, y es una camiseta buena, no una de esas baratas.

—¡Una camiseta de Hank Baskett auténtica! —dice—. Eso fue muy amable de tu parte, Pat. Me parece que Tiffany realmente necesitaba un abrazo y se lo diste porque eres un buen muchacho.

No puedo evitar sonreír, pues realmente estoy tratando de ser un buen muchacho.

—Lo sé, pero ahora me sigue a todas partes.

—¿Qué quieres decir?

Así que le cuento a Cliff que desde el día de la cena, cada vez que voy a tirar la basura o que salgo a correr, Tiffany está fuera esperándome con su chándal y su cinta rosa para la cabeza.

—Muy educadamente, le dije que no me gusta correr con otras personas y que me dejase solo, pero ella me ignoró y simplemente se puso a correr unos metros por detrás de mí todo el rato. Así cada día, y sigue haciéndolo. De alguna manera sabe lo que voy a hacer y siempre está ahí cuando salgo al atardecer, y me sigue a todas partes. Corro deprisa y sigue conmigo. Corro por calles peligrosas y me sigue. Nunca se cansa, y sigue corriendo tras de mí hasta que paramos en la puerta de mi casa. Ni siquiera me dice hola o adiós.

—¿Por qué no quieres que te siga? —pregunta Cliff.

Así que yo le pregunto a él cómo se sentiría Sonja, su mujer, si una mujer que estuviese buena lo siguiera cada vez que saliese a correr.

Sonríe como hacemos los hombres cuando estamos solos y hablamos de mujeres de manera sexual, y dice:

—¿Así que crees que Tiffany está buena?

Eso me sorprende, pues no sabía que los terapeutas pudieran hablar como hacen los amigos. Eso me hace preguntarme si Cliff piensa que ahora yo soy su amigo.

—Claro que está buena —digo—, pero estoy casado.

Se vuelve a coger la barbilla y pregunta:

—¿Cuánto hace que no ves a Nikki?

Le digo que no lo sé.

—Quizá un par de meses —contesto.

—¿Realmente crees eso? —dice cogiéndose la barbilla de nuevo.

Cuando le digo que sí, oigo esa voz que grita en mi cabeza, e incluso digo la palabra que empieza por «j». Inmediatamente me siento mal, pues Cliff me estaba hablando como a un amigo, y las personas cuerdas no gritan ni maldicen a sus amigos.

—Lo siento —digo cuando Cliff empieza a parecer asustado.

—No pasa nada —responde mientras fuerza una sonrisa—. Debería creer que realmente crees lo que me dices. A mi mujer le gustan las películas extranjeras. ¿A ti te gustan las películas extranjeras?

—¿Con subtítulos?

—Sí.

—Odio ese tipo de películas.

—Yo también —dice Cliff—, sobre todo porque...

—No hay finales felices.

—Exacto —dice Cliff poniendo un dedo en mi cara—, la mayor parte del tiempo son deprimentes.

Asiento para mostrar que estoy de acuerdo, aunque hace mucho tiempo que no veo ninguna película y no lo haré hasta que Nikki regrese, pues ahora estoy viendo la película de mi vida mientras la vivo.

—Mi mujer solía suplicarme que la llevase a ver esas películas extranjeras con subtítulos a todas horas. Era como si cada día me pidiese que fuésemos a ver películas extranjeras, así hasta que cedí y empecé a llevarla. Todos los miércoles por la noche íbamos al cine Ritz y veíamos alguna película depri-mente. ¿Y sabes qué?

—¿Qué?

—Al cabo de un año simplemente dejamos de ir.

—¿Por qué?

—Dejó de pedírmelo.

—¿Por qué?

—No lo sé. Pero quizá si te tomas algún interés en Tiffany y le pides que vaya a correr contigo o a cenar un par de veces, puede que dentro de unas semanas se haya cansado de perse-guirte y te deje en paz. Dale lo que quiere y puede que luego ya no lo quiera. ¿Entiendes?

Lo entiendo, pero no puedo dejar de preguntarle:

—¿Realmente crees que funcionará?

Y Cliff se encoge de hombros de una manera que me hace creer que sí lo hará.

COMPARTO CEREALES

De vuelta a casa de la oficina de Cliff le pregunto a mamá si piensa que pedirle a Tiffany una cita puede ser la mejor manera de deshacerme de ella de una vez por todas, a lo que mamá responde:

—No deberías tratar de deshacerte de nadie, necesitas amigos, Pat. Todo el mundo los necesita.

No respondo nada. Tengo miedo de que mamá esté planeando que me enamore de Tiffany, pues cada vez que llama «amiga» a Tiffany se le pone una sonrisa en la cara y parece esperanzada. Eso me preocupa muchísimo, pues mamá es la única persona de la familia que no odia a Nikki. También sé que mamá mira por la ventana cuando salgo a correr porque al regresar me dice:

—Veo que tu amiga ha aparecido de nuevo.

Mamá aparca el coche, apaga el motor y ofrece:

—Si alguna vez quisieras llevar a tu amiga a cenar, yo te prestaría el dinero. —Y de nuevo, la manera en que dice la palabra «amiga» me hace sentir mal. Yo no respondo y mamá hace una cosa muy extraña: se ríe.

Para terminar mi entrenamiento diario salgo a correr y al llegar al jardín delantero veo que Tiffany está calentando cerca de la casa de mis padres, esperando que yo salga a correr. Pienso que si la invitase a cenar podría terminar con esta locura y volver a correr solo, pero simplemente echo a correr y Tiffany me sigue.

Paso junto al instituto de la avenida Collings y sigo corriendo hacia los vecindarios más cercanos, a Camdem, hacia Oaklyn, luego corro por el bulevar Kendall hacia la escuela Oaklyn, por el bar Manos, luego hacia la avenida Crystal Lake y sigo corriendo hacia Westmont. Cuando llego a un restaurante me vuelvo y sigo corriendo pero sin moverme. Tiffany también corre sin moverse y mira al suelo.

—Eh —le digo—, ¿quieres cenar conmigo en este restaurante?

—¿Esta noche? —dice sin mirarme.

—Sí.

—¿A qué hora?

—Tendremos que venir andando, no se me permite conducir.

—¿A qué hora?

—Estaré en la puerta de tu casa a las siete y media.

Después sucede algo de lo más inesperado. Tiffany simplemente echa a correr y se aleja de mí. Yo no puedo creer que por fin haya conseguido estar solo. Me siento tan feliz que cambio la ruta y corro unos cuantos kilómetros más. Cuando se pone el sol, las nubes del este están alineadas con el cable de la electricidad y eso es un buen presagio.

En casa le digo a mi madre que necesito algo de dinero para llevar a Tiffany a cenar. Mi madre trata de ocultar una sonrisa mientras trae su monedero, que estaba en la mesa de la cocina.

—¿Adónde vas a llevarla?

—Al restaurante Crystal Lake.

—Entonces seguramente no necesitarás más de cuarenta dólares, ¿verdad?

—Supongo.

—Estarán en el aparador cuando bajes.

Me ducho, me pongo desodorante, colonia de mi padre y me visto con los pantalones caquis y una camisa verde oscuro

67

que mi madre me compró en Gap ayer. Por alguna razón, mi madre no para de comprarme ropa, y cada cosa que me compra es de Gap. Cuando bajo, mi madre me dice que me remeta la camisa en el pantalón y que me ponga un cinturón.

—¿Por qué? —pregunto, ya que realmente no me importa parecer respetable. Solo quiero librarme de Tiffany de una vez por todas.

Pero entonces mamá me lo pide por favor, y recuerdo que estoy tratando de ser bueno y que se lo debo a mamá, pues me salvó del lugar malo, así que subo a mi cuarto y me pongo el cinturón de piel marrón que me compró la semana pasada.

Mamá entra en mi habitación con una caja de zapatos y dice:

—Ponte unos calcetines de vestir y pruébate estos. —Abro la caja y dentro hay unos mocasines de piel marrón—. Jake dijo que esto es lo que los hombres de tu edad llevan para ir informales.

Cuando me pongo los mocasines, me miro en el espejo y veo lo delgado que estoy, pienso que parezco casi tan pretencioso como mi hermano pequeño.

Con cuarenta pavos en el bolsillo cruzo el parquet y me dirijo a casa de los padres de Tiffany. Ella está fuera esperándome, pero veo que su madre se asoma por la ventana. La señora Webster se esconde tras la cortina cuando establecemos contacto visual. Tiffany no me saluda pero empieza a caminar antes de que yo me pare. Lleva una falda rosa por la rodilla y una camiseta negra. Sus sandalias de plataforma la hacen parecer más alta y lleva el cabello suelto; le llega por los hombros. Lleva mucho lápiz de ojos y los labios pintados de rosa, pero he de admitir que está estupenda y se lo digo.

—Uau, estás realmente guapa esta noche.

—Me gustan tus zapatos —dice ella a modo de respuesta, y luego caminamos treinta minutos sin decir ni una palabra.

Nos sentamos en el restaurante y la camarera nos trae un vaso de agua. Tiffany pide té y yo digo que agua está bien para mí. Mientras leo el menú empiezo a preguntarme si tendré suficiente dinero, lo cual es tonto ya que sé que llevo dos billetes de veinte y la mitad de los platos cuestan menos de diez dólares. Pero no sé lo que Tiffany pedirá y puede que quiera un postre, eso sin contar la propina.

Nikki me enseñó a dar más propina porque decía que las camareras trabajaban mucho por muy poco dinero. Nikki lo sabía, pues había trabajado de camarera durante la universidad (cuando estábamos en La Salle), así que ahora cuando voy a un restaurante siempre doy más propina para compensar las veces que en el pasado Nikki y yo discutíamos por unos cuantos dólares, cuando yo decía que el quince por ciento era más que suficiente y que nadie me daba propinas sin importar si yo hacía mi trabajo bien o no. Sin embargo, ahora creo en las propinas, pues estoy practicando ser bueno en vez de correcto. Y mientras leo el menú estoy pensando: «¿Y si no tengo dinero suficiente para dar una propina generosa?».

Estoy tan preocupado por esto que debo de haberme perdido lo que ha pedido Tiffany por que la camarera dice:

—¿Señor?

Dejo el menú en la mesa y veo que Tiffany y la camarera me están mirando como si estuvieran preocupadas. Así que digo:

—Cereales con pasas —digo recordando que solo cuesta 2,25 dólares.

—¿Leche?

—¿Cuánto cuesta la leche?

—Setenta y cinco céntimos.

Creo que puedo permitírmelo, así que digo:

—Por favor. —Y le devuelvo la carta a la camarera.

—¿Eso es todo?

Asiento y la camarera suspira antes de dejarnos solos.

—¿Qué has pedido? No lo he oído —le digo a Tiffany tratando de sonar educado pero preocupado por no tener el suficiente dinero para dejar una buena propina.

—Solamente un té —dice, y luego los dos miramos por la ventana los coches que hay en el aparcamiento.

Cuando traen los cereales, abro la pequeña cajita y pongo los cereales en el bol que el restaurante sirve gratis. Luego abro el pequeñísimo tetrabrik y echo la leche sobre los cereales con pasas azucaradas. Empujo el bol hacia el centro de la mesa y le pregunto a Tiffany si quiere compartir los cereales conmigo.

—¿Estás seguro? —dice. Y cuando asiento coge su cuchara y empezamos a comer.

Cuando nos traen la cuenta es de 4,59 dólares y le doy a la camarera los dos billetes de veinte. La mujer ríe, sacude la cabeza y dice:

—¿Quiere que se lo cambie?

Cuando le respondo que no, pensando que Nikki querría que le diese una buena propina, la mujer se vuelve hacia Tiffany y le dice:

—Cariño, me había equivocado con él. Espero que los dos volváis pronto, ¿de acuerdo?

Me doy cuenta de que la mujer está satisfecha con la propina.

Tiffany no habla en el camino de vuelta a casa, así que yo tampoco hablo. Cuando llegamos a su casa le comento que lo he pasado muy bien.

—Gracias —le digo, y le ofrezco la mano para que no se haga una idea equivocada.

Mira la mano y luego a mí, pero no me da la mano. Durante un instante pienso que se va a echar a llorar otra vez, pero en cambio me dice:

—¿Recuerdas cuando te dije que podías follarme?

Asiento lentamente, pues me gustaría no recordarlo.

—No quiero que me folles, Pat. ¿De acuerdo?

—De acuerdo —digo.

Camina hacia casa de sus padres y me quedo solo otra vez.

Cuando llego a casa mi madre me pregunta emocionada qué hemos cenado. Cuando le digo que cereales con pasas se echa a reír y dice:

—En serio, ¿qué habéis tomado?

Yo la ignoro, subo a mi habitación y cierro la puerta.

Tumbado en la cama, cojo la foto de Nikki y le cuento lo de la cita, lo de cómo le he dado una buena propina a la camarera, lo triste que parece Tiffany, y le digo que tengo muchas ganas de que termine el período de separación para poder compartir cereales con ella y pasear una tarde con la suave brisa de septiembre acariciándonos. De repente, estoy llorando otra vez.

Escondo la cara bajo la almohada para que mis padres no me oigan llorar.

CANTA, DELETREA Y BAILA

Me levanto a las 4.30 de la mañana y empiezo a hacer pesas. Cuando termino y salgo del sótano la casa huele a canapés de cangrejo, a pizza barbacoa y a alitas de pollo.

—Huele bien —le digo a mi madre mientras me preparo para salir a correr dieciséis kilómetros.

Estoy sorprendido de descubrir a Tiffany calentando fuera, pues ayer no corrió tras de mí y hoy estoy corriendo por la mañana, y no suelo hacerlo a estas horas.

Corro hacia el parque y cuando miro por encima del hombro veo que me está siguiendo de nuevo.

—¿Cómo sabías que hoy saldría temprano a correr? —pregunto. Pero ella mantiene la cabeza agachada y no dice nada.

Corremos los dieciséis kilómetros y cuando regreso a casa, Tiffany se va a toda velocidad sin decir nada, como si nunca hubiésemos comido cereales con pasas juntos en el restaurante y como si nada hubiera cambiado.

Veo el BMW plateado de mi hermano aparcado frente a la casa de mis padres, así que entro por la puerta de atrás, subo deprisa la escalera y me meto en la ducha. Cuando termino de ducharme me pongo la camiseta de Hank Baskett (mi madre la ha lavado y ha conseguido quitar las manchas de maquillaje), escucho el sonido de los momentos previos al partido que llega de la salita y me preparo para ver jugar a los Pajarracos.

Mi mejor amigo, Ronnie, está sentado junto a mi hermano y eso me sorprende. Ambos llevan camisetas con el número 18 y el nombre Stallworth escrito en la espalda (la de Ronnie es una de las camisetas baratas pero la de Jake es auténtica). Papá está sentado en su sillón y lleva su camiseta de McNabb con el número 5.

Entro y digo:

—¡Adelante, Pajarracos!

Mi hermano se pone en pie, se vuelve hacia mí, levanta los brazos en el aire y grita:

—¡Ahhhhhhhhh! —Y sigue gritando hasta que Ronnie y mi padre se ponen en pie, me miran, levantan los brazos y gritan también—. ¡Ahhhhhhhhh!

Levanto las manos en el aire y digo:

—¡Ahhhhhhhhh!

Los cuatro hacemos el cántico, deletreando la palabra con nuestros brazos y con nuestros cuerpos.

—¡E! ¡A! ¡G! ¡L! ¡E! ¡S! ¡EAGLES!

Extendemos los dos brazos y una pierna hacia delante para hacer la «E» y continuamos así con todas las letras. Cuando terminamos, mi hermano se dirige hacia el sofá y me rodea por los hombros mientras empieza a entonar la canción de la lucha, la cual recuerdo a la perfección, así que canto con él.

—¡Volad, Eagles, volad! ¡El camino a la victoria! —Estoy tan contento de cantar con mi hermano que no me importa que me ponga el brazo alrededor del hombro. Nos dirigimos al sofá mientras cantamos—. ¡Volad, Eagles, volad! ¡Marcad un *touchdown* 1, 2, 3!

Miro a mi padre y no solo no aparta la mirada, sino que empieza a cantar con más entusiasmo. Ronnie me pone también su brazo en el hombro. Ahí estoy, entre mi hermano y mi mejor amigo.

—Golpeadles. Golpeadles. ¡Veamos a nuestros Eagles volar! —Descubro que mamá ha venido a mirarnos y que se tapa la boca con la mano como hace siempre que va a llorar o a reír (parece contenta, así que sé que está riendo)—. ¡Volad, Eagles, volad! ¡El camino a la victoria!

Y entonces Ronnie y Jake me sueltan para poder volver a hacer las letras con su cuerpo.

—¡E! ¡A! ¡G! ¡L! ¡E! ¡S! ¡EAGLES! —Tenemos la cara roja y mi padre respira de manera pesada, pero estamos todos muy contentos. Por primera vez realmente me siento en casa.

Mi madre pone la comida en bandejas frente al televisor y el partido comienza.

—Se supone que no debo beber —digo cuando mamá reparte las botellas de Budweiser.

Pero mi padre dice:

—Puedes beber durante los partidos de los Eagles.

Así que mamá se encoge de hombros, sonríe y me da una cerveza fría.

Le pregunto a mi hermano y a Ronnie por qué no llevan también camisetas de Baskett si Baskett es el hombre. Entonces me dicen que los Eagles han podido fichar a Donté Stallworth y que ahora Donté Stallworth es el hombre. Como yo llevo una camiseta de Baskett, insisto en que Baskett es el hombre. Mi padre empieza a bufar como respuesta y el chuleta de mi hermano me dice:

—Pronto lo veremos. —Es raro que él me diga eso, pues fue él quien me regaló la camiseta de Baskett y hace tan solo dos semanas me había asegurado que Baskett era el hombre.

Mi madre mira el partido nerviosa, como hace siempre, porque sabe que si los Eagles pierden papá estará de mal humor toda la semana y le gritará mucho. Ronnie y Jake intercambian datos sobre los distintos jugadores y comprueban las pantallas de sus teléfonos móviles para ver si hay actualizaciones sobre otros jugadores, pues los dos juegan al fútbol americano virtual, un juego de ordenador en el que te dan puntos por elegir jugadores que anotan *touchdowns.* Yo miro a mi padre de vez en cuando para asegurarme de que ve cómo animo al equipo. Sé que solo quiere sentarse en la misma habitación que su hijo trastornado siempre y cuando esté animando a los Pajarracos con todas sus fuerzas. He de admitir que me siento bien por estar en la misma habitación que mi padre, aunque me odie y aunque aún no le haya perdonado del todo lo de la buhardilla y el puñetazo en la cara.

Los Houston Texans marcan primero y papá empieza a maldecir en voz alta, tan alta que mamá sale del cuarto diciendo que va a traer más cervezas y Ronnie mira la televisión fijamente fingiendo no haber escuchado lo que mi padre está diciendo, que es:

—Defended de una jodida vez, no sois más que mierdas con un sueldo excesivo. Jugáis contra los Texans, no contra las Dallas Cowgirls. ¡Jodidos Texans! ¡Jodido Jesucristo!

—Relájate, papá —dice Jake—, ya los tenemos.

Mamá distribuye las cervezas y durante un rato papá sorbe tranquilamente la suya, pero de repente McNabb pierde la posesión y mi padre señala el televisor con el dedo y comienza a decir cosas sobre McNabb que harían volverse loco a mi amigo Danny, porque él dice que solo las personas negras pueden utilizar la palabra que empieza por «n».

Por suerte, Donté Stallworth sí es el hombre, y gracias a él los Eagles se ponen de nuevo a la cabeza y papá deja de maldecir y sonríe de nuevo.

Durante el medio tiempo, Jake convence a mi padre para que venga un rato a jugar con nosotros al balón, así que los cuatro salimos y empezamos a jugar en medio de la calle. Uno de nuestros vecinos sale con su hijo y dejamos que se unan a nosotros. El niño solamente tiene diez años y no alcanza el balón, pero como lleva una camiseta verde se lo pasamos una y otra vez. Siempre se le cae, pero nosotros le vitoreamos. El niño sonríe orgulloso y su padre asiente agradecido cada vez que capta la mirada de alguno de nosotros.

Jake y yo somos los que más lejos estamos, nos pasamos el balón de una punta a otra de la calle y a veces tenemos que correr bastante para alcanzar el pase. No se nos cae el balón ni una sola vez, pues somos muy buenos atletas.

Papá simplemente está ahí plantado bebiendo cerveza, pero de vez en cuando le lanzamos alguna bola fácil que coge con una sola mano y le pasa a Ronnie, que está a su lado. Ronnie no es tan bueno, pero ni Jake ni yo se lo decimos porque es nuestro amigo, porque todos vamos de verde, porque el sol brilla, porque los Eagles van ganando y porque estamos tan llenos de comida caliente y cerveza fría que realmente no nos importa que las habilidades atléticas de Ronnie no sean iguales a las nuestras.

Cuando mamá anuncia que el medio tiempo está a punto de terminar, Jake va hacia el crío, levanta las manos y hace «¡Ahhhhhhhh!» hasta que el padre del niño hace lo mismo. Tras unos segundos, el crío lo pilla, levanta los brazos y grita:

—¡Ahhhhhhhh!

Entonces hacemos el cántico de los Eagles (deletreando la palabra con nuestros brazos y piernas) antes de volver corriendo a nuestras respectivas casas.

Donté Stallworth continúa siendo el hombre en la segunda parte, consigue casi 150 yardas y un *touchdown*, mientras que Baskett ni siquiera logra hacer una parada. No me enfado en absoluto por esto, ya que al final del partido pasa algo muy gracioso.

Cuando los Eagles van ganando 24-10, todos nos ponemos en pie para hacer juntos el cántico de la lucha, como hacemos siempre que los Pajarracos ganan un partido de la temporada. Mi hermano nos pone los brazos por los hombros a Ronnie y a mí y dice:

—Vamos, papá.

Mi padre está algo borracho debido a toda la cerveza que ha bebido y alegre por la victoria (y por el hecho de que McNabb ha conseguido más de 300 yardas), así que se pone con nosotros y me echa el brazo al hombro (lo que me sorprende al principio, no porque no me guste que me toquen, sino porque hace muchos años que mi padre no me rodea con el brazo). El peso y el calor de su brazo me hacen sentir bien mientras entonamos el cántico de la lucha. Pillo a mi madre mirándonos desde la cocina, donde está lavando los platos. Me sonríe a pesar de que otra vez está llorando, y yo me pregunto el motivo mientras canto y bailo.

Jake le pregunta a Ronnie si necesita que lo lleve a casa, a lo que mi mejor amigo responde:

—No, gracias; Hank Baskett me va a acompañar a casa.

—¿Voy a hacerlo? —pregunto, pues Ronnie y Jake me han llamado Hank Baskett durante todo el partido y sé que se refieren a mí.

—Sí —dice. Antes de salir cogemos el balón de fútbol.

Cuando llegamos al parque Knights jugamos un rato con el balón, pasándonoslo, pero no muy de lejos, pues Ronnie no es demasiado fuerte. Al cabo de unos minutos, mi mejor amigo me pregunta qué pienso de Tiffany.

—Nada —digo—, no pienso nada sobre ella, ¿por qué?

—Veronica me ha dicho que Tiffany te sigue cuando sales a correr. ¿Es cierto?

Cojo el balón que me lanza y digo:

—Sí, es algo extraño. Conoce todos mis horarios.

Le lanzo el balón a Ronnie en una perfecta espiral sobre su hombro derecho para que lo pueda coger mientras corre.

No se vuelve.

No corre.

El balón pasa por encima de su cabeza.

Ronnie recupera el balón, vuelve a su sitio y dice:

—Tiffany es un poco rara. ¿Entiendes lo que quiero decir por rara, Pat?

Vuelvo a cazar el balón a pesar de su flojo pase justo antes de que me dé en la rodillera y digo:

—Supongo. —Sé que Tiffany es diferente a la mayoría de las mujeres, pero también sé lo que se siente cuando te separan de tu cónyuge, y eso es algo que Ronnie no puede entender—. ¿Rara cómo? ¿Como yo?

Se le cae el alma a los pies y dice:

—No. No quería decir... Es solo que Tiffany está yendo a terapia...

—Yo también.

—Ya lo sé, pero...

—¿Ir a terapia me hace ser raro?

—No, escúchame un segundo. Solo trato de ser tu amigo, ¿de acuerdo?

Miro la hierba mientras Ronnie me habla. No quiero escuchar a Ronnie hablando de esto, pero Ronnie es mi único amigo ahora que he dejado el lugar malo, y hemos pasado un día estupendo, los Eagles han ganado, papá me ha rodeado con el brazo y...

—Sé que Tiffany y tú fuisteis a cenar, y es genial. A ambos os vendría bien un amigo que sepa lo que es sufrir una pérdida.

No me gusta la forma en la que usa la palabra pérdida, como si yo ya hubiese perdido a Nikki para siempre; aún estoy en el período de separación y no la he perdido para siempre, pero no le digo nada y le dejo seguir.

—Escucha —dice Ronnie—, quiero contarte por qué despidieron a Tiffany de su trabajo.

—Eso no es de mi incumbencia.

—Lo es si vas a salir a cenar con ella. Escucha, necesitas saber que...

Ronnie me narra lo que él cree que es la historia de cómo despidieron a Tiffany, pero por el modo en que habla me doy cuenta de que no es imparcial. La explica como lo haría el doctor Timbers, relatando los hechos sin siquiera preguntarse qué sucedía dentro de la cabeza de Tiffany. Me dice lo que los compañeros escribieron en los informes, lo que el jefe contó a sus padres y lo que la terapeuta le ha dicho desde entonces a Veronica (que es el apoyo de Tiffany y por eso habla una vez a la semana con su terapeuta). Pero en ningún momento me dice lo que Tiffany siente o lo que se le pasa por la cabeza y el corazón, los terribles sentimientos que experimenta, los impulsos conflictivos, las necesidades, la desesperación, todo lo que la hace diferente de Ronnie y de Veronica, que se tienen el uno al otro y que tienen una hija llamada Emily, un buen sueldo, una casa y todas esas cosas que hacen que la gente no piense que eres raro. Lo que me sorprende es que Ronnie me lo cuenta de manera amistosa, como si tratase de protegerme de Tiffany, como si supiera más de estas cosas que yo, como si yo no hubiese pasado unos meses en una institución mental. No comprende a Tiffany y estoy seguro de que tampoco me comprende a mí, pero no le echo la culpa a Ronnie, pues estoy tratando de ser mejor para que Nikki pueda quererme de nuevo cuando termine el período de separación.

—No te estoy diciendo que seas borde o que cotillees sobre ella, solamente te lo digo para protegerte —dice Ronnie. Yo asiento—. Bueno, será mejor que vaya a casa con Veronica. Puede que venga un día para hacer una sesión de pesas contigo, ¿te parece?

Asiento otra vez y le observo correr mientras se aleja sintiendo que ha cumplido su misión, pues está claro que se le permitió venir a ver el partido porque Veronica quería que me hablase de Tiffany, probablemente porque Veronica pensó que igual me aprovechaba de su hermana ninfómana, lo cual me cabrea mucho y, sin darme cuenta, estoy llamando al timbre de los Websters.

—¿Hola? —me dice la madre de Tiffany cuando abre la puerta. Parece mayor con el pelo canoso y la gruesa chaqueta que lleva a pesar de que estamos en septiembre y ella se encontraba dentro de casa.

—¿Puedo hablar con Tiffany?

—Tú eres el amigo de Ronnie, ¿no? ¿Pat Peoples?

Asiento porque sé que la señora Webster sabe quién soy.

—¿Te importa que te pregunte qué es lo que quieres de nuestra hija?

—¿Quién es? —grita el padre de Tiffany desde otra habitación.

—¡Es solamente el amigo de Ronnie, Pat Peoples! —grita a su vez la señora Webster—. ¿Qué quieres de nuestra Tiffany?

Miro el balón que tengo en las manos y digo:

—Salir a jugar un rato. Hace una tarde preciosa. Pensé que igual quería tomar algo de aire fresco.

—¿Solo jugar con el balón? —dice la señora Webster.

Le muestro mi anillo de casado para que sepa que no quiero tener sexo con su hija y digo:

—Escuche, estoy casado, solo quiero ser amigo de Tiffany, ¿de acuerdo?

La señora Webster parece sorprendida por mi respuesta, lo cual es extraño, pues estoy seguro de que es lo que ella quería escuchar. Pero momentos después dice:

—Da la vuelta a la casa y llama a la puerta.

Llamo a la puerta trasera pero nadie responde.

Llamo tres veces más y me marcho.

Estoy a mitad de camino cuando oigo algo tras de mí. Cuando me vuelvo, veo a Tiffany caminando muy deprisa hacia mí. Lleva un chándal rosa hecho de un material que cuando roza cruje. Cuando se acerca, le paso el balón muy suavemente, pero ella se aparta y el balón cae al suelo.

—¿Qué quieres? —dice.

—¿Quieres jugar con el balón?

—Odio el fútbol americano; ya te lo dije, ¿no?

Como no quiere jugar decido preguntarle simplemente lo que me interesa saber.

—¿Por qué me sigues cuando salgo a correr?

—¿De verdad te importa?

—Sí —respondo.

Entorna los ojos y hace que su expresión parezca borde y dice:

—Te estoy controlando.

—¿Cómo?

—He dicho que te estoy controlando.

—¿Por qué?

—Para ver si estás lo suficientemente en forma.

—¿Lo suficientemente en forma para qué?

Pero en vez de responder a mi pregunta, dice:

—También estoy controlando tu ética de trabajo, tu fortaleza, la manera en la que te desenvuelves ante los problemas, tu habilidad para perseverar cuando no estás seguro de lo que sucede a tu alrededor y...

—¿Por qué?

—Aún no puedo decírtelo —explica.

—¿Por qué no?

—Porque aún no he terminado de observarte.

Ella empieza a caminar y yo la sigo. Pasamos el lago, cruzamos el puente y salimos del parque, pero ya no volvemos a hablar.

Me lleva hacia la avenida Haddon y allí pasamos por las tiendas nuevas, los restaurantes ostentosos y adelantamos a otros peatones, a niños en monopatín y a hombres que levantan las manos en el aire y gritan «¡Adelante, Eagles!» al ver mi camiseta de Hank Baskett.

Tiffany gira en la esquina de la avenida Haddon y se mete por una zona de casas residenciales hasta que llegamos a casa de mis padres. Entonces se para, me mira y (después de haber pasado una hora en silencio) me dice:

—¿Ha ganado tu equipo?

Asiento.

—Sí, 24-10.

—Qué afortunado —dice Tiffany, y luego se marcha.

EL MEJOR TERAPEUTA DEL MUNDO

El lunes por la mañana, el día después de que los Eagles ganasen a los Texans, sucede algo extraño. Estoy en el sótano haciendo ejercicio cuando mi padre baja por primera vez desde que he vuelto a casa.

—¿Pat? —dice.

Dejo de hacer estiramientos, me levanto y lo miro. Está en el último escalón, como si no se atreviera a poner ni un pie en mi territorio.

—¿Papá?

—Realmente tienes un buen equipamiento aquí.

No digo nada, ya que sé que probablemente está enfadado con mamá por comprarme casi un gimnasio entero.

—Hay mucha información sobre los Eagles en la prensa de hoy —dice mientras me ofrece la sección de deportes de los periódicos *The Courier Post* y *The Philadelphia Inquirer*—. Me he levantado pronto y he terminado de leer los artículos para que tú pudieses leerlos y estar al día con el equipo. Por tus comentarios de ayer durante el partido me he dado cuenta de que no conoces a todos los jugadores y he pensado que ahora que estás en casa te gustaría seguir al equipo esta temporada y... Bueno, a partir de ahora te dejaré la prensa todos los días en el primer escalón.

Estoy demasiado sorprendido para hablar o moverme, pues mi padre siempre se ha llevado la sección de deportes al trabajo, desde que Jake y yo éramos pequeños. Jake solía discutir con papá por eso y le pedía que al menos trajera la sección de deportes cuando volviese de trabajar para que pudiésemos leer los artículos cuando acabáramos nuestros deberes. Pero papá siempre se llevaba los periódicos antes de que nos levantásemos y nunca traía de vuelta a casa la sección de deportes; decía que se le había olvidado o que la había perdido. Jake finalmente se suscribió a estos periódicos cuando tuvo su primer trabajo cargando cajas en Big Foods y así empezamos a leer los deportes juntos cada mañana antes de ir al cole. Él tenía doce años y yo trece.

Hago trescientos abdominales con la ayuda del Stomach Master 6000 antes de permitirme ir al escalón a recoger la prensa. El estómago me arde, y mientras la cojo tengo miedo de que mi padre me haya gastado una broma y que solo haya dejado la sección de comida o de entretenimiento, pero descubro aliviado que papá realmente me ha traído la sección de deportes de ambos periódicos.

A la hora de tomarme las pastillas de las mañanas encuentro a mamá en la cocina haciendo huevos revueltos. Mi plato está preparado en la barra para desayunar y las cinco pastillas que debo tomarme están en fila sobre mi servilleta.

—Mira —le digo al tiempo que le muestro lo que me ha dado mi padre.

—La sección de deportes, ¿eh? —dice mamá mientras hace los huevos.

—Sí —digo. Me siento y me meto las cinco pastillas en la boca, decidiendo cuántas me tomaré hoy—. ¿Por qué?

Mamá coloca los huevos revueltos en mi plato con la ayuda de una espátula y dice:

—Tu padre lo está intentando, Pat. Pero si yo fuera tú, no haría demasiadas preguntas. Toma lo que te dé y sé feliz, eso es lo que hacemos, ¿no?

Ella me sonríe esperanzada y en ese instante decido tomarme las cinco pastillas, así que doy un sorbo de agua y lo hago.

Cada día de la semana oigo que se abre la puerta del sótano y luego se cierra. Cuando miro el escalón de arriba encuentro las secciones de deportes, que leo de principio a fin mientras desayuno con mamá.

La gran noticia es el partido contra los Giants, el partido que todos creen que será la clave para ganar la NFC Este, especialmente porque los Giants ya han perdido el partido contra los Indianapolis Colts. Si perdieran este partido, irían 0-2, y los Eagles 2-0. El partido será uno de los más importantes de la temporada, y como tengo el pase gracias a Jake, estoy realmente emocionado.

Cada noche espero que papá vuelva del trabajo deseando poder comentar con él el próximo partido (para utilizar los nombres de todos los jugadores nuevos que he aprendido y demostrarle que de nuevo soy un auténtico aficionado), pero siempre se lleva la cena al estudio y cierra la puerta. Un par de veces he llegado a ir al estudio y he levantado la mano para llamar a la puerta, pero siempre me acobardo. Mamá me dice:

—Dale tiempo.

Sentado en el sofá marrón reclinable, hablo de mi padre con el doctor Cliff durante mi cita del viernes. Le cuento que ahora mi padre me deja la sección de deportes para que la lea y que sé que esto supone un gran esfuerzo para mi padre, pero que me gustaría que me hablase más. Cliff me escucha, pero dice muy poco sobre mi padre. No deja de sacar el tema de Tiffany, lo cual es un poco irritante, ya que ella solo me sigue cuando salgo a correr.

—Tu madre dice que mañana vas a la playa con ella —dice Cliff, y sonríe como hacen los hombres cuando hablan de mujeres y sexo.

—Voy con Ronnie, Veronica y la pequeña Emily también. La intención es llevar a Emily a la playa ya que este verano casi no ha ido y pronto hará demasiado frío para ir. Cliff, a los críos les encanta la playa.

—¿Estás contento por ir?

—Claro. Quiero decir, tendré que madrugar para poder hacer mis ejercicios y terminar cuando vuelva a casa pero...

—¿Qué piensas de ver a Tiffany en bañador?

Parpadeo un par de veces antes de pillar lo que me ha preguntado.

—Dijiste que tenía un cuerpo bonito —añade Cliff—. ¿Tienes ganas de verlo? Igual llevará un biquini. ¿Qué piensas de eso?

Por un instante me cabreo (pues pienso que mi terapeuta está siendo irrespetuoso), pero luego me doy cuenta de que Cliff quiere poner a prueba mi moral y así asegurarse de que estoy preparado para dejar la institución mental, de modo que sonrío y digo:

—Cliff, estoy casado, ¿recuerdas?

Él asiente y parpadea, haciéndome sentir que he pasado la prueba.

Comentamos un poco la semana. No he tenido ningún episodio agresivo y eso demuestra que las pastillas están haciendo efecto (o al menos eso piensa Cliff, ya que no sabe que escupo casi la mitad en el váter). Cuando es hora de irme, Cliff dice:

—Tengo una cosa más que decirte.

—¿El qué?

Me sorprende al ponerse de pie de un salto, levantar las manos en el aire y gritar:

—¡Ahhhhhhhhh!

Así que yo también doy un salto, levanto las manos y grito:

—¡Ahhhhhhhhh!

—¡E! ¡A! ¡G! ¡L! ¡E! ¡S! ¡EAGLES! —cantamos al unísono, deletreando la palabra con nuestros brazos y piernas. De repente me siento muy feliz.

Cliff predice una victoria de los Eagles por 21-14 y me acompaña a la salida después de que yo le diga que estoy de acuerdo con su pronóstico. En la sala de espera está mi madre, que nos dice:

—¿Estabais haciendo el cántico de los Eagles?

Cliff levanta las cejas y se encoge de hombros, pero cuando se da la vuelta y se dirige a su oficina empieza a silbar el «Volad, Eagles, volad», lo que me hace llegar a la conclusión de que tengo el mejor terapeuta del mundo entero.

De camino a casa mi madre me pregunta si Cliff y yo charlamos de algo más que de fútbol durante la terapia. En vez de responderle, le digo:

—¿Crees que papá empezará a hablarme si los Eagles ganan a los Giants?

Mamá frunce el ceño y dice:

—La triste realidad es que puede que sí. Realmente puede que sí.

Eso me anima mucho.

LA CABEZA DE TIFFANY FLOTANDO
POR ENCIMA DE LAS OLAS

Cuando Ronnie viene a recogerme con su monovolumen (que tiene tres hileras de asientos), Tiffany ya está sentada junto a la silla de coche de Emily, así que yo me siento en la última fila y colocó a mi lado el balón de fútbol americano y la bolsa que mi madre me ha preparado (y que contiene una toalla, ropa de recambio y una bolsa llena de comida, a pesar de que le dije a mamá que Ronnie iba a traer bocadillos de la tienda de *delicatessen*).

Mi madre siente la necesidad de quedarse en el porche y saludar con la mano, como si yo tuviese cinco años. Veronica (que está sentada en el asiento delantero) se inclina sobre Ronnie y le grita a mi madre:

—¡Gracias por el vino y las flores!

Mi madre se toma esto como una invitación para acercarse al vehículo e iniciar una conversación.

—¿Te gusta el conjunto que le compré a Pat? —dice mi madre acercándose a la ventana de Ronnie. Se asoma y mira a Tiffany, pero esta le ha dado la espalda a mi madre y está mirando por la ventanilla las casas que hay al otro lado de la acera.

La ropa que llevo es ridícula: un polo naranja brillante, un bañador verde brillante y chanclas. Yo no quería ponerme nada de esto, pero sabía que Veronica armaría un escándalo si me ponía una de mis camisetas cortadas y un pantalón desgastado. Puesto que Veronica y mi madre tienen el mismo gusto, he permitido que mi madre me vistiera. Además, eso ha hecho muy feliz a mamá.

—Está genial, señora Peoples —dice Veronica mientras Ronnie asiente con la cabeza como diciendo que está de acuerdo.

—Hola, Tiffany —dice mi madre metiendo un poco más la cabeza en el coche. Tiffany la ignora

—¿Tiffany? —dice Veronica, pero ella sigue mirando por la ventanilla.

—¿Ya conoce a Emily? —dice Ronnie.

Entonces sale del coche, saca a Emily de su asiento y la coloca en los brazos de mi madre. La voz de mi madre se vuelve muy graciosa cuando le habla a Emily, y Veronica y Ronnie, que están junto a mi madre, son todo sonrisas.

Esto sigue durante unos minutos hasta que Tiffany se vuelve y dice:

—Pensé que hoy íbamos a ir a la playa.

—Lo siento, señora Peoples —dice Veronica—, mi hermana puede ser algo brusca a veces, pero es cierto que deberíamos irnos si queremos comer en la playa.

Mi madre asiente rápidamente y, mientras Ronnie coloca a Emily en su sillita, dice:

—Pásalo bien, Pat.

Vuelvo a sentirme como si tuviera cinco años.

De camino a la playa, Ronnie y Veronica nos hablan a Tiffany y a mí igual que le hablan a Emily, como si realmente no esperaran una respuesta, diciendo cosas que no hay necesidad de decir, como: «Qué ganas tengo de llegar a la playa», «Lo vamos a pasar muy bien», «¿Qué deberíamos hacer primero: nadar, pasear por la playa o jugar con el balón?», «Que día tan bonito» o «¿Lo estáis pasando bien, chicos?».

Después de estar veinte minutos sin responderles, Tiffany dice:

—¿Podemos pasar un rato en silencio?

Así que el resto del viaje trascurre silencioso, excepto por unos grititos que emite Emily y que sus padres dicen que son cantos.

Cruzamos Ocean City y un puente que lleva hasta una playa que no conozco.

—Está menos abarrotada —explica Ronnie.

Cuando aparcamos, colocan a Emily en algo que parece una mezcla entre un carrito y un todoterreno y que Veronica empuja. Tiffany lleva la sombrilla. Ronnie y yo cargamos con la neverita, y cada uno sujetamos un asa. Recorremos un caminito de madera y cruzamos las dunas hasta llegar a la playa. Una vez allí vemos que la tenemos para nosotros solos.

No se ve a ninguna otra persona.

Tras una breve discusión sobre si la marea está subiendo o bajando, Veronica escoge una zona que está seca y coloca una toalla sábana mientras Ronnie empieza a clavar la sombrilla en la arena. Como hace algo de brisa, Veronica tiene problemas para colocar la enorme toalla en la arena.

Si quien hubiese estado colocando la toalla hubiese sido otra persona, yo habría cogido una esquinita de la misma y habría ayudado, pero como no quiero que me griten espero a que me den órdenes antes de hacer nada. Tiffany hace lo mismo, pero Veronica no pide ayuda.

Puede que se haya levantado algo de arena pues Emily empieza a gritar y a frotarse los ojos.

—Qué bonito —dice Tiffany.

Veronica atiende a Emily inmediatamente, le sugiere que parpadee y le muestra lo que debe hacer, pero Emily grita cada vez más.

—Ahora mismo no puedo soportar a un bebé llorando —añade Tiffany—. Haz que deje de llorar, Veronica, por favor haz que...

—¿Recuerdas lo que dijo la doctora Lily? ¿Qué ha sido lo que hemos hablado esta mañana? —dice Veronica por encima del hombro mirando muy seria a Tiffany antes de volver a centrar su atención en Emily.

—Así que ahora hablamos de mi terapeuta delante de Pat,

¿no? Jodida hija de puta —dice Tiffany sacudiendo la cabeza y alejándose rápidamente de nosotros.

—Dios —dice Veronica—. Ronnie, ¿puedes ocuparte de Emily?

Ronnie asiente solemnemente y Veronica echa a correr tras Tiffany diciendo:

—Vuelve, vamos. Lo siento. Lo siento de verdad.

Ronnie le echa un poco de agua embotellada en los ojos a Emily, y al cabo de diez minutos ha dejado de llorar. Estiramos la gran toalla bajo la sombra de la sombrilla y colocamos la neverita, nuestras chanclas y el carrito de Emily en las esquinas para que no se levante, pero Veronica y Tiffany no vuelven.

Después de que cada centímetro de piel de Emily esté cubierto de protector solar, Ronnie y yo jugamos con ella en la orilla del agua. Le gusta correr tras las olas cuando se alejan, también le gusta cavar en la arena, y tenemos que asegurarnos de que no se la come (lo cual a mí me parece muy raro, porque ¿quién querría comer arena?). Ronnie mete a Emily en el agua y todos flotamos un rato en las olas.

Le pregunto si deberíamos preocuparnos por Veronica y Tiffany, y Ronnie me responde:

—No. Seguramente estarán teniendo una sesión de terapia en la playa. Volverán pronto.

No me gusta la forma en que enfatiza la palabra terapia, como si fuera algo ridículo, pero no digo nada.

Luego nos secamos y nos tumbamos en la toalla. Ronnie y Emily en la sombra y yo al sol. Cuando abro los ojos, la cara de Ronnie se encuentra junto a la mía, está durmiendo. Noto un golpecito en el hombro, me doy la vuelta y veo que Emily está al otro lado de la toalla. Me sonríe y dice:

—Pap.

—Deja que papá duerma —susurro mientras la cojo en brazos y la llevo al agua.

Durante un buen rato nos sentamos en la orilla y cavamos un pequeño agujero con las manos, pero luego, Emily empieza a perseguir la espuma de las olas, riendo y señalándolas.

—¿Quieres ir a nadar? —le pregunto. Y como ella asiente la cojo en brazos y nos metemos en el agua.

Las olas son ahora más altas y están rompiendo cerca de la orilla, así que me alejo de la zona en la que rompen y nos quedamos donde el agua me llega al pecho. Emily y yo empezamos a flotar sobre el oleaje. Como las olas han crecido, he de saltar muy fuerte para mantener nuestras dos cabezas fuera del agua, pero a Emily le encanta y empieza a reír, a dar gritos y palmadas cada vez que lo logramos. Esto continúa durante diez minutos; estoy tan contento que le beso las mejillas una y otra vez. Hay algo en Emily que me hace querer jugar con ella y las olas el resto de mi vida. Decido que cuando el período de separación termine tendré una hija con Nikki cuanto antes, pues nada en el mundo me había hecho tan feliz desde que empezó el período de separación.

Las olas se vuelven aún más grandes. Levanto a Emily y me la pongo sobre los hombros para que el agua no le salpique en la cara, y sus gritos sugieren que le gusta estar tan arriba.

Flotamos arriba y abajo.

Estamos tan contentos...

Estamos tan, tan contentos...

Pero entonces oigo a alguien gritar.

—¡Pat! ¡Pat! ¡Paaaaat!

Me vuelvo y veo a Veronica que viene corriendo muy deprisa playa abajo seguida de Tiffany. Estoy preocupado y temo que algo vaya mal, así que empiezo a acercarme. Ahora las olas son muy grandes y tengo que bajarme a Emily de los hombros y sujetarla fuertemente a mi pecho para asegurarme de que no le pasa nada, pero pronto llegamos hasta Veronica, que está corriendo entre las olas.

Cuando me acerco, veo que Veronica parece muy enfadada. Emily empieza a chillar para que su madre la coja.

—¿Qué demonios estabas haciendo? —me dice Veronica cuando le entrego a Emily.

—Solo estaba nadando con Emily —respondo.

Los gritos de Veronica han debido de despertar a Ronnie, que se acerca corriendo hacia nosotros.

—¿Qué ha pasado?

—¿Dejas que Pat meta a Emily en medio del océano? —le espeta Veronica. Por la forma en la que dice mi nombre es obvio que no quiere que Emily se quede a solas conmigo, teme que le haga daño. Eso es injusto, sobre todo porque Emily solamente ha empezado a llorar cuando ha oído los gritos de Veronica. Así que, en realidad, Veronica es la única que molesta a su hija.

—¿Qué le has hecho? —me dice Ronnie.

—Nada —digo—, solo estábamos nadando.

—¿Qué estabas haciendo tú? —le dice Veronica a Ronnie.

—Debí de quedarme dormido y...

—Dios santo, Ronnie, ¿dejas a Emily sola con él?

La forma en la que Veronica se ha referido a mí, los llantos de Emily, Ronnie acusándome de haberle hecho algo malo a su hija, el sol quemándome el pecho desnudo y la espalda, Tiffany, que empieza a observarme... De repente siento que estoy a punto de estallar. Noto que está a punto de darme un ataque violento así que antes de que esto suceda hago lo único que se me ocurre: echo a correr playa abajo alejándome de Veronica, Ronnie, los llantos de Emily y las acusaciones. Corro tan rápido como puedo, y de repente me doy cuenta de que estoy llorando. Quizá sea porque solamente estaba nadando con Emily y creía que no estaba haciendo nada malo, que era lo correcto, que estaba intentando ser bueno y que pensaba que lo estaba siendo. Pienso en que he dejado que mi mejor amigo y Veronica me griten, y no es justo, pues lo he estado intentando tanto... Cuánto más puede durar esta jodida película, cuánto más he de mejorar y...

Entonces Tiffany me adelanta.

Casi ni la veo.

De repente solo importa una cosa: adelantarla.

Empiezo a correr más rápido para alcanzarla, pero ella coge el ritmo y andamos a la par hasta que consigo pasarla y mantengo mi ritmo durante un minuto más o menos antes de reducir la marcha y permitir que me alcance. Corremos el uno al lado del otro un buen rato, sin decir ni una sola palabra.

Parece como si hubiese pasado una hora cuando damos media vuelta y empezamos a regresar, y parece como si hubiese pasado otra hora hasta que llegamos a ver la sombrilla de Ronnie y Veronica, pero antes de alcanzarlos Tiffany se mete en el agua.

Yo la sigo y voy directo hacia las olas. El agua salada refresca mi piel después de haber pasado tanto rato corriendo. Pronto cubre demasiado para ponernos en pie y la cabeza de Tiffany flota por encima de las olas, que se han calmado considerablemente. Su cara está algo morena y su cabello oscuro está mojado y se ve natural. Hasta veo pecas en su nariz que no veía esta mañana, así que nado hacia ella.

Una ola me eleva y cuando vuelvo a bajar me doy cuenta de que mi cara y la suya están muy cerca. Por un instante, Tiffany me recuerda tanto a Nikki que tengo miedo de besarla sin querer. Pero Tiffany se aleja un poco antes de que esto suceda, y yo se lo agradezco.

Sus dedos de los pies salen a la superficie y empieza a flotar mirando al horizonte.

Yo echo el cuerpo atrás, miro la línea en la que el cielo y el mar se unen, dejo que mis pies salgan también a la superficie y me quedo flotando junto a Tiffany durante largo rato. Ninguno de los dos decimos ni una palabra.

Cuando volvemos a la toalla, Emily está durmiendo con la mano en la boca, y Ronnie y Veronica están tumbados a la sombra y cogidos de la mano. Al acercarnos a ellos entornan los ojos y sonríen como si nunca hubiese pasado nada malo.

—¿Qué tal ha ido la carrera? —pregunta Ronnie.

—Queremos ir a casa ahora —dice Tiffany.

—¿Qué? —exclama Ronnie incorporándose—. Si ni siquiera hemos comido. Pat, ¿de verdad quieres irte?

Veronica no dice nada.

Miro al cielo. No hay ni una nube. Todo está azul.

—Sí, quiero irme —le digo. Y al poco rato, todos estamos en el coche de vuelta a Collingswood.

UNA COLMENA REPLETA DE ABEJAS VERDES

—¡Ahhhhhhhhh!

Me incorporo con el corazón latiéndome a toda velocidad. Cuando consigo abrir los ojos veo a mi padre al lado de la cama con las manos por encima de la cabeza. Lleva puesto el jersey de McNabb con el número 5.

—¡Ahhhhhhhhh!

Continúa gritando hasta que salgo de la cama, levanto las manos y digo:

—¡Ahhhhhhhhh!

Hacemos el cántico y representamos las letras con los brazos y las piernas.

—¡E! ¡A! ¡G! ¡L! ¡E! ¡S! ¡EAGLES!

Cuando terminamos, en vez de decirme buenos días o alguna otra cosa, mi padre simplemente sale de la habitación.

Miro el reloj y veo que son las 5.59 de la mañana. El partido empieza a las 13.00. Le prometí a Jake reunirme con él a las 10.00, lo que me deja dos horas para hacer pesas y una para correr. Así que hago pesas y a las 8.00 de la mañana Tiffany me está esperando fuera como dijo que haría.

No corremos demasiado rato, solamente unos diez u once kilómetros.

Después me doy una ducha, me pongo mi camiseta de Baskett y le digo a mamá que si me puede llevar a la estación del PATCO, pero dice:

—Tu conductor te está esperando fuera. —Mamá me da

un beso en la mejilla y me entrega algo de dinero—. Pásalo bien y no dejes que tu hermano beba demasiado.

Fuera veo a papá en su coche con el motor en marcha. Me meto en el coche y pregunto:

—Papá, ¿vas a venir al partido?

—Ojalá pudiera —dice, y nos dirigimos hacia la autopista.

La verdad es que mi padre sigue obedeciendo una prohibición autoimpuesta y por eso no asiste a los partidos de los Eagles. A principios de los años ochenta, cuando papá tenía unos veintitantos años, tuvo una pelea con un hincha de los Dallas Cowboys que se atrevió a sentarse en el nivel 700, lugar en el que se vendían los asientos más baratos del estadio de los Vet y donde se sentaban los ultras de los Eagles.

La historia la escuché de mi ya fallecido tío y decía lo siguiente:

Cuando los Cowboys marcaron un *touchdown*, ese aficionado de los Dallas empezó a saltar y a vitorear en voz muy alta, así que la gente comenzó a tirarle cervezas y perritos calientes. El problema era que mi padre estaba sentado en la fila de delante de ese aficionado de los Dallas, con lo cual a él también le empezó a caer cerveza, mostaza y comida.

Por lo visto, papá perdió el control y atacó al aficionado de los Dallas hasta dejarlo al borde de la muerte. De hecho, arrestaron a mi padre por agresión y estuvo tres meses en la cárcel. Si mi tío no hubiese pagado la hipoteca esos meses, habríamos perdido la casa. Papá perdió su pase de temporada y desde entonces no ha vuelto a ver un partido de los Eagles en el campo.

Jake dice que podríamos meter a papá en el campo, pues ya nadie comprueba los carnets en la entrada, pero él repite que no irá.

—Mientras dejen entrar a los del equipo contrario en nuestra casa, yo no sé si podré dominarme.

En cierto modo esto es gracioso, pues han pasado casi veinticinco años desde que papá pegara a ese aficionado de los Dallas, y ahora solo es un hombre viejo y gordo que no creo que fuera a pegar a otro hombre viejo y gordo como él. Aunque mi padre me pegó bastante fuerte hace unas semanas en la buhardilla, así que quizá sí es sabio por su parte permanecer alejado del campo.

Mientras cruzamos el puente Walt Whitman, mi padre dice que puede que este sea un día importante en la historia de los Eagles, especialmente puesto que los Giants ganaron los dos partidos del año pasado.

—¡Venganza! —grita una y otra vez indiscriminadamente.

Me dice también que he de gritar y pitarle a Eli Manning (que gracias a la sección de deportes sé que es el quarterback de los Giants) para que no pueda hablar o escuchar durante los corrillos.

—Grita con todas tus fuerzas, porque tú eres el decimosegundo hombre —dice papá. La manera en que papá me habla, casi sin hacer pausas y sin dejarme responder, hace que parezca un loco, aunque ya sé que la mayoría de la gente cree que yo soy el loco de la familia.

Cuando al fin llegamos, papá cesa su charla sobre los Eagles el tiempo suficiente para decir:

—Es bueno que vengas a ver los partidos con Jake otra vez. Tu hermano te ha echado mucho de menos. ¿Te das cuenta? Necesitas dedicar tiempo a tu familia, no importa lo que pase en las otras facetas de tu vida, porque Jake y tu madre te necesitan.

Esto es muy irónico, pues él casi no me ha hablado desde que volví a casa y prácticamente no pasa nada de tiempo conmigo, con mi madre o con Jake, pero al menos mi padre por fin me está hablando. Todo el tiempo que yo he pasado con Jake o con él ha estado relacionado con los deportes (especialmente con los Eagles) y sé que esto es todo lo que se puede permitir emocionalmente, así que lo acepto con agrado y le digo:

—Ojalá tú también vinieras a ver el partido, papá.

—A mí también me gustaría —responde.

Me deja a unas diez manzanas del nuevo estadio, donde puede dar media vuelta y así evitar el tráfico.

—Tendrás que apañártelas para volver a casa —dice—, no voy a conducir hasta este zoo de nuevo.

Le doy las gracias por haberme traído y justo antes de que cierre la puerta, levanta las manos en el aire y grita:

—¡Ahhhhhhhhh!

Yo también levanto las manos y grito:

—¡Ahhhhhhhhh!

Hay un grupo de hombres tomando cerveza en una furgoneta cercana a nosotros; ellos también levantan las manos y gritan. Somos hombres unidos por un equipo. Hacemos juntos el cántico y me siento feliz; ahora recuerdo lo divertido que era estar en South Philly un día de partido.

Mientras camino por la calle Once de camino al aparcamiento del Lincoln Financial Field (siguiendo las directrices que me dio mi hermano por teléfono la noche anterior) me cruzo con un montón de gente que lleva camisetas de los Eagles. Por todas partes puede verse el color verde. Hay mucha gente bebiendo cerveza en vasos de plástico, jugando con balones y escuchando el programa previo al partido de la WIP 610 por la radio. Cuando me ven pasar me saludan, chocan las manos con las mías, me pasan el balón y gritan: «¡Adelante, Pajarracos!», solo porque llevo puesta una camiseta de los Eagles. Veo a niños con sus padres y ancianos con sus hijos mayores. Hombres gritando, cantando y sonriendo como si fueran niños de nuevo. Entonces me doy cuenta de cuánto lo he echado de menos.

Aunque no quiero, no puedo evitar buscar el estadio de los Vet y solamente encuentro el aparcamiento. Hay un nuevo estadio para los Phillies también, se llama Citizens Bank Park. En la entrada hay un cartel gigantesco de un nuevo jugador llamado Ryan Howard. Todo esto parece sugerirme que papá y Jake no me mentían cuando me dijeron que el estadio había sido demolido. Trato de no pensar en las fechas que mencionaron y me centro en disfrutar del partido y de pasar tiempo con mi hermano.

Encuentro el aparcamiento de la derecha y empiezo a buscar la tienda de campaña verde con la bandera negra de los

Eagles arriba. El aparcamiento está lleno (de tiendas de campaña, barbacoas y fiestas por todas partes), pero tras diez minutos de búsqueda encuentro a mi hermano.

Jake lleva una camiseta en recuerdo de Jerome Brown con el número 99 (Jerome Brown fue designado dos veces el mejor jugador de defensa y placajes de la liga, y murió en un accidente de coche en 1992). Mi hermano está bebiendo cerveza de una copa verde; está de pie junto a su amigo Scott, que se está ocupando de la comida. A Jake se le ve feliz y por un instante simplemente disfruto viendo cómo sonríe y cómo rodea a Scott con el brazo. Yo no había visto a Scott desde la última vez que estuve en South Philly. Jake tiene la cara roja y parece que ya va un poco borracho, pero no me preocupo, Jake siempre ha sido un borracho alegre. Como a mi padre, nada hace a Jake más feliz que un partido de los Eagles.

Cuando Jake me ve, grita:

—¡Hank Baskett de fiesta con nosotros! —Luego echa a correr hacia mí, chocamos las manos y también el pecho.

—¿Qué hay, tío? —me dice Scott mientras chocamos los cinco. La gigantesca sonrisa de su boca sugiere que se alegra de verme—. Tío, estás realmente tremendo. ¿Qué has estado levantando, coches?

Yo sonrío orgulloso mientras me pega un golpecito en el hombro, como hacen todos los hombres que son colegas.

—Hace años, quiero decir, hum... ¿Cuántos meses han pasado? —Él y mi hermano intercambian una mirada que no me pasa desapercibida, pero antes de que yo pueda decir nada, Scott grita—: ¡Eh, culos gordos de dentro de la tienda! Quiero presentaros a mi chico, Pat, el hermano de Jake.

La tienda es del tamaño de una pequeña casa. Al entrar, veo que en un lado hay un gigantesco televisor de pantalla plana y que cinco tipos realmente gordos están viendo las imágenes previas al partido. Todos llevan camisetas de los Eagles. Scott me dice sus nombres y cuando pronuncia el mío los hombres asienten, me saludan y siguen mirando el espectáculo previo al partido. Todos ellos llevan agendas electrónicas y sus ojos se mueven rápidamente de las pequeñas pantallas que tienen en las manos a la gran pantalla que hay en el otro extremo de la tienda. Casi todos llevan puestos unos auriculares que, imagino, están conectados a sus teléfonos móviles.

Mientras salimos de la tienda, Scott dice:

—No te preocupes. Están tratando de obtener información de última hora. Serán un poco más amistosos cuando ya hayan hecho sus apuestas.

—¿Quiénes son? —pregunto.

—Chicos del trabajo. Soy técnico informático y trabajo en Digital Cross Health. Hacemos páginas web para médicos de familia.

—¿Cómo pueden mirar la televisión aquí en el aparcamiento? —pregunto.

Mi hermano me lleva de vuelta a la tienda y señala un pequeño motor que hay en una cajita metálica.

—Un generador de energía. —Luego señala la parte de arriba de la tienda, donde hay colgado un pequeño platillo gris—. Y una antena para verla por satélite.

—¿Qué hacen con todo esto cuando entran en el campo? —pregunto.

—Oh —dice Scott con una risita—, ellos no tienen entradas.

Jake me pone Yuengling Lager en un vaso de plástico y me lo da. Me percato de que hay tres neveritas llenas de latas y botellas de cerveza, probablemente cuatro o cinco cajas. Sé que el vaso de plástico es para mantener a la policía alejada, pues pueden arrestarte si tienes una lata de cerveza en la mano, pero no pueden hacer lo mismo si lo que sujetas es un vaso de plástico. Las bolsas vacías que hay fuera de la tienda me indican que Jake y Scott ya me llevan ventaja.

Mientras Scott termina de preparar el desayuno (salchichas y huevos revueltos que cocina en una sartén que ha colocado sobre las llamas de una barbacoa de gas) no me hace muchas preguntas sobre lo que he estado haciendo. Y yo lo aprecio. Estoy seguro de que mi hermano ya le ha contado a

Scott lo de mi estancia en el lugar malo y lo de mi separación de Nikki, pero aun así aprecio que Scott me permita reintegrarme en el mundo futbolístico de los Eagles sin interrogarme.

Scott me cuenta cosas de su vida. Resulta que mientras yo estaba en el lugar malo se casó con una chica llamada Willow y ahora tienen unas gemelas de tres años llamadas Tami y Jeri-Lyn. Scott me enseña una foto que guarda en su cartera en la que las niñas están vestidas con trajes de ballet (tutús y medias) con los brazos estirados por encima de la cabeza (en la que llevan diademas plateadas) señalando al cielo.

—Mis pequeñas bailarinas. Ahora vivimos en la parte de Pensilvania. En Drexel Hill —dice Scott mientras coloca media docena de salchichas en la parte superior de la barbacoa para que se mantengan calientes mientras cocina la siguiente tanda. Pienso en Emily, en cómo ella y yo flotábamos el día anterior sobre las olas, y me prometo a mí mismo ponerme las pilas para tener una hija en cuanto el período de separación haya terminado.

Trato de no hacer cálculos en mi cabeza, pero no puedo evitarlo. Si es padre de unas gemelas que tienen tres años y se casó un tiempo después de la última vez que lo vi pero antes de que su mujer se quedase embarazada... eso quiere decir que por lo menos no he visto a Scott en los últimos cuatro años. Aunque puede que dejase a su novia embarazada y luego se casase con ella, pero claro, no puedo preguntar eso. Aun así, como sus hijas tienen tres años, eso sigue queriendo decir que no he hablado con él desde hace tres o cuatro años.

Mi último recuerdo de Scott es en el estadio de los Vet. Hacía una temporada o dos que le había vendido mi pase de temporada a Chris, el hermano de Scott, pero Chris viajaba a menudo para asistir a reuniones de trabajo y me permitía comprar mi asiento para esos pocos partidos que el equipo jugaba en casa mientras él estaba fuera. Recuerdo que vine de Baltimore para ver un partido contra los Dallas. No recuerdo quién ganó o cuál fue el resultado, lo que sí recuerdo es estar sentado entre Jake y Scott en el nivel 700 cuando los Dallas marcaron un *touchdown*. Algún payaso que estaba detrás de nosotros se levantó y empezó a vitorear mientras se desabrochaba la chaqueta y mostraba una camiseta de Tony Dorsett. Todas las personas de nuestra sección empezaron a abuchear y a lanzar comida al aficionado de los Dallas, que sonreía y sonreía.

Jake estaba muy borracho y casi no podía ponerse en pie, pero corrió tras ese aficionado de los Dallas trepando por tres hileras de personas. El sobrio aficionado de los Dallas se deshizo fácilmente de Jake, pero cuando Jake cayó en los brazos de un hincha borracho de los Eagles se oyó un lamento y vimos que las fuerzas de seguridad reducían al tipo de la camiseta de Tony Dorsett.

A Jake no lo expulsaron del campo.

Scott y yo nos las apañamos para sacar a Jake del tumulto, y para cuando llegaron las fuerzas de seguridad nosotros estábamos en el lavabo de hombres echando agua a la cara a Jake y tratando de despejarlo.

En mi mente, esto sucedió el año pasado, quizá hace once meses. Pero sé que si saco el tema ahora que estamos enfrente del Linc me dirán que eso sucedió hace más de tres o cuatro años, así que decido no sacar el tema, a pesar de que quiero hacerlo, pues sé que la respuesta de Jake y de Scott me hará saber lo que el resto del mundo piensa del tiempo. Aun así, no saber lo que piensa el resto del mundo de lo que ha pasado entre entonces y ahora es aterrador. Es mejor no pensar mucho en esto.

—Bebe —me dice Jake—, tómate unas cervezas. Sonríe. ¡Es día de partido!

Así que empiezo a beber, a pesar de que los pequeños frascos de color naranja en los que vienen mis pastillas llevan unas pegatinas en las que dice que está prohibido tomar alcohol.

Una vez que los chicos de la tienda de campaña han comido, tiramos los platos de papel y Scott, Jake y yo empezamos a jugar con el balón.

En el aparcamiento hay mucha gente. Además de los que vamos a ver el partido, hay gente vagabundeando: tipos vendiendo cosas robadas o camisetas hechas a mano; madres que pasean con sus hijas vestidas con trajes de animadoras y que harán algún paso de animadora por un dólar para su club de animadoras; vagabundos deseosos de contarte chistes verdes por un poco de comida y bebida; bailarinas de *striptease* que llevan pantalones cortos y chaquetas de raso y que reparten entradas gratuitas para sus locales; grupos de críos vestidos con cascos y hombreras recaudando dinero para su equipo; chicos universitarios repartiendo propaganda y muestras de nuevos tipos de soda, bebidas deportivas, caramelos o comida basura; y, por supuesto, otros setenta mil aficionados de los Eagles como nosotros. Básicamente, es un carnaval verde de fútbol americano.

Para el momento en el que decidimos jugar con el balón un rato ya me he tomado dos o tres cervezas, y apostaría que Jake y Scott se han tomado al menos diez, así que nuestros pases no son muy buenos. Damos golpes a coches que están aparcados, tiramos algunas mesas de comida, les damos a algunos tipos en la espalda... pero a nadie le importa ya que somos aficionados de los Eagles, llevamos camisetas de los Eagles y estamos animando a los Pajarracos. De vez en cuando, algún hombre intercepta un pase o dos, pero siempre nos devuelve el balón con una sonrisa.

Me gusta pasarme el balón con Jake y Scott, me hace sentir un niño, y cuando era un niño, era la persona de la que Nikki se enamoró.

Pero entonces sucede algo malo.

Jake lo ve primero, lo señala y dice:

—¡Eh, mirad a ese capullo!

Me vuelvo y veo a un hombre grandullón con una camiseta de los Giants no muy lejos de nuestra tienda. Lleva un casco rojo, azul y blanco, y lo peor es que lo acompaña un niño que también lleva una camiseta de los Giants. El tipo se dirige hacia un grupo de aficionados que al principio se lo hace pasar mal pero que al final le dan una cerveza.

De repente, mi hermano se dirige hacia el aficionado de

los Giants, así que Scott y yo lo seguimos. Mi hermano empieza a cantar al tiempo que camina.

—¡Capuuuuuullo! ¡Capuuuuuullo! ¡Capuuuuuullo! —canta mientras señala el casco. Scott hace lo mismo. Antes de que pueda darme cuenta, estamos rodeados por veinte personas o más que llevan camisetas de los Eagles y que también están cantando y señalándolo.

He de admitir que en cierto modo es emocionante formar parte de esta multitud unida por su odio al aficionado del equipo contrario.

Cuando llegamos a donde está el aficionado de los Giants, sus amigos (todos aficionados de los Eagles) ríen. Sus caras parecen decir: «Te dijimos que esto sucedería». Pero en vez de sentirse arrepentido, el aficionado levanta las manos en el aire como si acabara de hacer un truco de magia o algo así, sonríe y asiente como si le gustara que le llamaran capullo. Incluso se pone la mano en la oreja como si dijera: «No puedo oíros». El niño que va con él (tiene el mismo tono pálido de piel y la misma nariz chata, probablemente sea su hijo) está aterrorizado. La camiseta del pequeño le llega hasta las rodillas y según el canto de «capullo» se intensifica el chiquillo se abraza a la pierna de su padre y trata de esconderse detrás de él.

Mi hermano consigue que las masas canten «Los Giants apestan» y más aficionados de los Eagles se nos unen. Ahora seremos unos cincuenta. Es en este momento cuando el crío empieza a llorar; cuando los aficionados ven que el niño está llorando, la masa ahoga unas risitas y se dispersa.

Jake y Scott se están riendo de vuelta a la tienda de campaña, pero yo no me siento bien por haber hecho llorar al niño. Sé que ha sido estúpido que el aficionado de los Giants viniera con una camiseta de los Giants al campo de los Eagles, y realmente ha sido culpa suya que hicieran llorar a su hijo, pero también sé que no ha sido muy amable lo que hemos hecho. Este es el comportamiento que Nikki odia y que estoy tratando de...

Noto que unas manos me cogen por la espalda y me inclino hacia delante hasta el punto de que casi me caigo. Cuando me doy la vuelta, veo al aficionado de los Giants. Ya no lleva el casco y su hijo ya no está con él.

—¿Te gusta hacer llorar a los críos? —me dice.

Estoy demasiado sorprendido para responder. Había unas cincuenta personas cantando, ¿por qué la toma conmigo? ¿Por qué? Yo ni siquiera estaba cantando, ni siquiera estaba señalándolo. Quiero decirle esto, pero mi boca no funciona y me quedo ahí quieto moviendo la cabeza.

—Si no quieres tener problemas, no vengas a un partido de los Eagles con una camiseta de los Giants —dice Scott.

—Un buen padre no traería a su hijo aquí vestido de esa manera —añade Jake.

La masa se forma de nuevo rápidamente. Un círculo verde nos rodea y yo pienso que este aficionado de los Giants debe de estar loco. Uno de sus amigos ha venido a hablar con él y a calmarle.

—Vamos, Kenny, déjale. No querían hacer nada malo. Solo era una broma.

—¿Cuál es tu jodido problema? —dice Kenny mientras me sacude.

Es en este punto cuando los aficionados de los Eagles empiezan a cantar:

—¡Capuuuuuullo! ¡Capuuuuuullo! ¡Capuuuuuullo!

Kenny me mira a los ojos, le chirrían los dientes y tiene las venas del cuello marcadas. Él también levanta pesas. Sus brazos parecen más grandes que los míos y es más alto que yo.

Miro a Jake en busca de ayuda y me doy cuenta de que él también parece un poco preocupado.

Jake da un paso frente a mí, levanta las manos en el aire indicando que no quiere hacerle daño a nadie, pero antes de que pueda decir nada el aficionado de los Giants coge a mi hermano por la camiseta de Jerome Brown y lo tira al suelo.

Veo a mi hermano en el suelo (su mano derrapando por el asfalto) y luego veo cómo empieza a brotar sangre de entre sus dedos. Jake está asustado y aturdido.

Mi hermano está herido.
Mi hermano está herido.
MI HERMANO ESTÁ HERIDO.
Entonces exploto.

El mal sentimiento que tengo en mi estómago me sube por el pecho hasta que llega a mis manos y no puedo parar. Me muevo hacia delante como si fuera un camión Mac. Le pego con la izquierda en la mejilla y luego con la derecha en la barbilla, tan fuerte que lo levanto del suelo. Lo veo volar por los aires como si se hubiera lanzado de espaldas a la piscina. Su espalda golpea contra el suelo, y sus pies y manos se quedan quietos. En ese instante estoy seguro de que el aficionado de los Giants está muerto. No se mueve y la masa se ha callado.

Alguien grita:

—¡Llamad a una ambulancia!

Otro grita:

—¡Decidles que traigan una bolsa roja y azul!

—Lo siento —susurro, pues me cuesta hablar y me encuentro muy mal—, lo siento mucho.

Y entonces echo a correr.

Deambulo entre las masas de gente, cruzo calles, rodeo los coches y puedo oír los pitidos y a los conductores maldiciéndome. De repente me entran náuseas y cuando me doy cuenta estoy vomitando en la acera (los huevos, la salchicha y la cerveza). La gente me grita, me dice que soy un borracho y un capullo, y entonces vuelvo a echar a correr calle abajo alejándome de los estadios.

Cuando siento que estoy a punto de vomitar me paro y descubro que me he quedado solo. Ya no hay más aficionados de los Eagles por donde estoy yo. Hay una alambrada de tela metálica y un almacén que parece abandonado.

Vomito otra vez.

En la acera, al lado del charco que estoy haciendo, hay pedazos de un cristal roto que brillan al sol.

Lloro.

Me siento fatal.

Caigo en la cuenta de que voy a ir a la cárcel (he matado a un hombre y ahora Nikki nunca volverá conmigo); sigo llorando; soy solo un desperdicio, una jodida mala persona.

Camino una manzana más y me detengo.

Miro al cielo.

Veo pasar una nube bajo el sol.

La parte de arriba se ve de color blanco y brillante.

Entonces lo recuerdo.

No te rindas, pienso. Todavía no.

—¡Pat! ¡Pat! ¡Espera!

Me doy la vuelta, miro hacia donde están los estadios y veo que mi hermano viene hacia mí. Durante el siguiente minuto, Jake cada vez se hace más y más grande hasta que está frente a mí y se inclina mientras empieza a resoplar y a coger aire.

—Quiero entregarme —digo—, a la policía. Quiero entregarme.

—¿Por qué?

—Por haber matado a ese aficionado de los Giants.

Jake se ríe.

—Le has dado su merecido. Pero no lo has matado, Pat.

—¿Cómo lo sabes?

Jake sonríe, saca su teléfono móvil, marca un número y se acerca el teléfono a la oreja.

—Lo he encontrado —dice Jake—; sí, díselo.

Jake me da el teléfono. Me lo acerco a la oreja.

—¿Hablo con Rocky Balboa? —Reconozco la voz de Scott—. Escucha, el capullo al que has golpeado está muy cabreado; mejor que no vuelvas a la tienda.

—¿No está muerto? —pregunto.

—No, pero tú podrías estarlo si vuelves aquí.

Me invade una oleada de alivio y por un segundo me siento bien.

Scott me explica que él y los chicos gordos de la tienda de campaña se han ocupado de que no me encontraran y que nadie había sido capaz de identificarnos a Jake o a mí cuando ha llegado la policía.

—Puede que al aficionado de los Giants le hagan falta unos cuantos puntos —dice Scott—, pero por lo demás está bien.

Le devuelvo el teléfono a Jake, algo aliviado al saber que no he herido seriamente a Kenny, pero sintiéndome tonto por haber perdido el control de nuevo.

—Entonces ¿nos vamos a casa ahora? —le digo a Jake cuando termina de hablar con Scott.

—¿A casa? ¿Estás de broma? —pregunta, y empezamos a caminar hacia el Linc.

Como no decimos nada durante mucho rato, mi hermano me pregunta si estoy bien.

No estoy bien, pero no se lo digo.

—Escucha, ese tipo te ha atacado y me ha tirado al suelo. Solamente has defendido a tu familia —dice Jake—. Deberías estar orgulloso. Has sido un héroe.

A pesar de que estaba defendiendo a mi hermano, a pesar de que no he matado al aficionado de los Giants, no me siento en absoluto orgulloso. Estoy arrepentido. Deberían encerrarme de nuevo en el lugar malo. Siento que el doctor Timbers tenía razón respecto a mí, respecto a que no pertenezco al mundo real porque no puedo controlarme y soy peligroso. Pero, claro, no le digo esto a Jake ya que él nunca ha estado encerrado y no sabe qué se siente al perder el control. Lo único que quiere es ver el partido. Sé que esto no significa nada para él, ya que nunca ha estado casado y no ha perdido a nadie como Nikki. Además, él no tiene que tratar de mejorar porque no sufre la lucha interna que yo tengo que librar cada día contra las explosiones que siento y que son como las del Cuatro de Julio, contra mis terribles necesidades e impulsos...

Fuera del Linc hay masas de gente haciendo cola y, junto a cientos de aficionados, esperamos a que nos cacheen. Yo no recuerdo que nos cacheasen en el estadio de los Vet. Me pregunto cuándo se hizo necesario cachear a la gente en los partidos de la liga NFL, pero no se lo pregunto a Jake, pues él ahora está cantando «Volad, Eagles, volad», junto a cientos de aficionados borrachos de los Eagles.

Nos cachean, subimos los escalones, escanean las entradas y ya estamos dentro del Lincoln Financial Field. Hay gente por todas partes, es como un nido de abejas verdes y el zumbido es ensordecedor.

A menudo tenemos que apretujarnos entre la gente para abrirnos paso hacia nuestra sección. Sigo a Jake, preocupado por perderlo de vista, pues sé que me perdería seguro.

Cuando llegamos a los lavabos de caballeros, Jake consigue que todos los que están ahí dentro entonen el cántico de los Eagles. La línea de los urinarios es larga y me sorprendo al ver que nadie mea en los lavabos, pues en los Vet (al menos en el nivel 700) todos los lavabos se utilizaban como urinarios extra.

Cuando llegamos a los asientos estamos en la zona final este, solamente a unas veinte filas del campo.

—¿Cómo conseguiste localidades tan buenas? —le pregunto a Jake.

—Conozco a un tipo —responde mientras sonríe orgulloso.

Scott ya está sentado y me da la enhorabuena por la pelea.

—Le diste a ese aficionado de los Giants su merecido.

Eso me hace sentir mal otra vez.

Jake y Scott chocan las manos con casi todas las personas de la sección. Cuando veo que los otros aficionados llaman a Scott y a mi hermano por su nombre, me doy cuenta de que son bastante populares aquí.

Cuando pasa el vendedor de cerveza, Scott nos compra una ronda y me sorprende descubrir que tengo un hueco especial para dejar el vaso en el asiento. Nunca se había visto algo tan lujoso en el campo de los Vet.

Justo antes de que anuncien los nombres de los jugadores de los Eagles, en las pantallas gigantes que hay en los extremos del campo empiezan a poner imágenes de películas de Rocky, y Jake y Scott no dejan de decir:

—Ese eres tú. Ese eres tú.

Yo me preocupo y tengo miedo de que alguien los escuche, se dé cuenta de que yo golpeé al aficionado de los Giants y le diga a la policía que me arreste.

Cuando anuncian la alineación de los Eagles hay unos fuegos artificiales y las animadoras empiezan a bailar, todo el mundo está en pie y Jake no para de darme golpecitos en la espalda. De repente dejo de pensar en la pelea del aparcamiento. Empiezo a pensar en que mi padre estará en casa viendo el partido en la salita, mi madre le estará sirviendo alitas de pollo, pizza y cerveza y esperando que los Eagles ganen para que esa semana esté de buen humor. También me pregunto si papá volverá a hablarme esta noche si ganan los Eagles y, de repente, ha empezado el partido y yo estoy chillando con todas mis fuerzas, como si me fuera la vida en ello, como si todo dependiera del resultado del partido.

Los Giants marcan primero, pero los Eagles reaccionan con un *touchdown* ante el cual todo el estadio entona el cántico de la lucha con gran orgullo, rematado con el cántico de los Eagles.

Al final del primer cuarto, Hank Baskett hace la primera parada de su carrera en la NFL. Todo el mundo choca las manos conmigo y me da golpecitos en la espalda porque llevo la camiseta oficial de Hank Baskett, y le sonrío a mi hermano por haberme hecho un regalo tan bueno.

Desde ese instante dominan los Eagles, y al comienzo del último cuarto los Eagles van 24-7. Jake y Scott están muy contentos y yo ya comienzo a imaginarme la charla que tendré con mi padre cuando llegue a casa, y lo orgulloso que estará de que le haya estado pitando a Eli Manning cada vez que cogía el balón.

Pero entonces la defensa de los Eagles baja la guardia y los Giants nos marcan 17 puntos inesperados en el último cuarto. Los aficionados de Filadelfia están muy sorprendidos.

En el tiempo de descuento, Plaxico Burress supera a Sheldon Brown y al final los Giants se marchan de Filadelfia con una victoria.

Es terrible verlo.

Al salir del Linc, Scott dice:

—Será mejor que no volváis a donde está la tienda en el aparcamiento. Seguro que ese capullo os espera allí.

Así que le decimos adiós a Scott y seguimos a las masas hasta la entrada del metro.

Jake tiene billetes, así que pasamos los torniquetes, descendemos y nos abrimos paso para meternos en uno de los vagones. La gente grita: «¡Ya no hay sitio!», pero Jake se apretuja contra la gente y luego me empuja a mí hacia dentro. Tengo el pecho de mi hermano completamente pegado a la espalda y noto los cuerpos de extraños tocando mis brazos. Cuando finalmente se cierran las puertas, tengo la nariz pegada al cristal de la ventana.

El olor a cerveza surge a través del sudor que desprendemos y resulta amargo.

No me gusta estar tan pegado a tantos extraños, pero no digo nada y pronto llegamos al ayuntamiento.

Cuando salimos del tren giramos por otro torniquete, nos dirigimos al centro de la ciudad y vamos caminando por Market Street, pasamos por las viejas tiendas, los nuevos hoteles y el museo.

—¿Quieres ver mi apartamento? —dice Jake cuando llegamos a la estación del PATCO en Eighth con Market, que es donde puedo tomar un metro hacia el puente Ben Franklin para ir a Collingswood.

Sí que quiero ver el apartamento de Jake, pero estoy cansado y ansioso por llegar a casa para hacer unas pesas antes de ir a la cama, así que le pregunto si lo puedo ver otro día.

—Claro —dice—, me gusta tenerte de vuelta, hermano. Hoy has sido un auténtico aficionado de los Eagles.

Asiento con la cabeza.

—Dile a papá que los Pajarracos remontarán la semana que viene contra San Fran.

Asiento de nuevo.

Mi hermano me sorprende cuando me rodea con sus brazos, me da un abrazo y dice:

—Te quiero, hermano, gracias por dar la cara por mí en el aparcamiento.

Le digo que yo también le quiero y él se va cantando por la calle Market Street la canción «Volad, Eagles, volad», tan alto como le permiten sus pulmones.

Yo me meto en el metro, inserto los cinco dólares que me ha dado mi madre en la máquina de cambio, compro un billete, paso por el torniquete, bajo más escalones y llego al andén. Allí empiezo a pensar en el pequeño que llevaba la camiseta de los Giants. «¿Lloraría mucho cuando vio la sangrienta barbilla de su padre? ¿Llegaría a ver el partido?» Hay más tipos con camisetas de los Eagles en los bancos del andén; todos asienten con miradas compasivas cuando ven mi camiseta de Hank Baskett.

En una esquina de la plataforma un hombre grita:

—¡Jodidos malditos Pajarracos! —Luego patea una papelera.

Otro hombre que está junto a mí sacude la cabeza y susurra:

—Jodidos malditos Pajarracos.

Cuando llega el tren decido quedarme de pie junto a la puerta. Mientras el tren cruza el río Delaware y el puente Ben Franklin, yo miro el cielo recortado de edificios de la ciudad y de nuevo vuelvo a pensar en el crío llorando. Me siento muy mal cuando pienso en el niño.

Me bajo del tren en Collingswood, camino por la plataforma, paso mi billete por el torniquete y camino de vuelta a casa.

Mi madre está sentada en la salita tomándose un té.

—¿Cómo está papá? —pregunto.

Sacude la cabeza y señala el televisor.

El cristal está roto y parece que haya una telaraña.

—¿Qué ha pasado?

—Tu padre ha estampado la lamparita contra la pantalla.

—¿Porque los Eagles han perdido?

—En realidad no. Lo ha hecho cuando los Giants han empatado al final del último cuarto. Tu padre ha tenido que ver cómo los Eagles perdían el partido en la tele del dormitorio —dice mi madre—. ¿Cómo está tu hermano?

—Bien —digo—. ¿Dónde está papá?

—En su despacho.

—Oh.

—Siento que tu equipo perdiera —dice mamá, aunque sé que solo lo dice para ser amable.

—No pasa nada —respondo, y bajo al sótano, donde me dedico a levantar pesas durante horas tratando de olvidar lo del pequeño aficionado de los Giants, pero no consigo sacarme al niño de la cabeza.

Por algún motivo me quedo dormido sobre la alfombra que hay en el suelo del sótano. En mis sueños reproduzco la pelea una y otra vez, solo que en vez de que el aficionado de los Giants traiga a un niño, en el sueño el aficionado trae a Nikki al partido y ella también lleva una camiseta de los Giants. Cada vez que golpeo al tío grande, aparece Nikki de entre las masas, acuna la cabeza de Kenny en sus brazos, lo besa en la frente y luego me mira.

Justo antes de que eche a correr me dice:

—Pat, eres un animal y nunca más volveré a quererte.

En mis sueños lloro y trato de no pegarle al aficionado de los Giants cada vez que reproduzco la escena en mi mente, pero no puedo controlarme en sueños más de lo que lo hago en la realidad y de lo que lo hice al ver la sangre en las manos de Jake.

Me despierto con el sonido que hace la puerta del sótano al cerrarse y veo la luz que entra por las pequeñas ventanas y que se refleja en la lavadora y la secadora. Subo los escalones y no puedo creerme que la sección de deportes esté ahí.

Estoy muy enfadado por el sueño que he tenido, pero me doy cuenta de que solo ha sido eso, un sueño, y a pesar de todo mi padre aún sigue dejándome la sección de deportes después de uno de los peores partidos de los Eagles en toda su historia.

Así que respiro hondo, eso me permite sentirme esperanzado otra vez, y empiezo con mis ejercicios.

SEÑORITA MALHABLADA

Estoy en el restaurante Crystal Lake con Tiffany, sentados en el mismo lugar que la última vez, tomándonos nuestra cajita de cereales con pasas y bebiendo té caliente. No hemos dicho ni una sola palabra mientras veníamos aquí, no hemos dicho nada mientras esperábamos un camarero y no decimos nada ahora, mientras esperamos que traigan la leche, el bol y los cereales. Empiezo a comprender que tenemos una clase de amistad en la que no se necesitan muchas palabras.

Mientras observo cómo coge los cereales con la cuchara y se los mete en la boca, trato de decidir si quiero o no contarle lo que sucedió en el partido de los Eagles. Ya llevo dos días pensando en el niño que lloraba y se escondía tras las piernas de su padre; me arrepiento mucho de haberle pegado al aficionado de los Giants. No se lo conté a mamá porque se habría disgustado. Mi padre no me habla desde que los Eagles perdieron contra los Giants y no veré al doctor Cliff hasta el viernes. Además, empiezo a pensar que Tiffany es la única que me va a entender, puesto que ella tiene un problema similar y también estalla (como el día de la playa, cuando a Veronica se le escapó que Tiffany iba a terapia delante de mí).

Miro a Tiffany, que tiene los dos codos apoyados sobre la mesa. Lleva una camiseta negra que hace que su pelo parezca aún más oscuro. Lleva demasiado maquillaje, como siempre. Parece triste. Parece enfadada. Es distinta a todas las personas que conozco. Ella no se pone una careta para ocultar sus sentimientos cuando sabe que está siendo observada. No se pone una careta cuando está conmigo y eso me hace confiar en ella.

De repente Tiffany levanta la vista y me mira a los ojos.

—No estás comiendo.

—Lo siento —digo mirando los cereales.

—La gente pensará que soy una glotona si como mientras tú miras.

Así que meto la cuchara en el bol, pongo leche en el tazón y me llevo a la boca una pequeña cucharada de cereales.

Mastico.

Trago.

Tiffany asiente y luego vuelve a mirar por la ventana.

—Ayer pasó algo malo en el partido de los Eagles —digo, e inmediatamente después deseo no haberlo dicho.

—No quiero saber nada de fútbol americano. —Tiffany suspira—. Odio el fútbol americano.

—Realmente esto no es sobre fútbol.

Ella sigue mirando por la ventana.

Yo también miro y confirmo que no hay nada interesante fuera, solamente coches aparcados. Continúo hablando.

—Le pegué a un hombre, incluso lo levanté del suelo; le pegué tan fuerte que pensé que lo había matado.

Ella me mira. Tiffany entorna los ojos y esboza una especie de sonrisa, casi como si fuera a reírse.

—Y bien, ¿lo hiciste?

—¿Hacer el qué?

—Matar al hombre.

—No, no. Lo dejé inconsciente, pero luego se despertó.

—¿Deberías haberlo matado? —pregunta Tiffany.

—No lo sé —digo sorprendido por la pregunta—. Quiero decir, ¡no! ¡Claro que no!

—Entonces ¿por qué le golpeaste tan fuerte?

—Tiró a mi hermano al suelo y exploté. Era como si hubiera abandonado mi cuerpo y este estuviera haciendo algo que yo no quería hacer. No he hablado con nadie de esto y esperaba que tú me escuchases para que yo...

—¿Por qué tiró el hombre a tu hermano al suelo?

Le cuento toda la historia (de principio a fin). Le explico que no puedo quitarme al hijo del grandullón de la cabeza. Aún me imagino al niño escondiéndose tras las piernas de su padre. Veo al niño asustado, llorando. También le cuento lo de mi sueño, lo de Nikki consolando al aficionado de los Giants.

Cuando termino de contar la historia, Tiffany me dice:

—¿Y?

—¿Y?

—Sí, no pillo por qué estás tan disgustado.

Por un instante, pienso que igual está bromeando, pero Tiffany ni se inmuta.

—Estoy disgustado porque ahora Nikki se enfadará cuando le cuente lo que sucedió. Estoy disgustado porque me he decepcionado a mí mismo y seguramente el período de separación ahora será mayor porque Dios querrá proteger a Nikki hasta que yo sepa controlarme, pues Nikki es pacifista, y esa es la razón por la cual no quería que fuera a los pendencieros partidos de los Eagles. Dios, echo tanto de menos a Nikki, duele tanto...

—Que le den a Nikki —dice Tiffany, y luego se mete otra cucharada de cereales en la boca.

Yo la miro.

Ella mastica tranquilamente.

Se traga los cereales.

—¿Perdona? —le digo.

—Me parece que el aficionado de los Giants era un gilipollas. Lo mismo que tu hermano y Scott. Tú no empezaste la pelea, solo te defendiste. Si Nikki no puede soportar eso, si Nikki no va a apoyarte cuando te sientes mal, pues entonces que le den...

—No vuelvas a hablar así de mi mujer —digo notando la furia en mi voz.

Tiffany pone los ojos en blanco

—No permitiré a ningún amigo mío hablar así de mi mujer.

—Tu mujer, ¿eh? —dice Tiffany.

—Sí, mi mujer, Nikki.

—Ah, quieres decir tu mujer, Nikki, la que te abandonó mientras estabas en una institución mental. ¿Por qué no está tu mujer, Nikki, ahora contigo, Pat? Piénsalo. ¿Por qué estás comiendo cereales conmigo? Solo piensas en satisfacer a Nikki y, aun así, la preciosa Nikki no parece pensar en ti. ¿Dónde está? ¿Qué está haciendo ahora Nikki? ¿Crees que realmente está pensando en ti?

Estoy demasiado sorprendido para responder.

—Que le den a Nikki, Pat. ¡Que le den! ¡QUE LE DEN! —Tiffany da una palmada contra la mesa y hace que se tambalee el bol de cereales—. Olvídala. Se ha ido. ¿Es que no lo ves?

La camarera se acerca a nuestra mesa. Pone los brazos en la cadera, presiona los labios y me mira a mí y después a Tiffany.

—Eh, señorita malhablada —dice la camarera.

Cuando me doy la vuelta, me doy cuenta de que los otros clientes están mirando a mi amiga.

—Esto no es un bar de mala muerte, ¿de acuerdo?

Tiffany mira a la camarera y sacude la cabeza.

—¿Sabe qué? Que le den a usted también. —Dicho esto, se levanta y sale del restaurante.

—Solo estoy haciendo mi trabajo —dice la camarera—. ¡Jesús!

—Lo siento —digo, y le doy a la camarera todo el dinero que tengo, es decir, veinte dólares. Mi madre solamente me ha dado eso cuando le he dicho que iba a llevar a Tiffany a tomar cereales. Yo le he pedido dos billetes de veinte pero mi madre me ha dicho que no podía darle dos billetes de veinte a la camarera por un plato que costaba cinco, a pesar de que le he explicado a mamá lo de dar más propinas.

La camarera dice:

—Gracias, chico, pero será mejor que vayas tras tu novia.

—No es mi novia —digo—, solo es una amiga.

—Lo que sea.

Tiffany no está fuera del restaurante.

La veo calle arriba alejándose de mí.

Cuando la alcanzo le pregunto qué le sucede.

No contesta y sigue corriendo.

Al final, terminamos corriendo el uno junto al otro de vuelta a Collingswood, todo el camino hasta casa de sus padres. Cuando llegamos, Tiffany se dirige a la puerta trasera sin siquiera decir adiós.

EL FINAL TÁCITO

Esa noche trato de leer *La campana de cristal*, de Sylvia Plath. Nikki solía hablar de lo importante que era la novela de Plath y decía: «Debería ser obligatorio para todas las mujeres jóvenes leer esa novela».

Conseguí que mamá la sacara de la biblioteca sobre todo porque quería entender a las mujeres, los sentimientos de Nikki y todas esas cosas.

La cubierta del libro me recuerda a los libros para chicas. Es la imagen de una rosa seca colgada boca abajo por encima del título.

La novela comienza con una alusión a la ejecución de los Rosenberg, por lo que me temo que va a ser una lectura deprimente. Lo imagino porque como profesor de historia sé lo deprimente que fue el Temor Rojo y el macartismo. Poco después de mencionar a los Rosenberg, el narrador empieza a hablar de cadáveres y de ver cuerpos muertos durante el desayuno.

El personaje principal, Esther, ha conseguido una beca para una revista de Nueva York, pero está deprimida. Utiliza nombres falsos cuando conoce a hombres y trata de acostarse con ellos. Esther está enamorada de un chico llamado Buddy que la trata muy mal y que le hace sentir que lo que debe hacer es dedicarse a tener niños y ser un ama de casa en vez de ser escritora, que es lo que ella quiere.

Al final, Esther sufre un ataque nervioso y la tratan con

electroterapia. Ella trata de suicidarse tomando demasiados somníferos y la envían a un lugar malo como en el que estaba yo.

Esther llama al hombre negro que le sirve la comida en el lugar malo «el negrata». Esto me hace pensar en Danny y en lo que mi negro amigo se cabrearía si leyera el libro, sobre todo porque Esther es blanca y Danny dice que solo los propios negros pueden utilizar términos raciales tan controvertidos como «negrata».

Al principio, aunque el libro es muy deprimente, estoy emocionado porque trata de la salud mental, un tema sobre el cual quiero aprender. También estoy interesado en ver cómo Esther mejora y cómo encuentra un rayo de esperanza y puede seguir con su vida. Estoy seguro de que Nikki hace leer este libro a sus alumnos para que las chicas adolescentes que estén deprimidas vean que si uno lo intenta, hay luz al final del túnel.

Así que sigo leyendo.

Esther pierde la virginidad y tiene una hemorragia en la que casi muere desangrada (como Catherine en *Adiós a las armas*), y yo me pregunto por qué las mujeres no paran de desangrarse en la literatura americana. Pero Esther sobrevive, para descubrir, más adelante, que su amiga Joan se ha ahorcado. Esther asiste al funeral y el libro termina cuando entra en una sala llena de terapeutas que decidirán si está lo suficientemente cuerda para abandonar el lugar malo.

No llegamos a saber lo que le sucede a Esther, no sabemos si se recupera... y eso me cabrea mucho, sobre todo porque me he pasado la noche leyendo. Mientras los rayos de luz empiezan a entrar por mi ventana, leo los datos autobiográficos que hay en la parte de atrás del libro y descubro que toda la novela es prácticamente la historia de la propia Sylvia Plath, que la autora metió la cabeza en un horno para matarse a sí misma (igual que Hemingway solo que sin pistola), lo cual comprendo que es el final implícito del libro, pues realmente esta novela es la biografía de Sylvia Plath.

Rompo el libro en dos y lo tiro contra la pared de mi habitación.

Sótano.

Stomach Master 6000.

Quinientos abdominales.

¿Por qué hace Nikki leer a los adolescentes una novela tan deprimente?

Banco de pesas.

Coloco las pesas.

¿Por qué leerá la gente libros como *La campana de cristal*?

¿Por qué?

¿Por qué?

¿Por qué?

Estoy sorprendido cuando veo que Tiffany se presenta al atardecer para salir a correr. No sé qué decirle, así que hago lo habitual, no decir nada.

Corremos.

Al día siguiente también salimos a correr, pero no discutimos los comentarios que Tiffany hizo sobre mi mujer.

UNA MANERA ACEPTABLE DE SOLUCIONAR
LAS COSAS

Estoy en el cuarto de las nubes; hoy elijo el sillón negro porque me siento un poco deprimido. Poco después le estoy contando todo a Cliff en un amasijo de frases: lo del aficionado de los Giants, lo del pequeño aficionado de los Giants, lo de mi pelea, lo de que los Eagles perdieron contra los Giants, lo de mi padre rompiendo la pantalla del televisor, lo de que me trae la sección de deportes pero se niega a hablar conmigo, lo de mi sueño en el que salía Nikki llevando un jersey de los Giants, lo de Nikki enseñándoles el libro de Sylvia Plath a adolescentes indefensos, lo de que partí el libro en dos y lo de que Sylvia Plath metió la cabeza en un horno.

—¿Un horno? —digo—. ¿Por qué metería alguien la cabeza en un horno?

La liberación que siento es tremenda, incluso en algún momento he empezado a llorar. Cuando termino de hablar me tapo la cara, porque Cliff es mi terapeuta, sí, pero también es un hombre, un aficionado de los Eagles y quizá mi amigo.

Aunque me estoy tapando la cara estoy llorando.

Por unos minutos, todo está silencioso en el cuarto de las nubes; luego Cliff empieza a hablar diciendo:

—Odio a los aficionados de los Giants. Tan arrogantes, siempre mencionando a L. T., que no es más que un sucio estúpido. Sí, han ganado dos Super Bowls, ¿y qué? De eso hace más de quince años. Y nosotros estuvimos ahí hace solo dos años, ¿no? A pesar de que perdiéramos.

Estoy sorprendido.

Estaba seguro de que Cliff iba a gritarme por haber golpeado al aficionado de los Giants y que amenazaría con mandarme al lugar malo de nuevo. Eso de hablar de Lawrence Taylor me parece tan extraño que me quito las manos de la cara y veo a Cliff de pie, a pesar de que es tan pequeño que su cabeza está a la altura de la mía (y eso que yo estoy sentado). Además he creído entender que los Eagles estuvieron en la Super Bowl hace dos años y eso me cabrea mucho, pues no tengo ningún recuerdo de ello. Así que esa parte trato de olvidarla.

—¿No odias a los aficionados de los Giants? —me dice—. ¿No los odias? Dime la verdad.

—Sí, los odio —respondo—, mucho. Mi padre y mi hermano también los odian.

—¿Cómo se le ocurrió a ese hombre ir a un partido de los Eagles con una camiseta de los Giants?

—No lo sé.

—¿Es que no pensó que se burlarían de él?

No sé qué decir.

—Cada año veo a estúpidos aficionados de los Cowboys, de los Giants y de los Redskins venir a nuestra casa luciendo sus colores, y todos los años esos aficionados terminan siendo golpeados por algún aficionado borracho de los Eagles. ¿Cuándo aprenderán?

Estoy demasiado sorprendido para hablar. «¿Significa eso que Cliff tiene un pase de temporada?», me pregunto sin llegar a decirlo en voz alta.

—No solo estabas defendiendo a tu hermano, también defendías a tu equipo, ¿verdad?

Me doy cuenta de que estoy asintiendo.

Cliff se sienta, aprieta el botón del sillón y el reposapiés se eleva mientras yo miro las gastadas suelas de sus mocasines.

—Cuando estoy sentado en esta silla soy tu terapeuta. Cuando no estoy sentado soy un aficionado de los Eagles, ¿comprendes?

Asiento.

—La violencia no es una solución aceptable. No debiste golpear al aficionado de los Giants.

Yo asiento de nuevo.

—No quería golpearle.

—Pero lo hiciste.

Me miro las manos.

—¿Qué alternativas tenías? —dice.

—¿Alternativas?

—Sí, ¿qué otra cosa podrías haber hecho aparte de pegar al aficionado de los Giants?

—No tuve tiempo de pesar. Me estaba empujando y tiró a mi hermano al suelo...

—¿Y si hubiera sido Stevie Wonder?

Cierro los ojos, tarareo una nota y cuento en silencio hasta diez dejando la mente en blanco.

—Sí, el tarareo. ¿Por qué no intentas eso cuando sientas que estás a punto de pegar a alguien? ¿Dónde aprendiste esa técnica?

Estoy un poco enfadado con Cliff por haber sacado el tema de Stevie Wonder, lo cual me parece un truco sucio, sobre todo porque sabe que Stevie Wonder es mi mayor castigo, pero recuerdo que Cliff no me ha gritado al contarle la verdad y eso se lo agradezco, así que le digo:

—Nikki solía tararear una sola nota siempre que la ofendía. Decía que lo había aprendido en las clases de yoga. Siempre que tarareaba me dejaba desconcertado y me cabreaba mucho; es extraño estar sentado junto a una persona que tararea una nota con los ojos cerrados (y Nikki tarareaba esa nota mucho tiempo). Cuando dejaba de hacerlo, me sentía tan agradecido que estaba más pendiente de lo que necesitaba y de sus sentimientos, aunque eso es algo que realmente no he llegado a apreciar hasta ahora.

—¿Por eso tarareas una nota siempre que alguien menciona a Stevie?

Cierro los ojos, tarareo una nota y cuento en silencio hasta diez dejando la mente en blanco.

Cuando termino, Cliff dice:

—Eso te permite mostrar tu disgusto de una manera única, y desarma a los que están a tu alrededor. Es una táctica muy interesante. ¿Por qué no la utilizas en otras áreas de tu vida? ¿Qué habría pasado si hubieras cerrado los ojos y tarareado cuando el aficionado de los Giants te empujó?

No había pensado en eso.

—¿Crees que habría seguido empujándote después de que hubieras cerrado los ojos y te hubieras puesto a tararear?

Probablemente no. El aficionado de los Giants habría pensado que yo estaba loco, justo lo que yo pensaba de Nikki las primeras veces que usaba esa táctica conmigo.

Cliff sonríe y asiente al ver mi cara.

Hablamos un poco de Tiffany. Él piensa que Tiffany tiene algún interés romántico en mí y cree que está celosa de mi amor por Nikki, lo cual yo opino que es estúpido pues Tiffany ni siquiera me habla, y cuando estamos juntos está muy distante. Aun así, Tiffany es muy hermosa y yo no estoy envejeciendo bien.

—Solamente es una mujer extraña —digo yo a modo de respuesta.

—¿No lo son todas? —me responde Cliff, y entonces nos reímos un poco, pues las mujeres realmente son difíciles de entender a veces.

—¿Qué hay de mi sueño? ¿De lo de ver a Nikki con un jersey de los Giants? ¿Qué significa eso?

—¿Qué crees tú que significa? —me pregunta Cliff, pero cuando me encojo de hombros cambia de tema.

Cliff dice que la novela de Sylvia Plath es muy deprimente y que, recientemente, su hija había sufrido al tener que leerla, pues está dando un curso de literatura americana en el Instituto Eastern.

—¿Y por qué no te has quejado a la administración? —pregunto.

—¿Sobre qué?

—Sobre el hecho de que obliguen a tu hija a leer historias tan deprimentes.

—No, por supuesto que no; ¿por qué debería hacerlo?

—Porque esa novela les enseña a los niños a ser pesimistas. Les enseña que no hay final feliz, no hay rayo de esperanza. Deberían enseñarles que...

—La vida es dura, Pat, y los niños deben saber lo dura que puede llegar a ser.

—¿Por qué?

—Para que puedan sentir compasión por los demás. Para que sepan que hay personas que tienen más dificultades que ellos. Esta vida puede ser una experiencia muy diferente para cada uno, según lo que tenga en la cabeza.

No se me había ocurrido esa explicación, no se me había ocurrido que libros como ese podían ayudar a hacer que otros comprendieran qué se siente siendo Esther Greenwood. Ahora me doy cuenta de que siento verdadera compasión por Esther; si fuera una persona real trataría de ayudarla, pues la entiendo lo suficiente para saber que no solo está loca, sino que el mundo ha sido cruel con ella y está sufriendo. Que estaba deprimida por todo lo que tenía en la cabeza.

—¿No estás enfadado conmigo? —digo cuando veo que Cliff mira el reloj porque nuestra sesión ya casi ha terminado.

—No, en absoluto.

—¿En serio? —pregunto porque sé que Cliff probablemente escribirá todos mis fracasos en un expediente en cuanto me vaya, y lo más seguro es que piense que ha fracasado como mi terapeuta (al menos esta semana).

Cliff se pone en pie, me sonríe y luego mira por la ventana al gorrión que hay en el alféizar.

—Antes de que te vayas, Pat, tengo que decirte algo muy importante. Es un asunto de vida o muerte. ¿Me estás escuchando? Quiero que lo recuerdes, ¿de acuerdo?

Empiezo a preocuparme; Cliff parece muy serio, pero trago saliva, asiento y le digo:

—De acuerdo.

Cliff se vuelve.

Cliff me mira.

Su cara está muy seria y yo estoy nervioso.

Pero entonces Cliff levanta las manos y grita:

—¡Ahhhhhhhh!

Yo me río, porque Cliff me ha gastado una broma, así que me pongo en pie, levanto las manos y grito:

—¡Ahhhhhhhh!

—¡E! ¡A! ¡G! ¡L! ¡E! ¡S! ¡EAGLES! —cantamos al unísono mientras tratamos de representar las letras con nuestras extremidades, y debo decir, aunque suene estúpido, que cantar con Cliff me hace sentir mucho mejor, y a juzgar por la sonrisa que veo en su pequeña cara marrón, él lo sabe.

COLOCADA CON MUCHO CUIDADO, COMO SI PUDIERA CAERSE CUANDO SOPLEN LOS VIENTOS OTOÑALES

Desde el sótano, oigo a mi padre decir:

—Va aquí, en esta mesa.

Oigo a tres personas moverse por la salita y pronto parece que colocan algo muy pesado. Quince minutos después oigo el estruendo de un partido de fútbol americano universitario (bandas tocando, tambores a porrillo y cánticos) que llega de arriba; entonces me doy cuenta de que mi padre ha reemplazado el televisor de la salita. Oigo las pisadas de los transportistas al marcharse, y entonces papá sube tanto el volumen que puedo oír cada cosa que dicen los comentaristas, a pesar de que estoy en el sótano y tengo la puerta cerrada. No sigo el fútbol americano universitario, así que realmente no conozco a los jugadores sobre los que hablan.

Hago algunos ejercicios y me dedico simplemente a escuchar. Me gustaría que papá bajase al sótano y me contase lo de la tele, y que incluso me pidiese que fuese a ver el partido con él. Pero no lo hace.

De repente, quizá una media hora después de que hayan traído la tele, advierto que mi padre baja el volumen y oigo que mamá pregunta:

—¿Qué demonios es eso?

—Es un televisor de alta definición con altavoces —responde mi padre.

—No, eso es una pantalla de cine y...

—Jeanie...

—No digas «Jeanie».

—Trabajo muy duro para ganar dinero ¿y ahora me vas a decir en qué tengo que gastarlo?

—Patrick, eso es ridículo. Si ni siquiera cabe entero en la mesa. ¿Cuánto has pagado por eso?

—No importa.

—Rompiste el televisor antiguo para comprar uno nuevo, ¿verdad?

—Dios santo, Jeanie. ¿Puedes dejar de fastidiarme de una maldita vez?

—Sabes que tenemos un presupuesto, acordamos...

—Oh, está bien, tenemos un presupuesto.

—Acordamos que...

—Tenemos dinero para alimentar a Pat. Tenemos dinero para comprarle ropa nueva a Pat. Tenemos dinero para comprarle a Pat un nuevo gimnasio. Tenemos dinero para las medicinas de Pat. Bueno, según lo veo yo, también hay dinero para un jodido televisor nuevo.

Escucho los pasos de mi madre, ha salido de la salita. En ese instante mi padre pone el partido de nuevo. Oigo cómo mi madre sube a su habitación. Sé que ahora llorará por lo que ha dicho mi padre.

Es culpa mía que no tengan suficiente dinero.

Me siento fatal.

Hago abdominales con el Stomach Master 6000 hasta que es hora de salir a correr con Tiffany.

Cuando finalmente subo la escalera veo que el televisor de papá es una de esas teles nuevas de pantalla plana, de esas que anunciaban el día que vimos el partido de los Eagles contra Houston, y tiene casi el tamaño de la mesa del comedor. Es inmensa, solo tres cuartas parte de la tele caben sobre la mesa y parece que haya sido colocada con mucho cuidado, como si pudiera caerse cuando soplen los vientos otoñales. Aun así, a pesar de que me siento mal por mamá, he de admitir que la calidad de la imagen es excelente. El sonido de los comentaristas llena la casa y casi parece que se esté jugando el partido en la salita (y me entran ganas de ver el próximo partido de los Eagles en esta tele, pues los jugadores casi parecerán de verdad).

Me quedo de pie detrás del sofá durante un instante, admirando el televisor nuevo de mi padre, esperando que se dé cuenta de que estoy ahí. Aun así, digo:

—Papá, ¿te has comprado un televisor nuevo?

Pero no me contesta.

Está enfadado con mamá porque le ha cuestionado la compra, así que ahora no le hablará a nadie el resto del día. De modo que salgo de casa y me encuentro a Tiffany corriendo calle arriba y abajo.

Tiffany y yo corremos juntos pero sin hablar.

Cuando vuelvo a casa, Tiffany se va corriendo sin siquiera decir adiós, y cuando yo llego a casa, el coche de mamá no está.

QUIZÁ UN XILÓFONO DISTANTE

A las once de la noche mi madre aún no ha vuelto y yo empiezo a preocuparme, porque cada noche a las 10.45 me tomo las pastillas que me ayudan a dormir, y no creo que mamá quiera fastidiarme el horario de las medicinas.

Llamo a la puerta de la habitación de mis padres. Cuando nadie responde abro la puerta. Mi padre está durmiendo con el pequeño televisor de la habitación encendido. El brillo azul que refleja en su piel hace que parezca un extraterrestre (también parece un pez gigante en un acuario iluminado, pero sin las branquias, las escamas y las aletas). Me acerco a papá y lo sacudo con suavidad.

—¿Papá? —Lo sacudo un poco más fuerte—. ¿Papá?

—¿Qué, qué quieres? —dice sin abrir los ojos. Está tumbado de lado y la parte izquierda de su boca está apretujada contra la almohada.

—Mamá aún no ha vuelto a casa, estoy preocupado.

No dice nada.

—¿Dónde está?

Sigue sin responder.

—Estoy preocupado por mamá; ¿crees que deberíamos llamar a la policía?

Espero una respuesta, pero mi padre esta roncando suavemente.

Después de apagar el televisor, salgo de la habitación de mis padres y bajo a la cocina.

Me digo a mí mismo que si papá no está preocupado, yo no debería estarlo. Pero sé que no es propio de mamá dejarme solo sin decirme dónde va a estar, especialmente sin decirme nada de las medicinas.

Abro el armario de la cocina y saco ocho botes de pastillas con mi nombre puesto. En las etiquetas hay nombres deprimentes de medicamentos, pero solo conozco las pastillas por los colores, así que abro los botes para saber cuáles necesito.

Dos blancas y rojas para dormir y también una verde con una raya amarilla, pero no sé qué es lo que hace la verde con la raya amarilla. ¿Quizá para la ansiedad? Me tomo las tres pastillas porque quiero dormir y porque sé que es lo que mamá querría que hiciera. Quizá mamá me está poniendo a prueba. Como mi padre le habló mal antes, yo quiero tener a mamá más contenta que un día normal, aunque no sé muy bien por qué razón.

Me tumbo en la cama preguntándome dónde está mamá. Quiero llamarla al móvil, pero no sé su número. ¿Habrá tenido un accidente de coche? ¿Puede que haya tenido un ataque al corazón o un derrame cerebral? Pero entonces pienso que algún policía o médico nos habría llamado si algo de eso hubiera sucedido, porque ella lleva consigo sus tarjetas de crédito o su carnet de conducir. Quizá se haya perdido con el coche, pero en ese caso habría utilizado el móvil para llamar a casa y decirnos que llegaba tarde. Quizá se ha hartado de papá y se ha marchado. Pienso en esto y me doy cuenta de que, excepto los momentos en los que bromea con lo de que Tiffany es mi «amiga», no he visto reír o sonreír a mi madre en mucho tiempo. De hecho, si lo pienso seriamente, normalmente veo a mamá llorando o a punto de llorar. Quizá se ha cansado de tener que llevar la cuenta de mis pastillas. Quizá alguna mañana se me olvidó tirar de la cadena y al día siguiente vio las pastillas en la taza del váter y está enfadada porque no me tomo las pastillas. Quizá no he sabido apreciar a mamá, igual que no supe apreciar a Nikki, y ahora Dios me castiga llevándose también a mamá. Quizá mamá nunca vuelva a casa y...

Mientras empiezo a sentirme ansioso de verdad, hasta el punto de empezar a tener la necesidad de golpearme la frente contra algo duro, oigo el motor de un coche.

Cuando miro por la ventana veo el sedán de mamá.

Corro escalera abajo.

Estoy en el umbral de la puerta antes incluso de que ella llegue al porche.

—¿Mamá? —digo.

—Solo so... soy yo —dice a través de las sombras de la entrada.

—¿Dónde estabas?

—Fuera. —Cuando la veo a la luz parece como si fuera a caerse, así que me acerco a los escalones, le doy la mano y la cojo por los hombros. Su cabeza se tambalea, pero me mira a los ojos y dice:

—Nikki es... es tonta por ha... haberte dejado esca... escapar.

El hecho de que mencione a Nikki me hace sentir aún más ansioso, especialmente por lo que dice de que ella me dejó escapar, porque yo no me he escapado y porque estoy más que deseoso de volver con Nikki. Además fui yo quien fue un tonto por no apreciar a Nikki por lo que era, y mamá lo sabe muy bien. Pero puedo oler el alcohol en su aliento y probablemente solo dice esas tonterías porque va borracha. Mamá no bebe normalmente, pero esta noche es obvio que va borracha, y esto también me preocupa.

La ayudo a entrar en casa, la siento en el sofá de la salita y en unos minutos está mejor.

No sería buena idea meter a mamá borracha en la misma cama donde duerme mi enfurruñado padre, así que pongo un brazo por debajo de su brazo y otro por debajo de sus rodillas, la levanto y la llevo a mi habitación. Mamá es pequeña y ligera, así que no me cuesta llevarla escalera arriba. La meto en mi cama, le quito los zapatos y la tapo con el edredón. Luego voy a por un vaso de agua a la cocina.

Encuentro un bote de Tylenol y saco dos pastillas blancas.

Cojo a mi madre por la cabeza y la siento; la sacudo un poco hasta que abre los ojos para que se tome las pastillas y se beba el vaso de agua. Primero dice:

—Solo de... déjame dormir.

Pero sé, por mis días de universitario, que tomar medicinas para el dolor de cabeza y agua antes de dormir reduce la resaca al día siguiente. Al final, mi madre se toma las pastillas, se bebe medio vaso de agua y se duerme otra vez enseguida.

La miro descasar durante unos minutos y pienso que aún es muy guapa. También pienso en lo mucho que quiero a mi madre. Me pregunto adónde habrá ido a beber, con quién habrá bebido y qué habrá debido, pero me alegro de que esté sana y salva en casa. Trato de no imaginármela bebiendo en un bar deprimente rodeada de solteros de mediana edad. Trato de no imaginarme a mamá con alguna amiga criticando a papá y luego conduciendo de vuelta a casa borracha. Pero lo único en lo que puedo pensar es que por mi culpa mi madre está bebiendo, y mi padre no está ayudando mucho.

Cojo la foto de Nikki, subo la escalera que lleva a la buhardilla, coloco la foto junto a la almohada y me meto en el saco de dormir. Dejo la luz encendida para poder dormirme mientras admiro la pecosa cara de Nikki.

De repente, me despierta el sonido de ¿un xilófono distante? Cuando abro los ojos veo a Stevie Wonder frente a mí; sus piernas están a ambos lados de mi cuerpo, un pie en cada lado de mi pecho, y está tocando la armónica. Reconozco la canción al instante, es: «I Was Made to Love Her».

La última vez que Stevie visitó la buhardilla de mis padres recuerdo que mi padre me pateó y me golpeó y me amenazó con mandarme de nuevo al lugar malo, así que cierro los ojos, tarareo una nota, cuento en silencio hasta diez y dejo la mente en blanco.

Pero Stevie Wonder permanece impertérrito.

Empieza a cantar:

—«Nací en Collingswood. Tuve un amor de juventud. Siempre íbamos cogidos de la mano».

Sé que está cambiando la letra, está hablando a propósito de mí. Esto es una jugada sucia, hasta para Stevie Wonder, quien ya me ha traicionado de muchas formas. Mantengo los ojos cerrados, tarareo una sola nota, cuento en silencio hasta diez y dejo la mente en blanco, pero él sigue cantando.

—«Yo llevaba camisetas largas y Nikki llevaba trenzas. Ya sabía que la amaba.»

La cicatriz de la frente me empieza a doler. Desesperadamente, quiero golpearme contra algo duro, abrir la cicatriz y dejar que todos esos pensamientos terribles escapen, pero, en cambio, mantengo los ojos cerrados, tarareo una nota, cuento en silencio hasta diez y dejo la mente en blanco.

—«Sabes que mi padre no lo aprobó. Mi madre tampoco. Pero les dije una y otra vez...»

Siete, ocho, nueve, diez.

De repente se hace el silencio.

Cuando abro los ojos, veo la cara pecosa de Nikki y le doy un beso a la foto enmarcada sintiéndome aliviado porque Stevie Wonder ha dejado de cantar. Salgo del saco de dormir y busco por la buhardilla (muevo algunas cajas sucias y algunas otras cosas, busco entre percheros sobre los que cuelga la ropa de otras temporadas, pero Stevie Wonder se ha ido).

—Le he vencido —digo en un susurro—, no me hizo abrirme la cicatriz y...

Veo una caja en la que pone «Pat» y empiezo a tener esa sensación que ya he tenido alguna vez antes de que pase algo desagradable. Siento como si tuviera que ir al baño, pero no sé por qué.

La caja está en la otra punta de la buhardilla y está escondida debajo de una alfombra que he movido al buscar a Stevie Wonder. Tengo que abrirme paso entre otros trastos para llegar, pero pronto encuentro la caja. La abro y lo primero que encuentro es mi cazadora del equipo de fútbol americano del Instituto Collingswood. La saco de la caja y sostengo la polvorienta prenda en alto. Parece pequeña. Probablemente le rompería las mangas amarillas de piel si me la probase ahora. Dejo la reliquia en otra caja cercana. Cuando miro de nuevo en la caja que pone «Pat» me sorprendo y asusto tanto que me dedico a ponerlo todo donde estaba antes de que empezara a buscar a Stevie Wonder.

Cuando la buhardilla está en orden, me tumbo en el saco de dormir. Me siento como si estuviera en un sueño. Varias veces a lo largo de la noche me levanto, muevo la alfombra y miro la caja de «Pat» para asegurarme de que lo que he visto antes no ha sido una alucinación. Y cada vez que miro, el contenido condena a mamá y me hace sentir traicionado.

LA CALIGRAFÍA DE MAMÁ

Los rayos de luz entran por la ventana de la buhardilla y me acarician la cara, calentándola, hasta que despego los párpados y saludo al nuevo día con los ojos entrecerrados. Después de un beso, devuelvo a Nikki al armario y veo que mamá aún está dormida en la cama. Me doy cuenta de que el vaso de agua que dejé está vacío, así que me alegro de habérselo dejado, aunque ahora esté enfadado con mamá.

Mientras bajo la escalera, percibo un fuerte olor a quemado.

Cuando llego a la cocina, mi padre está de pie frente al fuego. Lleva el delantal rojo de mamá.

—¿Papá?

Cuando se da la vuelta, veo que lleva una espátula en una mano y una manopla rosa en la otra. Detrás de él la carne sisea y el humo sube hacia el extractor.

—¿Qué estás haciendo?

—Cocinando.

—¿Cocinando qué?

—Un filete.

—¿Por qué?

—Tengo hambre.

—¿Lo estás friendo?

—Lo estoy cocinando al estilo cajun. Ennegrecido.

—Quizá deberías apagar el fuego —sugiero, pero mi padre sigue a lo suyo, continúa dándole vueltas y más vueltas a la carne, así que yo decido bajar al sótano para empezar mi entrenamiento diario.

Cuando regreso a la cocina, dos horas después, la sartén que utilizó para cocinar está toda negra y cubierta de grasa, y el plato y los cubiertos están en la pila. Papá está frente a su nuevo televisor y el sonido que emerge por los altavoces sacude la casa. El reloj del microondas marca las 8.17 de la mañana. Mi madre ha vuelto a olvidarse de mis medicinas, así que saco los ocho frascos, les quito la tapa y busco los colores correctos. Pronto tengo media docena de pastillas alineadas en la encimera y confirmo que los colores son los correctos. Me tomo las pastillas; quizá mi madre me esté poniendo a prueba otra vez. A pesar de que en teoría estoy enfadado con ella, me preocupo por mamá, así que subo la escalera, entro en mi cuarto y veo que sigue durmiendo.

Bajo, me coloco detrás del sofá y digo:

—¿Papá?

Pero me ignora, así que regreso al gimnasio del sótano y continúo con mi trabajo mientras escucho lo que los comentaristas de los partidos universitarios pronostican para la próxima liga NFL. Sus voces llegan de manera sucinta al sótano. Por el periódico, sé que los Eagles son favoritos para ganar el partido contra los de San Francisco, por eso me emociono al pensar en ver el partido con mi padre, pues estará de muy buen humor si los Eagles salen victoriosos y, por lo tanto, estará más predispuesto a hablar conmigo.

A media mañana mamá baja y eso supone un alivio para mí, ya que empezaba a pensar que estaba enferma. Estoy montando en bici y (tras haber encontrado esa noche la caja de «Pat») cuando mamá me llama yo continúo pedaleando sin mirarla a la cara. Aunque con mi visión periférica veo que se ha duchado, se ha peinado, se ha maquillado y lleva un vestido de verano muy bonito. Mamá también huele bien.

—¿Te tomaste las pastillas ayer por la noche? —me pregunta.

Asiento una vez.

—¿Y las de esta mañana?

Asiento de nuevo.

—El doctor Patel me dijo que debería haberte permitido controlar tus medicinas desde que viniste a casa, dijo que era un paso hacia la independencia. Pero estaba siendo una madre sobreprotectora cuando no la necesitabas. Así que enhorabuena, Pat.

Que me dé la enhorabuena es algo extraño, sobre todo porque no he ganado ningún premio y porque solo puedo pensar en lo que pasó anoche, en que llegó a casa borracha. Así que le pregunto:

—¿Dónde estuviste ayer? ¿Saliste con amigas?

Mirándola con el rabillo del ojo veo como baja la mirada y mira la alfombra.

—Gracias por llevarme a la cama ayer. El agua y el Tylenol ayudaron. Ayer nos cambiamos los roles, ¿no? Te lo agradezco mucho. Gracias, Pat.

Me doy cuenta de que no ha respondido mi pregunta, pero como no sé qué decir, no digo nada.

—Tu padre ha sido un monstruo y ya estoy cansada. Así que le estoy haciendo algunas peticiones y las cosas van a cambiar un poco por aquí. Mis dos hombres van a empezar a cuidarse un poco más solos, tú porque debes seguir con tu vida y tu padre porque estoy harta de cómo me trata.

De repente me olvido de la caja de «Pat» y miro a mi madre mientras continúo pedaleando.

—¿Estás enfadada conmigo? ¿He hecho algo malo?

—No estoy enfadada contigo, Pat. Estoy enfadada con tu padre; él y yo tuvimos una larga charla ayer. Puede que las cosas estén un poco complicadas aquí durante una temporada, pero creo que a la larga será para bien.

Un terrible pensamiento me viene a la mente:

—No irás a abandonarnos, ¿verdad, mamá?

—No, no voy a abandonaros —dice mamá mirándome a los ojos, lo que hace que la crea al cien por cien—. Nunca te abandonaría, Pat. Pero hoy voy a salir porque ya estoy harta de los partidos de los Eagles, así que tú y tu padre tendréis que apañaros con la comida.

—¿Adónde vas? —pregunto pedaleando más deprisa.

—Afuera —dice mamá, y antes de salir me besa sobre la sudada cicatriz que tengo en la frente.

Estoy tan nervioso por lo que mamá me ha dicho que no como nada en todo el día. Simplemente bebo agua y hago mis ejercicios. Como los Eagles juegan a las 4.45 me da tiempo a hacer todos mis ejercicios, aunque en secreto espero que mi padre baje al sótano y me pida que vea el partido de la NFL de la una con él, pero no lo hace.

A media tarde subo del sótano y me quedo de pie un rato detrás del sofá.

—¿Papá? —digo—, ¿papá?

Me ignora y sigue viendo el partido; yo ni siquiera intento ver quién está jugando, estoy muy nervioso por lo que mamá me ha dicho. Me pongo la bolsa de basura esperando que Tiffany esté fuera, porque me vendría muy bien hablar con alguien. Después de hacer estiramientos durante quince minutos y ver que Tiffany no aparece decido correr solo. Es curioso que cuando quiero correr solo siempre tengo a Tiffany esperando ahí fuera y en cambio hoy no está.

Tengo hambre y el dolor que siento en el estómago se hace mayor según voy corriendo, lo cual significa que estoy perdiendo peso y pienso que eso es bueno porque quizá la semana pasada engordé algo después de beber cerveza con Jake. Eso me recuerda que no he hablado con Jake desde que los Eagles perdieron contra los Giants, y me pregunto si vendrá hoy a ver el partido con papá y conmigo. Como cada vez me duele más el estómago decido correr más rápido de lo normal. También tengo miedo porque mamá me ha dejado solo con papá todo el día y no sé a qué se refería con lo de los cambios. No dejo de desear que Tiffany estuviera aquí, lo cual es un extraño deseo, pues nunca me dice nada y la última vez que le conté un problema empezó a maldecir en voz alta en un lugar público y a decir cosas terribles sobre Nikki. Aun así, empiezo a sentir que Tiffany es mi mejor amiga, lo cual me resulta extraño y me asusta.

Cuando estoy llegando a casa espero ver el BMW plateado de Jake, pero no está por ninguna parte. Pienso que quizá ha venido en tren desde Filadelfia. Espero no quedarme solo con mi padre para ver el partido, pero de algún modo sé que es exactamente eso lo que va a suceder.

Cuando entro en casa, papá sigue sentado en el sofá; ahora lleva puesta su camiseta de McNabb y está viendo el final del partido de la una. Una pequeña colección de botellas están a sus pies, como si se tratasen de bolos.

—¿Va a venir Jake? —le pregunto, pero mi padre me ignora.

Subo, me doy una ducha y me pongo la camiseta de Baskett.

Cuando entro en la salita, el partido de los Eagles acaba de empezar, así que me siento en la parte del sillón que mi padre no está ocupando.

—¿Qué demonios es ese ruido? —dice papá, y luego baja el volumen.

Me doy cuenta de que es mi estómago el que está gruñendo, pero digo:

—No lo sé.

Papá vuelve a subir el volumen.

Como suponía, la tele nueva es toda una experiencia. Los jugadores que están calentando parece que estén a tamaño real, y la calidad del sonido me hace sentir como si estuviera en San Francisco, sentado en la yarda 50. Como me doy cuenta de que mi hermano no va a llegar al inicio del partido, cuando ponen anuncios me pongo en pie y grito:

—¡Ahhhhhhhhh!

Pero papá me mira como si quisiera atizarme otra vez, así que me siento y me quedo callado.

Anuncian que Donté Stallworth no jugará porque se ha lesionado. Espero que Baskett pueda coger unos balones más ahora que el receptor número uno de los Eagles está fuera de juego.

Los Eagles empiezan bien el partido y marcan la primera vez que tienen la posesión gracias a un pase de Westbrook. En ese punto mi padre se emociona, se me acerca y me da palmadas en el muslo mientras repite una y otra vez:

—*Touchdown*, Eagles, *touchdown*, Eagles.

Empiezo a tener fe en que papá se ponga de buen humor, pero cuando los Eagles hacen el saque lo resume de manera negativa y dice:

—No lo celebres demasiado, recuerda lo que nos pasó la semana pasada. —Casi parece que se lo dice a sí mismo, que se recuerda que no debe tener muchas esperanzas.

La defensa va muy bien y hacia el final del primer cuarto L. J. Smith marca un *touchdown*. El marcador está 14-0. A pesar de que han echado a perder partidos mejores, parece claro que hoy están siendo superiores. Mis pensamientos se confirman cuando Akers marca un punto extra y mi padre salta y empieza a cantar:

—Volad, Eagles, volad.

Me levanto y canto con él, los dos hacemos el baile final en el que representamos las letras con nuestros brazos y piernas.

—¡E! ¡A! ¡G! ¡L! ¡E! ¡S! ¡EAGLES!

Entre un cuarto y otro, mi padre me pregunta si tengo hambre y cuando le digo que sí pide una pizza y me trae una cerveza Budweisser de la nevera. Con los Eagles ganando 14-0 todo son sonrisas, y mientras bebemos cerveza me dice:

—Ahora solo necesitamos que tu chico, Baskett, haga una parada o dos.

Es como si hubieran respondido a las plegarias de mi padre; en la primera jugada del segundo cuarto, gracias a Mc Nabb, Baskett consigue ocho yardas. Mi padre y yo vitoreamos al debutante.

La pizza llega a mitad del partido, cuando los Eagles van 24-3.

—Si Jake estuviera aquí sería perfecto —dice mi padre—, sería un día perfecto.

Mi padre y yo habíamos estado tan contentos que me había olvidado de que Jake no estaba con nosotros.

—¿Dónde está Jake? —pregunto. Pero papá ignora la pregunta.

En el tercer cuarto los de San Francisco se están acercando peligrosamente a la zona de yardas de los Eagles cuando el defensa Mike Patterson coge el balón y corre hacia la zona contraria. Papá y yo estamos de pie vitoreando al defensa mientras recorre todo el campo. Después de eso los Eagles van 31-3.

San Francisco marca unos cuantos *touchdowns* en la segunda mitad del cuarto, pero ya no importa, el partido está básicamente fuera de su alcance. Al final quedamos 38-24 y mi padre y yo cantamos el cántico «Volad, Eagles, volad» y hacemos el baile una vez más para celebrar la victoria de los Eagles. Luego papá apaga televisor y se va a su estudio sin siquiera decirme adiós.

La casa está silenciosa.

Habrá una docena de botellas de cerveza en el suelo, la caja de la pizza está aún sobre la mesita de café y sé que la pila está hasta arriba con los platos y la sartén que papá ha usado para prepararse el filete. Como estoy practicando lo de ser bueno, pienso que debería recoger la salita para que mamá no lo haga. Llevo las botellas de Bud al contenedor de reciclaje y tiro la caja de la pizza al contenedor de basura. Cuando vuelvo a entrar veo que hay muchas servilletas de papel en el suelo y me agacho a recogerlas. Veo una bolita de papel arrugada bajo la mesita de café.

Cojo la bola, la abro y me doy cuenta de que son dos folios. Reconozco la letra de mamá. Extiendo los folios sobre la mesita de café.

Patrick:

Tengo que decirte que ya no voy a permitirte que cuestiones las decisiones que tomamos juntos; tampoco voy a permitirte que me desautorices (especialmente delante de otras personas). He encontrado una amiga que me ha animado a defenderme con más fuerza para ganarme de nuevo tu respeto. Que sepas que hago esto para salvar nuestro matrimonio.

Tienes dos opciones: devolver el monstruoso televisor que has comprado, y así todo volverá a la normalidad, o mantener el monstruoso televisor y cumplir las siguientes condiciones:

Sentarte a cenar a la mesa con Pat y conmigo cinco noches a la semana.

Salir a pasear media hora con Pat o conmigo cinco noches a la semana.

Tendrás una conversación diaria con Pat en la cual le harás al menos cinco preguntas y escucharás sus respuestas. Luego me lo contarás a mí por la noche.

Tendrás que hacer alguna actividad con Pat y conmigo, como cenar en un restaurante, ir al cine, ver una película, ir al centro comercial, tirar unas canastas en el patio de atrás, etc.

Si no logras cumplir ni la primera ni la segunda condición me obligarás a ir a la huelga. Ya no limpiaré la casa, ya no compraré, no haré la comida, no lavaré la ropa y no haré la cama. Hasta que decidas qué opción prefieres debes saber que tu esposa está en huelga.

Con mis mejores intenciones,
JEANIE

No es típico de mamá ser tan dura con papá y me pregunto si su «nueva amiga» la ha ayudado a escribir la carta de dos páginas. Es muy duro para mí imaginarme a papá devolviendo el televisor nuevo, sobre todo después de haber visto a los Eagles ganar. Seguro que pensará que la compra ha dado buena suerte y querrá ver el próximo partido en esa tele para no romper la racha, lo cual es comprensible. Pero lo que mamá le pide, especialmente lo de que papá debe hablarme cada noche, parece muy improbable. Eso sí, sería bonito cenar todos juntos como una familia o salir a cenar (ir al cine no, pues ahora solo quiero ver la película de mi vida).

De repente necesito hablar con mi hermano, pero no me sé su número de teléfono. Encuentro el número en una agenda que hay en el armario que está encima del horno y llamo al apartamento de Jake.

—¿Diga? —me dicen.

Sé que quien me ha respondido no es mi hermano, pero aun así digo:

—¿Jake?

—¿Quién es?

—Soy Pat Peoples, estoy buscando a mi hermano Jake. ¿Quién eres?

Escucho como la mujer tapa el teléfono con la mano y entonces oigo la voz de mi hermano, alta y clara.

—¿Has visto cómo corrió Patterson?

Quiero preguntarle por la mujer que ha descolgado el teléfono, pero me asusta quién pueda ser. Puede que ya lo supiera pero lo haya olvidado. Así que simplemente digo:

—Sí, lo he visto.

—Ha estado maravilloso el tío. No sabía que un defensa experto en placajes también pudiera correr tanto.

—¿Por qué no has venido a ver el partido con nosotros?

—¿La verdad?

—Sí.

—No puedo mentirle a mi hermano. Mamá llamo esta mañana y me dijo que no fuera, así que me fui a un bar con Scott. También llamó a Ronnie. Lo sé porque Ronnie me llamó a mí para saber si todo iba bien. Le dije que no se preocupara.

—¿Por qué?

—¿Por qué debería estar preocupado?

—No, ¿por qué mamá os dijo a ti y a Ronnie que no vinieseis?

—Dijo que te daría la oportunidad de estar a solas con papá. Dijo que eso le obligaría a hablarte. ¿Lo ha hecho?

—Un poco.

—Eso está bien, ¿no?

—He encontrado una nota de mamá para papá.

—¿Qué?

—He encontrado una nota de mamá para papá.

—Ya. ¿Qué decía?

—Te la leeré.

—Adelante.

Le leo la carta.

—Mierda. Así se hace, mamá.

—Sabes que ahora no devolverá el televisor, ¿verdad?

—No después de la victoria de los Pajarracos de hoy.

—Estoy preocupado por si papá no cumple las condiciones.

—Probablemente no lo consiga, pero creo que lo intentará. Y que lo intente sería bueno para él. Y para mamá.

Jake cambia de tema mencionando una parada de Baskett en el segundo cuarto (y que resultó ser su única parada en el partido). Mi hermano ya no quiere hablar más de nuestros padres. Me dice:

—Baskett se está poniendo en forma. Es un debutante con talento y está haciendo paradas, eso es genial.

Pero a mí no me parece genial. Jake dice que espera verme el lunes por la noche cuando los Eagles jueguen contra los Green Bay Packers. Me pide que comamos juntos en la ciudad antes de que vayamos a la fiesta previa con Scott y los hombres gordos. Luego colgamos.

Se está haciendo tarde y mamá aún no ha llegado.

Empiezo a preocuparme por ella, así que lavo todos los platos. Durante quince minutos friego la sartén que ha quemado mi padre. Luego paso la aspiradora por la salita. Mi padre había manchado el sofá de pizza, así que encuentro un producto limpiador en el armario y me esfuerzo por quitar la mancha (primero frotando suavemente y luego un poco más fuerte con movimientos circulares, como dice en el lateral de la botella). Cuando entra mi madre estoy arrodillado frotando el sofá.

—¿Tu padre te ha dicho que limpiaras esta porquería? —pregunta mamá.

—No —respondo.

—¿Te ha dicho algo de la carta que le escribí?

—No... pero la he encontrado.

—Bueno, entonces ya lo sabes. No quiero que limpies nada, Pat. Vamos a dejar que este lugar se pudra hasta que tu padre capte el mensaje.

Quiero decirle que he encontrado la caja de «Pat» en la buhardilla, el hambre que he pasado hoy, que no quiero vivir en una casa mugrienta y que tengo que hacer las cosas de una en una (y que definitivamente encontrar la manera de terminar con el período de separación es la primera), pero mamá está tan decidida y orgullosa que me propongo ayudarla a que la casa esté mugrienta. Ella me dice que comeremos comida para llevar, que cuando mi padre no esté en casa todo será como antes de que escribiera la nota, pero que cuando mi padre esté en casa seremos desastrados. Le digo a mamá que mientras esté en huelga puede dormir en mi cama porque yo quiero dormir en la buhardilla.

Cuando me dice que dormirá en el sofá, yo insisto en que duerma en mi cama y me da las gracias.

—¿Mamá? —digo cuando se da la vuelta para marcharse.

Ella me mira.

—¿Jake tiene novia? —pregunto.

—¿Por qué?

—Le ha llamado hoy y me ha contestado una chica.

—Quizá sí tiene una novia —dice, y luego se va.

La indiferencia de mamá en lo que se refiere a la vida amorosa de Jake me hace sentir que estoy olvidando algo. Si Jake tuviera una novia de la que mamá no supiera nada le haría mil preguntas. Su falta de interés sugiere que mamá me está ocultando algo más, algo más importante que lo que encontré en la caja de «Pat». Mamá debe de estar protegiéndome, pero aún no sé de qué.

LA INVASIÓN ASIÁTICA

Después de hacer un poco de ejercicio y de salir a correr (poco tiempo también) con Tiffany me subo al tren que me llevará a Filadelfia. Sigo las indicaciones de Jake y camino por Market Street en dirección al río. Giro a la derecha cuando voy por la segunda manzana y sigo esa calle hasta llegar a su edificio.

Cuando llego a la dirección que Jake me dio me sorprendo al ver que vive en una finca alta con vistas al río Delaware. Tengo que darle mi nombre al portero y decirle a quién voy a visitar antes de que me deje entrar en el edificio. Solo es un hombre viejo con un traje extraño que dice «Arriba, Eagles» al ver mi camiseta de Baskett, pero el hecho de que mi hermano tenga portero es impresionante, a pesar del uniforme del hombre.

Hay otro hombre viejo que lleva un traje extraño en el ascensor (incluso lleva uno de esos sombreros que se les pone a los monitos) y este hombre me lleva al décimo piso después de que le diga el nombre de mi hermano.

La puerta del ascensor se abre y entro en un rellano azul decorado con una alfombra roja. Cuando veo la puerta 1021 llamo tres veces.

—¿Qué hay, Baskett? —dice mi hermano después de abrir la puerta. Él lleva la camiseta en memoria de Jerome Brown porque hoy hay partido otra vez—. Pasa.

Hay una ventana gigantesca en el salón y puedo ver el puente Ben Franklin, el acuario Carden y diminutos barcos flotando en las aguas del Delaware. Es una vista hermosa. Enseguida me doy cuenta de que mi hermano tiene una pantalla plana de televisión, lo suficientemente plana para colgarla de la pared como si fuera un cuadro y aún más grande que la de papá. Pero lo más extraño es el piano de cola que mi hermano tiene en el salón.

—¿Qué es eso? —pregunto.

—Mira esto —dice Jake.

Se sienta en el taburete del piano, quita la tapa y empieza a tocar. Estoy sorprendido de ver que puede tocar «Volad, Eagles, volad». No es una versión muy elaborada, pero reconozco claramente el canto de la lucha de los Eagles. Empieza a cantar y yo me uno a él. Cuando termina de cantar, Jake me cuenta que lleva tres años asistiendo a clases de piano. La siguiente canción que me toca es familiar (sorprendentemente suave, como si fuera un gatito caminando sobre la hierba) y me parece increíble que Jake haya hecho algo tan hermoso. Siento cómo se me llenan de lágrimas los ojos mientras escucho a mi hermano, que toca con los ojos cerrados, moviendo el cuerpo hacia atrás y hacia delante al ritmo de la música. Está gracioso con la camiseta de los Eagles. Comete un par de errores, pero no me importa, está tratando de verdad de tocar la pieza correctamente y eso es lo que cuenta, ¿no?

Cuando termina, aplaudo con fuerza y le pregunto qué es lo que estaba tocando.

—La *Sonata para piano número ocho* de Beethoven —dice Jake—; ¿te gusta?

—Mucho —digo, porque de verdad estoy sorprendido—. ¿Dónde aprendiste a tocar?

—Cuando Caitlin se mudó conmigo trajo su piano y me ha estado enseñando cosas desde entonces.

Empiezo a sentirme mareado porque nunca había oído hablar de esa tal Caitlin y me parece que mi hermano acaba de decirme que vive aquí con ella, lo cual implica que mi hermano tiene una relación amorosa seria de la cual no sabía nada.

Esto no me parece correcto. Uno debería conocer a la pareja de su hermano. Finalmente consigo decir:

—¿Caitlin?

Mi hermano me lleva a su habitación; hay un gran cabecero de madera y dos armarios a juego uno enfrente del otro que parecen guardias que están mirándose a la cara. Coge una foto enmarcada en blanco y negro de la mesita de noche y me la da. En la foto aparece Jake con la mejilla pegada a la mejilla de una mujer muy hermosa. Tiene el cabello corto y rubio, casi tan corto como el de un hombre, y su aspecto es delicado pero muy hermoso. Lleva un vestido blanco y Jake un esmoquin.

—Esta es Caitlin —dice Jake—; toca en la Orquesta de Filadelfia algunas veces y hace muchas grabaciones en Nueva York. Es pianista.

—¿Por qué nunca antes he oído hablar de Caitlin?

Jake me quita el marco de las manos y lo vuelve a colocar en su sitio. Regresamos al salón y nos sentamos en un sofá de piel.

—Sabía que estabas enfadado por lo de Nikki, así que no quería que supieras que, bueno... yo... estaba felizmente casado.

¿Casado? La palabra me golpea como si fuese una ola gigantesca y de repente me siento mareado y empiezo a sudar.

—Mamá trató de sacarte del lugar de Baltimore para la boda, pero no te dejaron salir. Mamá no quería que te contase aún lo de Caitlin, así que al principio no te lo conté, pero eres mi hermano y ahora que has vuelto a casa quiero que lo sepas todo sobre mi vida, y Caitlin es la mejor parte. Le he hablado mucho de ti y, si quieres, puedes conocerla hoy. Le he pedido que saliese un rato para contártelo todo. Puedo llamarla ahora y podemos comer antes de que vayamos al Linc. ¿Quieres conocer a mi mujer?

Un rato después estoy sentando en una ostentosa cafetería de South Street enfrente de una mujer muy hermosa que le coge la mano a mi hermano por debajo de la mesa y que me sonríe sin cesar. Jake y Caitlin llevan el peso de la conversación y me recuerda a cuando estoy con Ronnie y Veronica. Jake responde la mayoría de las preguntas que Caitlin me hace, porque yo no digo casi nada. En todo el tiempo nadie menciona a Nikki, o el tiempo que pasé en el lugar malo, o lo extraño que es que Caitlin y mi hermano lleven años casados y no nos conociéramos. Cuando llega el camarero, digo que no tengo hambre porque no llevo mucho dinero encima (solo los diez pavos que mi madre me ha dado para el metro, y ya me he gastado cinco en el billete del PATCO). Pero mi hermano pide comida para todos y dice que invita él, lo cual está muy bien. Comemos sándwiches de jamón con una especie de pasta de tomate seca. Cuando terminamos le pregunto a Caitlin si la misa fue bonita.

—¿Qué misa? —pregunta. La pillo mirándome la cicatriz de la frente.

—La misa de vuestra boda.

—Oh —dice, y luego mira amorosamente a mi hermano—. Sí, fue preciosa. Celebramos la misa en la catedral de San Patricio en Nueva York y luego dimos una pequeña recepción en el New York Palace.

—¿Cuánto lleváis casados?

Mi hermano le echa una mirada a su mujer que no me pasa desapercibida.

—Ya llevamos un tiempo —dice, y eso hace que me cabree, porque todo el mundo sabe que no recuerdo lo que ha pasado en los últimos años y ella, Caitlin, al ser una mujer, sabe exactamente cuánto tiempo lleva casada con Jake. Es obvio que está tratando de protegerme al darme esa respuesta. Eso me hace sentir muy mal, aunque me doy cuenta de que Caitlin solamente intenta ser amable.

Mi hermano paga la cuenta y acompañamos a Caitlin de vuelta al edificio en el que tienen el apartamento. Jake besa a su mujer cuando llegamos a la entrada y noto que la quiere de verdad. Después Caitlin me besa a mí en la mejilla y con su cara a pocos centímetros de la mía me dice:

—Me alegro mucho de haber podido conocerte, Pat, espero que podamos ser buenos amigos.

Yo asiento y no sé qué más decir. Entonces Caitlin dice:

—¡Adelante, Baker!

—Es Baskett, tontina —dice Jake, y Caitlin enrojece antes de que se vuelvan a besar.

Jake para un taxi y le dice al taxista:

—Al ayuntamiento.

En el taxi le digo a mi hermano que no tengo dinero para pagar el taxi, pero me dice que no tengo que pagar nada cuando esté con él. Es algo bonito lo que me ha dicho, pero me hace sentir extraño.

Una vez que llegamos al ayuntamiento, compramos billetes para el metro, entramos y esperamos que llegue el tren de la línea naranja.

A pesar de que solo es la una y media de la tarde, de que aún faltan varias horas para el partido y de que es lunes (y por tanto mucha gente tiene que trabajar), ya hay muchos hombres vestidos con ropa de los Eagles en el metro. Esto hace que me dé cuenta de que Jake no está trabajando hoy y de que yo no sé de qué trabaja Jake, lo cual me deja helado. Me cuesta recordar qué estudió mi hermano. Al final recuerdo que estudió económicas en la universidad, pero no sé de qué trabaja, así que se lo pregunto.

—Soy agente de bolsa —dice.

—¿Qué es eso?

—Me dedico al mercado bursátil.

—Oh —digo—; ¿para quién trabajas?

—Para mí mismo.

—¿Qué quieres decir?

—Que soy autónomo, hago todo mi trabajo *on line*. Trabajo para mí mismo.

—¿Por eso hoy has podido dejar de trabajar pronto para salir conmigo?

—Eso es lo mejor de ser autónomo.

Estoy muy impresionado por la habilidad de Jake de mantenerse a sí mismo y a su mujer jugando en la bolsa, pero no quiere hablar de su trabajo. Debe de pensar que no soy lo suficientemente listo para entender lo que hace, ni siquiera se molesta en explicarme su trabajo.

—¿Qué te ha parecido Caitlin? —me pregunta Jake.

Pero el tren llega y nos unimos a la masa de aficionados de los Eagles antes de que pueda responder.

—¿Qué te ha parecido Caitlin? —me vuelve a preguntar cuando encontramos unos asientos libres y el tren empieza a moverse.

—Es genial —digo tratando de no mirar a los ojos a mi hermano.

—Estás enfadado conmigo por no haberte contado antes lo de Caitlin.

—No, no lo estoy.

Quiero contarle lo de que Tiffany me sigue cuando salgo a correr; lo de la caja de «Pat»; lo de que mamá aún está en huelga, que los platos continúan sucios en la pila y que papá se tiñó de rosa las camisas al intentar lavarlas; que mi terapeuta dice que debo mantenerme neutral y no entrometerme en los problemas maritales de mis padres, que debo centrarme en mejorar mi propia salud mental... Aunque ¿cómo voy a hacerlo si papá y mamá duermen en cuartos separados y papá me dice que limpie la porquería y mamá que lo deje todo como está? Si ya me costaba sobrellevarlo todo antes de saber que mi hermano toca el piano, que trabaja en el mercado bursátil, que vive con una música muy hermosa y que me perdí su boda y por tanto nunca veré a mi hermano casarse (lo cual es algo que realmente deseaba ver pues lo quiero mucho), ¿cómo lo haré ahora? Pero en vez de decir esto digo:

—Jake, estoy algo preocupado por si vemos al aficionado de los Giants.

—¿Y por eso estás tan callado hoy? —me pregunta mi hermano como si se hubiera olvidado de lo que sucedió en el último partido en que el equipo jugó en casa—. Dudo que un aficionado de los Giants asista a un partido de los de Green

Bay; aun así, vamos a colocarnos en un aparcamiento diferente al de la última vez, solo por si cualquiera de los idiotas de sus amigos nos estuviera buscando. No te preocupes. Los chicos gordos están montando la tienda en el Centro Wachovia. No debes preocuparte por nada.

Cuando llegamos a Broad y Pattison, salimos del metro y volvemos a ver la luz del sol. Sigo a mi hermano a través de las filas de acérrimos aficionados que piensan venir a la fiesta previa al partido nada más y nada menos que un lunes. Entramos en el Centro Wachovia y pronto vemos la tienda de campaña de los hombres gordos, y no puedo creer lo que veo.

Los hombres gordos están fuera de la tienda con Scott y le están gritando a alguien que se ha escondido detrás de sus compañeros. Un gigantesco autobús pintado de verde está dirigiéndose hacia la tienda de campaña. En el lateral del autobús hay un retrato de Brian Dawkins y es increíblemente realista. Cuando nos acercamos, logro leer las palabras INVASIÓN ASIÁTICA en el lateral del autobús, que está lleno de hombres de piel de color marrón. A estas horas hay muchas plazas libres en el aparcamiento, así que no entiendo de qué va la discusión.

Pronto reconozco una voz que está diciendo:

—La Invasión Asiática ha aparcado en este lugar desde que se abrió el Linc. Da buena suerte a los Eagles. Somos aficionados de los Eagles, igual que vosotros. Sea una superstición o no, que aparquemos el autobús de la Invasión Asiática en este lugar es crucial si queremos que los Pajarracos ganen esta noche.

—No vamos a mover la tienda —dice Scott—, de ninguna jodida manera. Haber llegado antes.

Los hombres gordos asienten a lo que dice Scott y las cosas empiezan a calentarse.

Veo a Cliff antes de que él me vea a mí.

—Moved la tienda —digo a nuestros amigos.

Scott y los hombres gordos me miran, sorprendidos por mi orden, casi como si los hubiera traicionado.

Mi hermano y Scott intercambian una mirada y después Scott pregunta:

—¿Hank Baskett, destructor de aficionados de los Giants, dice que movamos la tienda?

—Hank Baskett dice: moved la tienda —digo.

Scott se vuelve hacia Cliff, que está muy sorprendido al verme, y dice:

—Hank Baskett dice que movamos la tienda, así que moveremos la tienda.

Los hombres gordos reniegan, pero empezamos a desmontarlo todo y movemos la tienda, junto con la furgoneta de Scott, tres plazas de aparcamiento más allá al tiempo que el autobús de la Invasión Asiática se mueve y aparca. Cincuenta indios o más (todos ellos llevan un jersey de Dawkins) salen del autobús. Son como un pequeño ejército. Pronto hay en marcha varias barbacoas y el olor del curry nos rodea.

Cliff ha estado guay al no decirme hola, simplemente se ha escabullido entre los demás para que yo no tenga que explicar qué relación me une a él.

Una vez que hemos montado de nuevo la tienda, los hombres gordos van adentro a ver la televisión. Scott me dice:

—Eh, Baskett, ¿por qué has dejado que los de los lunares en la frente se quedaran con nuestra plaza de aparcamiento?

—Ninguno tenía un lunar en la frente —digo.

—¿Conocías al pequeñito? —me pregunta Jake.

—¿Qué pequeñito?

Nos volvemos y veo a Cliff de pie con una bandeja de madera sobre la cual hay porciones de carne y verduras.

—Comida india. Bastante rica. En agradecimiento por permitir que el autobús de la Invasión Asiática ocupe su plaza habitual.

Cliff acerca el plato y todos probamos la comida india. La carne está picante, pero deliciosa, igual que las verduras.

—¿Los chicos de la tienda querrán un poco?

—¡Eh, culos gordos! —grita Scott—, ¡comida!

Los hombres gordos salen y se acercan a la comida. Pronto

todos estamos asintiendo y diciendo lo rica que está la comida que ha traído Cliff.

—Siento las molestias —dice Cliff muy amablemente.

Se está portando tan bien, sobre todo después de haber oído que Scott se refería a ellos como «los del lunar en la frente», que no puedo evitar decir que es mi amigo.

—Cliff, este es mi hermano Jake, mi amigo Scott y... —Como he olvidado los nombres de los chicos gordos digo—: Los amigos de Scott.

—Mierda —dice Scott—, habernos dicho que eras amigo de Baskett y no te habríamos ocasionado ningún problema. ¿Quieres una cerveza?

—Claro —dice Cliff dejando la bandeja vacía sobre el asfalto.

Scott les da a todos vasos verdes de plástico y vaciamos en ellos las botellas de Yuengling Lager. Estoy bebiendo con mi terapeuta y tengo miedo de que Cliff me grite por beber mientras estoy tomando medicación, pero no lo hace.

—¿Cómo os habéis conocido vosotros dos? —dice uno de los chicos gordos refiriéndose a Cliff y a mí. Me siento tan feliz de estar bebiendo cervezas con Cliff que no soy capaz de mentir y digo:

—Es mi terapeuta.

—Y también somos amigos —añade rápidamente Cliff, lo cual me sorprende y me hace sentir muy bien, sobre todo porque nadie dice nada por el hecho de que necesite un terapeuta.

—¿Qué estáis haciendo, chicos? —le pregunta Jake a Cliff.

Me vuelvo y veo que diez o más hombres están desenrollando tiras enormes de césped artificial.

—Están desenrollando el campo de *kubb*.

—¿Qué? —dicen todos.

—Venid, os lo enseñaré.

Y así es como empezamos a jugar a lo que Cliff denomina el juego vikingo mientras esperamos a que empiece el partido de fútbol americano de esta noche.

—¿Qué hacen un puñado de indios jugando a un juego vikingo? —pregunta uno de los hombres gordos.

—Es divertido —responde Cliff de manera muy guay.

Los hombres indios enseguida comparten su comida con nosotros y saben mucho de fútbol americano. Nos explican el juego del *kubb*: hay que tirar unos bastones de madera para tirar al suelo los *kubbs* de tu oponente (los *kubbs* son cubos de madera colocados en la línea de fondo del otro lado). Los *kubbs* que caen al suelo se lanzan al campo del oponente y se quedan donde caen. A decir verdad, no termino de comprender bien cómo se juega, pero sé que el juego acaba cuando en el campo de tu oponente ya no quedan *kubbs* y derribas el *kubb* rey (que es el trozo de madera más grande y que está colocado en el centro del campo de césped artificial).

Cliff me sorprende al preguntarme si quiero ser su pareja de juego. Durante toda la tarde me dice qué bloques debo derribar y ganamos muchos partidos, comemos comida india, bebemos Yuengling Lager y cerveza India Pole Ale de la Invasión Asiática en vasos verdes de plástico. Jake, Scott y los hombres gordos se integran en la fiesta de la Invasión Asiática con facilidad (nosotros tenemos indios en la tienda y ellos tienen caucásicos en sus campos de *kubb*). Creo que lo único que hace falta para que gente distinta se lleve bien es un interés común y unas cervezas.

Cada poco rato algún indio grita:

—¡Ahhhhhhhhhhhh!

Y cuando todos cantamos, somos cincuenta personas o más cantando, y nuestro cántico de los Eagles es ensordecedor.

Cliff es muy bueno con los bastones de madera. Hace que ganemos a casi todos los grupos de hombres y al final conseguimos un montón de dinero, algo que yo ni siquiera sabía que íbamos a ganar hasta que me lo dan. Uno de los amigos de Cliff me da cincuenta dólares. Cliff me explica que Jake ha pagado mi parte, así que trato de darle a mi hermano mis ganancias pero no me deja. Al final decido pagar unas rondas de cerveza dentro del estadio para dejar de discutir con Jake por el dinero.

Mientras el sol se pone y nos dirigimos al Lincoln Financial Field le pregunto a Cliff si puedo hablar con él a solas. Nos apartamos de la Invasión Asiática y le digo:

—¿Esto está bien?

—¿Esto? —replica. Por el modo en que me mira me doy cuenta de que está un poco borracho.

—Sí, que tú y yo salgamos como amigos. Mi amigo Danny lo llamaría «representar».

—¿Y por qué no?

—Porque eres mi terapeuta.

Cliff sonríe, levanta un dedo y dice:

—¿Qué te dije? Cuando no estoy en el sofá marrón de piel...

—Eres un aficionado de los Eagles.

—Correcto —dice, y me da un golpecito en la espalda.

Después del partido vuelvo a New Jersey en el autobús de la Invasión Asiática, y los indios borrachos y yo cantamos «Volad, Eagles, volad» una y otra vez porque los Eagles han ganado a los Packers por 31-9. Cuando los amigos de Cliff me dejan en casa es más de medianoche, pero el divertido conductor (que se llama Ashwini) toca la bocina del autobús de la Invasión Asiática, con una grabación de los cincuenta miembros gritando: «¡E! ¡A! ¡G! ¡L! ¡E! ¡S! ¡EAGLES!». Me preocupa que quizá hayamos despertado a todo el vecindario, pero no puedo evitar reírme mientras el autobús se aleja.

Mi padre aún está despierto, sentado en la salita viendo la ESPN. Cuando me ve no dice hola, pero empieza a cantar en voz alta «Volad, Eagles, volad», así que yo la canto una vez más con mi padre y cuando terminamos el cántico mi padre aún tararea la canción mientras se va a la cama. Se marcha sin hacerme siquiera una pregunta sobre cómo he pasado el día, que ha sido realmente extraordinario, aunque Baskett solo hiciera dos paradas de 27 yardas y aún deba encontrar la zona final del campo. Pienso en limpiar todo el reguero de botellas que mi padre ha dejado, pero recuerdo lo que me dijo mi madre de mantener la casa hecha una pocilga mientras ella está en huelga.

Bajo al sótano para hacer unas pesas sin tratar de pensar en que me he perdido la boda de Jake, pues eso me ha bajado la moral a pesar de haber ganado el partido. Debo quemar la cerveza que me he bebido y la comida india, así que hago pesas durante varias horas.

SOPORTAR EL DESORDEN

Cuando le digo a mamá que quiero ver las fotos de la boda de Jake, ella se hace la sueca.

—¿Qué fotos de qué boda? —pregunta.

Pero cuando le cuento que he conocido a Caitlin, que hemos comido juntos y que ya he aceptado la existencia de mi cuñada, mi madre parece aliviada y dice:

—Bien, entonces colgaré las fotos de la boda de nuevo.

Me deja allí sentado en el salón junto a la chimenea.

Cuando regresa me trae un pesado álbum con cubierta de piel y empieza a colocar marcos con fotos de Jake y de Caitlin que había escondido previamente en mi propio beneficio. Mientras paso las páginas del álbum de boda de mi hermano Jake, mamá cuelga algunos marcos en la pared.

—Fue un día precioso, Pat. Deseaba con todas mis fuerzas que estuvieras allí.

La tremenda ceremonia en la catedral y la recepción posterior sugieren que la familia de Caitlin está, como lo definiría mi amigo Danny, «forrada». Así que le pregunto a mi madre a qué se dedica el padre de Caitlin.

—Durante años fue violinista en la Filarmónica de Nueva York y ahora enseña en Juilliard. Teoría de la música, sea lo que sea. —Mamá ha terminado de colgar las fotos y se sienta conmigo en el sofá—. Los padres de Caitlin son muy agradables, pero no son de nuestra clase, eso quedó dolorosamente claro en la recepción. ¿Cómo crees que salgo en las fotos?

En las fotos mi madre lleva un vestido marrón chocolate y un chal rojo por encima de sus hombros desnudos. El pintalabios hace juego con el chal, pero parece como si llevase demasiado maquillaje en los ojos, lo cual le da un aire de mapache. A su favor está que lleva el pelo «estilo clásico», como Nikki lo definiría, y le queda muy bien, así que le digo que sale muy bien en las fotos y eso la hace sonreír.

En cambio a mi padre se le ve muy tenso, no parece nada cómodo en ninguna de las fotos, así que le pregunto a mi madre si aprueba la relación de Jake con Caitlin.

—Ella viene de un mundo distinto en lo que respecta a tu padre, y él no disfrutó tratando con sus padres en absoluto, pero está contento por Jake, a su modo —dice mamá—. Entiende que Caitlin hace feliz a tu hermano.

Esto me recuerda el extraño comportamiento de mi padre en mi propia boda. Se negaba a hablar con nadie a menos que ellos le hablasen primero y luego respondía a todo el mundo con monosílabos. Recuerdo lo enfadado que estaba con mi padre durante la comida del ensayo, pues él ni siquiera se dignaba mirar a Nikki o hablar con su familia. Mi madre y mi hermano me decían que era porque no aceptaba el cambio, pero su explicación no significó nada para mí hasta el día siguiente.

A mitad de la misa, el cura preguntó a los asistentes si nos tendrían a Nikki y a mí en sus plegarias y, como habíamos ensayado, nos volvimos para ver la respuesta. Instintivamente miré a mis padres, pues tenía curiosidad por ver si mi padre respondía «Lo haremos», como debía decir, junto con todos los demás. En cambio lo vi quitándose las lágrimas con un pañuelo y mordiéndose el labio. El cuerpo le temblaba como si fuera un hombre mayor. Era algo muy extraño: mi padre llorando en una boda que le había disgustado tanto, el hombre que la única emoción que había expresado era la furia, estaba llorando. Continué mirando a mi padre y cuando fue obvio que no iba a volverme para mirar al cura de nuevo, Jake, mi padrino, me dio un pequeño golpecito para romper el hechizo.

Sentado en el sofá con mi madre le pregunto:

—¿Cuándo se casaron Caitlin y Jake?

Mamá me mira de manera extraña, pero no quiere mencionar la fecha.

—Ya sé que sucedió cuando estaba en el lugar malo y también sé que estuve varios años en ese lugar. Ya he aceptado todo eso.

—¿Estás seguro de querer saber la fecha?

—Podré soportarlo, mamá.

Me mira tratando de decidir qué hacer y luego dice:

—En el verano de 2004. El 7 de agosto. Ya llevan dos años casados.

—¿Quién pagó las fotos de la boda?

Mi madre se ríe.

—¿Estás bromeando? Tu padre y yo nunca habríamos podido pagar un álbum así. Los padres de Caitlin fueron muy generosos, prepararon un álbum para nosotros y nos permitieron sacar todas las fotos que quisimos y...

—¿Te dieron los negativos?

—¿Por qué iban a darnos los...?

Probablemente se dio cuenta de la mirada que puse, porque dejó de hablar inmediatamente.

—Entonces ¿cómo reemplazasteis las fotos que robó el ladrón cuando se llevó los marcos?

Mi madre está pensando la mejor respuesta, así que espero. Empieza a morderse el lado interior de la mejilla como hace cuando se siente ansiosa. Después de un segundo se calma y dice:

—Llamé a la madre de Caitlin, le conté lo del ladrón y me hizo copias esa misma semana.

—Entonces ¿cómo me explicas esto? —digo justo antes de sacar la foto enmarcada de mi boda de detrás del almohadón del sofá. Como mi madre no responde, yo me pongo en pie y coloco la foto en su lugar de origen, sobre la mesa. Después cuelgo otra foto de mi familia rodeando a Nikki, que va vestida de novia—. Encontré la caja de «Pat», mamá. Si odiabas tanto a Nikki, habérmelo dicho. Habría colgado las fotos en la buhardilla, que es donde duermo.

Mamá no dice nada.

—¿Odias a Nikki? Y, si es así, ¿por qué?

Mi madre no me mira, se pasa la mano por el pelo.

—¿Por qué me mentiste? ¿Qué más mentiras me has contado?

—Lo siento, Pat. Te mentí por...

Mamá no me dice por qué me mintió, en cambio se pone a llorar de nuevo.

Durante mucho rato, yo miro por la ventana y veo la calle y la casa de los vecinos. Una parte de mí quiere consolar a mi madre, sentarse a su lado, pasarle un brazo por los hombros (sobre todo ahora que sé que hace una semana que mi padre no le habla, toma comida preparada, se hace la colada y está soportando vivir en medio del desorden). He pillado a mi madre limpiando aquí y allá y sé que está enfadada porque su plan no está dando resultado, como a ella le habría gustado. Pero también estoy enfadado con mamá por mentirme y, a pesar de que estoy practicando ser bueno, no me siento capaz de consolarla ahora mismo.

Al final, dejo a mamá llorando en el sofá, me cambio de ropa y salgo a correr. Una vez que estoy fuera veo que Tiffany me está esperando.

COMO SI ÉL FUERA YODA Y YO LUKE SKYWALKER ENTRENANDO EN EL SISTEMA DAGOBAH

Una vez que terminamos de hablar de nuestra victoria en el torneo de *kubb* y la habilidad extraordinaria de la señora Patel para pintar tan bien a Brian Dawkins en el autobús, elijo el asiento negro y le digo a Cliff que estoy un poco deprimido.

—¿Qué sucede? —me pregunta mientras se levanta el reposapiés.

—Terrell Owens.

Cliff asiente, como si esperara que sacase el tema del receptor.

No había querido hablar de esto antes, pero se supo que el 26 de septiembre de 2006 trato de suicidarse. Nuevas noticias decían que Owens (o T.O.) había ingerido una sobredosis de una medicación prescrita por un doctor. Ese mismo día T.O. había abandonado el hospital y en una rueda de prensa había negado que hubiera tratado de suicidarse, lo que provocó mucha controversia en lo referente a su salud mental.

Yo recordaba que T.O. era el número 49, pero cuando vi el partido hace unas semanas contra el San Francisco no era el número 49. Me enteré por la sección de deportes de que T.O. jugaba en los Eagles cuando yo estaba en el lugar malo y que los llevó a la Super Bowl XXXIX, lo cual yo no recuerdo (aunque quizá sea mejor porque los Eagles perdieron y eso hace que me enfade). Aparentemente, T.O. pidió más dinero para la siguiente temporada, criticó públicamente al quarterback de los Eagles, Donovan McNabb, y luego lo apartaron del equipo a mitad de temporada para, al final, firmar por el equipo que los aficionados más odian, los Cowboys. Y por eso, todo el mundo en Filadelfia odia a T.O. más que a ninguna otra persona del mundo.

—No te preocupes por él —dice Cliff—. Dawkins le golpeará tan fuerte que Owens no se atreverá a hacer ninguna parada en el Linc.

—No estoy preocupado por que haga paradas y marque *touchdowns*.

Cliff me mira durante un instante como si no me comprendiera y luego dice:

—Dime lo que te preocupa.

—Mi padre dice que T.O. es un psicópata de las pastillas. Jake también me gastó bromas por teléfono sobre lo de las pastillas y llamó a Owens chalado.

—¿Por qué te molesta eso?

—Bueno, por lo que leí en la sección de deporte decían que T.O. podría estar pasando una depresión.

—Sí.

—Bueno —digo—, quizá necesite terapia.

—¿Y?

—Si Terrell Owens realmente está deprimido o mentalmente inestable, ¿por qué la gente a la que quiero lo utiliza como excusa para criticarlo?

Cliff respira hondo.

—Ya.

—¿Es que mi padre no entiende que yo también soy un psicópata de las pastillas?

—Como terapeuta te confirmo que tú no eres psicópata, Pat.

—Pero tomo todo tipo de pastillas.

—Y, aun así, no abusas de tu medicación.

Entiendo lo que Cliff quiere decir, pero él no puede entender cómo me siento (es una mezcla muy complicada de sentimientos y emociones), así que dejo el tema.

Cuando los Dallas Cowboys llegan a Filadelfia, los hombres gordos y la Invasión Asiática se unen para organizar una superfiesta que incluye campeonatos de *kubb* sobre césped artificial, televisión por satélite, comida india y mucha cerveza. Pero yo no puedo concentrarme en la diversión porque todo lo que me rodea es odio.

De lo primero que me percato es de que hay muchas camisetas nuevas y la gente que está allí las está comprando. Hay diferentes eslóganes e imágenes. Una tiene el dibujo de un niño haciendo pis sobre una estrella de Dallas y el eslogan dice: «Dallas apesta. T.O. toma pastillas». En otra camiseta aparece la prescripción de un medicamento con la típica calavera y los huesos a los lados y debajo está escrito: «Terrel Owens». Otra versión muestra un bote de pastillas en la parte de delante y una pistola en la parte de detrás, y pone: «T.O., si a la primera no lo consigues, cómprate una pistola». Otra persona ha hecho una cruz con un montón de camisetas viejas de Owens de cuando jugaba en los Eagles y la ha cubierto con botes de pastillas naranjas que se parecen mucho a los míos. Hay gente quemando sus viejas camisetas en el aparcamiento y también hay muñecos gigantes que representan a T.O. y la gente los golpea con bates. Aunque no me gustan los Dallas Cowboys, me siento mal por Terrell Owens, ya que es un tipo triste que tiene problemas mentales. Quién sabe si trató realmente de suicidarse. Aun así, todo el mundo se burla de él, como si su salud mental fuera una broma (o quizá quieran empujarlo al abismo porque nada les gustaría más que ver a T.O. muerto).

Como estoy lanzando mal, Cliff y yo quedamos eliminados del torneo de *kubb* y pierdo los cinco pavos que mi hermano había puesto por mí. En ese momento, Cliff me pide que le ayude a sacar cerveza India Pole Ale del autobús de la Invasión Asiática. Cuando estamos dentro del autobús me pregunta:

—¿Qué te pasa?

—Nada —respondo.

—Ni siquiera estabas mirando a ver dónde caían los bastones; has estado muy distraído durante los partidos.

No digo nada.

—¿Qué pasa?

—No estás en tu sillón de piel.

Cliff se sienta, toca el asiento del autobús y dice:

—Tendremos que conformarnos con polipiel.

Me siento junto a Cliff y digo:

—Es solo que me siento mal por T.O., eso es todo.

—Gana millones de dólares para soportar las críticas. Y lo sobrelleva. Lo hace con sus bailes cuando marca *touchdowns*. Esta gente no quiere que T.O. se muera, lo único que quieren es que no haga un buen partido. Es parte de la diversión.

Sé a lo que Cliff se refiere, pero a mí no me parece divertido. No me importa que sea millonario o no, unas camisetas que animan a la gente a volarse la cabeza no deberían ser aprobadas por mi terapeuta. Pero no digo nada.

Fuera del autobús de nuevo, veo que Jake y Ashwini han llegado a la final del torneo de *kubb*, así que me pongo a animarlos para olvidarme de todo el odio que hay a mi alrededor.

Dentro del Linc, la gente canta durante toda la primera parte: «S.D., S.D., S.D., S.D., S.D., S.D.». Jake me explica que antes le cantaban: «T.O., T.O., T.O., T.O., T.O., T.O.», cuando era un Eagle. Veo que Owens, aunque hoy aún no ha hecho muchas paradas, baila al ritmo de la música. Me pregunto si realmente es inmune a setenta mil personas burlándose de su sobredosis o si en su interior se siente mal. Yo no puedo evitar sentirme mal por él. Me pregunto cómo me sentiría yo si setenta mil personas se burlasen de mí por no recordar los últimos años de mi vida.

En el medio tiempo, Hank Baskett ha hecho dos paradas de 25 yardas, pero los Eagles pierden 21-17.

En el tercer cuarto, el Lincoln Financial Field hierve. Los aficionados de los Eagles sabemos que nos jugamos el primer puesto de la liga NFC Este. Cuando solo faltan ocho minutos para terminar el tercer cuarto todo cambia.

McNabb lanza el balón hacia la izquierda del campo. Todo el mundo de mi sección se pone en pie para ver lo que pasa. El número 84 coge la bola en la línea de la yarda 46 de los de Dallas, esquiva a un defensa, se dirige hacia la zona final y de repente estoy en el aire. Scott y Jake me llevan a hombros. Todo el mundo choca las manos conmigo porque finalmente Hank Baskett ha marcado su primer *touchdown* en la NFL, uno de 87 yardas, y yo llevo su jersey. Los Eagles van ganando y estoy tan feliz que pienso en papá, en que estará viendo el partido en su tele gigante y pienso que quizá las cámaras me han enfocado cuando Jake y Scott me han llevado a hombros. Puede que papá me viera en tamaño real por la tele y hasta esté orgulloso de mí.

El momento tenso llega al final del último cuarto, cuando vamos 31-24. Leto Sheppard intercepta a Bledsoe, que se dispone a marcarnos un *touchdown*, y todo el estadio entona el cántico de la lucha; la victoria es nuestra.

Cuando el reloj marca el final del partido busco a T.O. y veo que se dirige rápidamente a los vestuarios sin siquiera darles la mano a los del equipo contrario. Me siento mal por él.

Jake, Scott y yo salimos del Linc y nos dirigimos hacia la Invasión Asiática. Resultan fáciles de encontrar porque son cincuenta hombres indios vestidos con camisetas de Brian Dawkins.

—Solo hay que buscar cincuenta camisetas con el número «20» —dicen Jake y Scott.

Cliff y yo nos reunimos, chocamos las manos, chillamos y gritamos y los indios comienzan a cantar:

—¡Baskett, Baskett, Baskett!

Estoy tan feliz que cojo a Cliff en brazos y lo llevo a hombros hasta el autobús de la Invasión Asiática, como si él fuera Yoda y yo fuera Luke Skywalker entrenando en el Sistema

Dagobah en la película *El imperio contraataca* (que como ya he dicho antes es una de mis películas favoritas). Mientras buscamos el lugar en el que aparcamos, cantamos una y otra vez el cántico de la lucha. Cuando llegamos a nuestro sitio en el Centro Wachovia, los hombres gordos nos esperan con cervezas heladas para celebrarlo. Yo no paro de abrazar a mi hermano, de chocar palmas con Cliff, de golpearme con el pecho contra los hombres gordos y de cantar con los indios. Me siento muy feliz. Me siento inmensamente feliz.

Cuando la Invasión Asiática me deja en casa es muy tarde, así que le pido a Ashwini que no toque la bocina y él accede, pero cuando doy la vuelta a la esquina escucho el sonido de las voces de cincuenta indios cantando: «¡E! ¡A! ¡G! ¡L! ¡E! ¡S! ¡EAGLES!», y no puedo evitar sonreír mientras entro en casa de mis padres.

Estoy listo para ver a papá. Después de una victoria como esta, que coloca a los Eagles en el primer puesto de la liga, seguro que querrá hablarme. Pero al entrar en la salita no hay nadie. No hay botellas en el suelo ni platos en la pila; en realidad, toda la casa está impecable.

—¿Papá? ¿Mamá?

Pero nadie responde. He visto que sus coches estaban fuera cuando he llegado, así que estoy muy confuso. Empiezo a subir la escalera. La casa está muy silenciosa. Entro en mi habitación y mi cama está vacía. Así que llamo a la puerta del cuarto de mis padres, pero nadie contesta. Abro la puerta e inmediatamente deseo no haberlo hecho.

—Tu padre y yo hemos hecho las paces después de que ganasen los Eagles —dice mamá con una sonrisa divertida—; dice que es un hombre nuevo.

Están tapados hasta el cuello con la sábana, pero sé que debajo de la sábana mis padres están desnudos.

—Tu chico, Baskett, ha unido a la familia —dice mi padre—, ha sido un auténtico Dios hoy en el campo. Con una victoria así de los Eagles he pensado: ¿por qué no hacer las paces con Jeanie?

Soy incapaz de responder.

—Pat, quizá te gustaría salir a correr —dice mamá—. Quizá una media horita...

Cierro la puerta de su habitación.

Mientras me pongo el chándal oigo el sonido del crujido de la cama de mis padres. Así que me pongo las zapatillas, bajo la escalera y salgo por la puerta principal. Corro por el parque, me acerco a la casa de los Webster y llamo a la puerta de la casa de Tiffany. Cuando responde, lleva puesto una especie de camisón y parece confundida.

—¿Pat? ¿Qué estás ha....?

—Mis padres están practicando sexo —explico—, ahora mismo.

Sus ojos se abren, sonríe y a continuación se ríe.

—Deja que me cambie —dice, y luego cierra la puerta.

Caminamos durante horas por todo Collingswood. Primero hablo de T.O., de Baskett, de mis padres, de Jake, de la Invasión Asiática, de las fotos de mi boda, del ultimátum que mi madre le ha dado a mi padre y que de hecho está funcionando, en fin, de todo, pero Tiffany no dice nada a modo de respuesta. Cuando ya no tengo nada más que decir simplemente caminamos y caminamos hasta que finalmente llegamos de nuevo a casa de los Webster y es hora de despedirnos. Le ofrezco la mano y le digo:

—Gracias por escuchar. —Cuando me doy cuenta de que ella no va a darme la mano comienzo a alejarme.

—Mírame —dice Tiffany como si cantase, lo cual es algo extraño puesto que no ha dicho nada en toda la noche, pero yo me doy la vuelta y la miro—. Voy a darte algo que te confundirá, puede que incluso te cabree, así que no quiero que lo abras hasta que estés muy relajado. Hoy ni hablar. Espera un par de días y cuando estés contento abre la carta.

Al decir esto saca un sobre del bolsillo de su chaqueta y me lo entrega.

—Guárdatelo en el bolsillo —dice, y hago lo que me pide porque se está poniendo muy seria—. No volveré a correr contigo hasta que me des una respuesta, te dejaré solo para que pienses. Decidas lo que decidas, no puedes contarle a nadie el contenido de la carta, ¿comprendido? Si se lo dices a alguien (incluido tu terapeuta), nunca te volveré a hablar. Te advierto que lo sabré por tu mirada. Es mejor que simplemente sigas mis directrices.

Mi corazón late muy fuerte. ¿De qué habla Tiffany? Ahora lo único que quiero hacer es abrir el sobre.

—Tienes que esperar al menos cuarenta y ocho horas antes de abrirlo. Asegúrate de que estás de buen humor cuando abras la carta. Piénsalo y luego dame una respuesta. Recuerda, Pat, puedo ser muy buena amiga, pero no te gustaría tenerme como enemiga.

Recuerdo la historia que Ronnie me contó sobre cómo Tiffany perdió su trabajo y empiezo a sentirme muy asustado.

NECESITARÉ UNA VICTORIA

—Pregunta número uno —dice mi padre—. ¿Cuántos *touchdowns* hará McNabb contra los Saints?

Me cuesta creer que realmente esté comiendo sentado a la mesa con mi padre. Mamá me sonríe mientras enrolla los espaguetis con el tenedor. Hasta me guiña un ojo. No me malinterpretéis, estoy feliz de que el plan de mamá haya funcionado y estoy encantado de comer con mi padre, incluso de tener una conversación con él, y sobre todo estoy feliz de ver que mis padres están cariñosos el uno con el otro; pero sé (y eso me preocupa) que un partido perdido de los Eagles será suficiente para convertir a papá en un huraño de nuevo. Estoy preocupado por mamá, pero decido que es mejor vivir el momento.

—Diez *touchdowns* —le digo a mi padre.

Papá sonríe, se mete una salchicha pequeña en la boca, mastica con entusiasmo y le dice a mamá:

—Pat dice que diez *touchdowns*.

—Quizá once —añado para sonar optimista.

—Pregunta número dos. ¿Cuantos *touchdowns* hará el debutante estrella de la temporada, Hank Baskett?

Me doy cuenta de que Baskett solo ha hecho un *touchdown* en los cinco primeros partidos, pero sé que mi familia es muy optimista esta noche, así que digo:

—Siete.

—¿Siete? —me pregunta papá sonriendo.

—Siete.

—Dice que siete, Jeanie. ¡Siete! —Y luego papá me dice a mí—: Pregunta número tres. ¿En qué cuarto sufrirá el quarterback Drew Bress una conmoción cerebral después de ser sacudido muchas veces por la defensa superior de los Eagles?

—Hum, esa es difícil. ¿En el tercer cuarto?

—Eso es incorrecto —dice mi padre negando con la cabeza en una mueca de decepción—. La respuesta correcta es en el primer cuarto. Pregunta número cuatro. ¿Cuándo vas a traer a casa a esa tía con la que siempre sales a correr? ¿Cuándo vas a presentarme a tu novia?

Cuando papá termina de hacerme la pregunta número cuatro se mete un puñado de espaguetis en la boca y empieza a masticar.

—¿Has visto que Pat encontró las fotos de su boda y las volvió a colocar en el salón? —dice mamá, y su voz tiembla un poco.

—Jake me dijo que habías superado lo de Nikki —dice papá—; me dijo que estabas interesado en la tía esa, Tiffany, ¿verdad?

—¿Me disculpáis? —le pregunto a mi madre. La cicatriz de la frente me está doliendo y siento que si no empiezo a golpearme la cabeza contra la mesa estallaré.

Cuando mi madre asiente, veo compasión en su mirada y eso lo agradezco.

Me pongo a hacer pesas durante horas, hasta que ya no siento la necesidad de abrirme la cabeza.

Con el nuevo chaleco reflector que me ha comprado mi madre puedo salir a correr por la noche, y eso hago.

Iba a abrir la carta de Tiffany esta tarde, porque estaba muy contento por comer con mi padre, pero ahora sé que no estoy de buen humor, así que abrir la carta sería violar las normas que Tiffany fijó hace dos noches. Casi abro la carta la noche anterior, pues estaba de un humor excelente, pero no habían pasado cuarenta y ocho horas.

Mientras corro, trato de pensar en Nikki y en el final del

período de separación, pues eso siempre me hace sentir mejor. Me imagino que Dios ha hecho una apuesta conmigo y que si corro lo suficientemente rápido él traerá a Nikki de vuelta. Así que empiezo a hacer un *sprint* en el último tramo. De pronto estoy corriendo muy rápido, más rápido de lo que cualquier otro ser humano ha corrido antes. En mi mente oigo que Dios me dice que el último trozo debo correrlo en menos de cuatro minutos, lo cual es casi imposible, pero lo intentaré por Nikki. Corro más rápido que nunca y cuando estoy a una manzana de distancia de mi casa oigo que Dios empieza a contar en mi mente «5, 4, 3, 2» y cuando mi pie derecho se apoya sobre la acera de cemento de casa de mis padres Dios dice «1», lo cual significa que sí he corrido lo suficientemente rápido, pues he llegado antes de que diga cero. Estoy feliz. ¡Estoy increíblemente feliz!

Cuado llego, la puerta de mis padres está cerrada, así que subo, me ducho y me cubro entero con el edredón. Saco el sobre de debajo de la cama. Respiro hondo y abro la carta. Mientras leo las páginas escritas a máquina, mi mente estalla con un conflicto de emociones y necesidades terribles.

Pat:

Lee esta carta de principio a fin. ¡No tomes ninguna decisión hasta que hayas leído la carta entera! ¡No leas la carta a menos que estés solo! ¡No le enseñes esta carta a nadie! ¡Cuando termines de leerla quémala inmediatamente!

¿Nunca te has sentido como si vivieras en un barril de pólvora y estuvieses a punto de estallar?

Bueno, no había nada que yo pudiera hacer para devolver a Tommy a mi vida y mi incapacidad para aceptar su muerte me mantuvo enferma durante dos años, pero entonces tú apareciste en mi vida. ¿Por qué? Al principio pensé: Dios me está enviando un hombre nuevo para reemplazar a Tommy. Eso me cabreó, ya que Tommy es irreemplazable (no te ofendas). Pero al escucharte hablar de Nikki me di cuenta de que Dios te había enviado a mí para que te ayudase a terminar con el tema del período de separación. Esa era mi misión y en eso he estado trabajando.

Casi puedo escucharte decir: «¿Qué? ¿Cómo puede mi amiga Tiffany terminar con el período de separación?».

Bueno, esta es la parte que puede hacer que te cabrees.

¿Estás listo, Pat? Prepárate.

He estado hablando regularmente con Nikki por teléfono. Cada noche durante las últimas dos semanas. Conseguí el número a través de Veronica, quien (a través de las conversaciones de Ronnie con tu madre) ha estado proporcionándole a Nikki información sobre ti desde que fuiste internado en el centro de salud mental de Baltimore. Parece ser que tu familia prohibió a Nikki obtener información sobre ti y pudieron hacer eso porque ella se divorció de ti poco después de que te internasen. Sé que esta última noticia te habrá disgustado mucho. Lo siento, pero creo que es mejor contarte las cosas como son, ¿no crees?

A ver, lo que sigue también es malo. Nikki pudo separarse de ti porque tú cometiste un crimen, un crimen que no recuerdas (no voy a decirte lo que hiciste pues probablemente lo hayas bloqueado de tu memoria de manera deliberada y puede que aún no estés mentalmente preparado para tratar con esa terrible realidad). Mi terapeuta, la doctora Lily, y yo tenemos la teoría de que recordarás haber cometido ese crimen cuando estés mental y emocionalmente preparado. A Nikki se le concedió el divorcio y todas tus posesiones a cambio de que alguien retirase los cargos contra ti. Por supuesto, ese trato también te enviaba al lugar malo indefinidamente para que te rehabilitases. Estuviste de acuerdo con todo aquello en aquel momento y tu terapeuta, el doctor Timbers, dijo que eras una persona cabal con la mente sana. Sin embargo, poco después de enviarte allí «perdiste» la memoria y también un tornillo.

No te cuento esto para ser borde (al contrario). Recuerda que Dios me ha puesto a cargo de ayudarte a cerrar el período de separación. Resulta que Nikki ha querido comunicarse contigo. Te echa de menos. No quiero decir que quiera volver a casarse contigo, quiero ser clara con eso. Aún recuerda lo que hiciste y el crimen que cometiste. También te tiene un poco de miedo ya que teme que estés furioso con ella y quieras vengarte. Pero estuvo casada muchos años contigo y desea verte bien. Quizá incluso que volváis a ser amigos. Yo le he trasladado tu deseo de reconciliarte con ella. Para ser honestos, tu deseo es mucho mayor que el de ella. Pero nunca se sabe lo que podría ocurrir si os comunicarais de nuevo.

Hay dos problemas. Uno: después de que cometieses el crimen, Nikki pidió una orden de alejamiento, así que técnicamente es ilegal que contactes con ella. Dos: tus padres, en tu nombre, y probablemente como represalia, pidieron una orden de alejamiento para Nikki argumentando que si ella contactaba contigo podía hacer peligrar tu salud mental. Aun así, a Nikki le gustaría comunicarse contigo, aunque solamente sea para suavizar lo que pasó. Está arrepentida. Se fue con todas tus cosas y tú tuviste que pasar años en una institución mental, ¿cierto?

Así que a lo que vamos. Me estoy ofreciendo como intermediaria. Los dos podréis comunicaros a través de mí y no habrá ningún problema. Podrás escribirle cartas a Nikki (una cada dos semanas) y yo se las leeré por teléfono. Ella me dictará su respuesta por teléfono y yo lo escribiré en mi portátil, lo imprimiré y te lo daré.

Pat, somos amigos y valoro mucho tu amistad. He de decir que espero que aprecies lo que hago, ya que me deja en una posición muy precaria. Si decides aceptar mi oferta, estaré arriesgándome legalmente y también estaré haciendo peligrar nuestra amistad. Te informo de que no me ofrezco a ser tu intermediara a cambio de nada. Quiero un trato.

¿Que qué quiero?

¿Recuerdas cuando te dije que te estaba examinando?

Bueno, quiero ganar la competición de este año de «Elimina la depresión bailando» y necesito un hombre fuerte para conseguirlo. ¿Qué es «Elimina la depresión bailando»? Bueno, es una competición anual organizada por la Asociación

Psiquiátrica de Filadelfia que permite que mujeres con depresión transformen la desesperación en movimiento. El sentido de todo es superar la depresión con el uso del cuerpo. Los jueces premian con un ramo de flores a la segunda mejor y con un trofeo dorado a la mejor. Llevo dos años ganando el ramo de flores concursando en solitario y este año quiero ganar el trofeo. Ahí es donde entras tú, Pat. Dios me ha enviado al hombre más fuerte que jamás he conocido; dime que esto no es intervención divina. Solamente un hombre con unos músculos como los tuyos podría realizar el tipo de movimientos que tengo en mente, movimientos ganadores, Pat. La competición tendrá lugar en el hotel Plaza en el centro de la ciudad el sábado 11 de noviembre por la noche. Eso nos deja solamente un mes para practicar. Yo ya me sé la coreografía, pero tú empezarás de cero y tendremos que practicar los movimientos en los que me elevarás. Eso nos llevará mucho tiempo.

He hablado con Nikki de las condiciones y quiere que te anime a ser mi pareja de baile. Dice que necesitas tener otros intereses y que ella siempre quiso ir a clases de baile contigo. Así que por ella está bien, de hecho te anima a hacerlo.

También, me temo que debo pedirte una victoria a cambio de ser tu intermediaria. Por suerte para ti, la coreografía que he preparado es de primera clase; eso sí, para ganar deberás sumergirte en el baile. A continuación podrás leer las condiciones no negociables.

Si decides ser mi compañero de baile deberás:

1) Abandonar los partidos de fútbol americano de los Eagles durante el entrenamiento. No irás a los partidos. No los verás por la tele. No hablarás de los Eagles con nadie. No leerás la sección de deportes. Ni siquiera llevarás tu adorada camiseta de Baskett.

2) Terminar tu entrenamiento para perder peso a las dos de la tarde, a esa hora iremos a correr ocho kilómetros. Después entrenaremos de 4.15 de la tarde a 11 de la noche entre

semana. Los fines de semana entrenaremos de 1 de la tarde a 10 de la noche sin excepción.

3) Asegurarte de que al menos quince de tus amigos vengan a la actuación, ya que muchas veces el jurado se ve influenciado por los aplausos.

4) Hacer lo que te diga sin preguntar.

5) Asegurarte de ganar la competición.

6) LO MÁS IMPORTANTE: no le dirás a nadie nada de nuestro trato. Puedes decirle a la gente que entrenas para una competición, pero no puedes decirles nada de lo que te he exigido ni de que voy a contactar con Nikki por ti, nunca.

Si decides aceptar las seis cosas que te pido actuaré como intermediaria entre Nikki y tú e intentaré que pueda terminar el período de separación. Entonces, quién sabe lo que sucederá entre tu ex esposa y tú. Si no haces lo que te pido, me temo que nunca volverás a hablar con Nikki. Dice que esta es tu única oportunidad.

Contacta conmigo el viernes y dime qué has decidido. Vuelve a leer mis peticiones, memorízalas y luego quema esta carta. Recuerda, si quieres que sea tu intermediaria no le digas a nadie que estoy en contacto con Nikki.

Con mis mejores intenciones,
TIFFANY

Releo la carta una y otra vez a lo largo de la noche. Hay partes que no quiero creer (especialmente las partes que hablan de que he cometido un crimen y de que Nikki se ha divorciado de mí), ya que son ideas que hacen que sienta como si me estuviera golpeando la cabeza con algo y se me volviera a abrir la cicatriz. ¿Qué tipo de crimen podría ponerme en una situación en la que retirarasen los cargos contra mí si yo me internaba en un centro de salud mental? Puedo entender que Nikki se divorciara de mí porque fui un mal marido, realmente fui un mal marido, pero me cuesta mucho creer que he podido cometer un crimen tan horrible para dar lugar a unas medidas legales tan drásticas. Y aun así, la carta que me ha escrito Tiffany me explica muchas cosas (como por qué mi madre ha quitado las fotos de mi boda con Nikki o por qué papá y Jake hablaron tan mal de ella). Si realmente me he divorciado, todo lo que mi familia ha hecho ha sido para mantener a Nikki alejada de mi mente y protegerme. En especial porque no son lo suficientemente optimistas para darse cuenta de que no estoy muerto y no creen que pueda tener alguna oportunidad de volver con Nikki. Y esa es la esperanza que yo tengo.

Por supuesto, no puedo estar seguro de nada, ya que no tengo ningún recuerdo de los últimos años. Quizá Tiffany se inventó la historia para que bailase con ella en la competición. Es posible. Yo no me habría presentado voluntario para ser su compañero a pesar de que ahora practico lo de ser bondadoso. Me doy cuenta de que puede que la carta de Tiffany sea un truco, pero la posibilidad de comunicarme con Nikki es una oportunidad, quizá mi última oportunidad. Además, el hecho de que Tiffany haya mencionado a Dios me da a entender que entiende de qué va lo del período de separación. Me cuadra lo de que a Nikki le parezca bien que dé clases de baile. Ella siempre quería que yo bailase con ella y nunca lo hacía. El pensamiento de bailar con Nikki en un futuro es suficiente para que acepte perderme los partidos de los Eagles, incluso el que jugaremos en casa contra Jacksonville. Pienso en cómo esto enfurecerá a mi padre, a Jake e incluso a Cliff, pero luego pienso en la posibilidad de poder darle un final feliz a mi película (lograr que Nikki vuelva conmigo) y la elección es obvia.

Cuando amanece, abro la ventana del baño de abajo, quemo la carta encima del retrete y tiro los restos por el desagüe. Luego salgo a correr por el parque Knights, sigo corriendo hacia casa de los Webster y llamo a la puerta de Tiffany. Ella la abre; lleva puesto un camisón rojo de seda.

—¿Y bien?

—¿Cuándo empezamos a entrenar? —pregunto.

—¿Estás preparado para comprometerte del todo? ¿Listo para abandonarlo todo, incluso los partidos de los Eagles?

Yo asiento.

—Lo único que no puedo saltarme son las sesiones de terapia de los viernes porque si no algún juez me enviará de nuevo al lugar malo, y si vuelvo no podremos ganar la competición.

—Te esperaré en la puerta de tu casa mañana a las dos —dice Tiffany, y luego cierra la puerta.

El primer piso de la casa de Tiffany es un estudio de danza. Las cuatro paredes están cubiertas por espejos de cuerpo entero y tres de ellos tienen esas barras que utilizan las bailarinas. El suelo es de madera, parecido al de una cancha de baloncesto, solo que sin las líneas pintadas y con un barnizado más suave. El techo es alto y hay una escalera de caracol en la esquina que da al apartamento de Tiffany.

—Construí esto cuando Tommy murió —dice Tiffany—, utilicé el dinero del seguro. ¿Te gusta mi estudio?

Asiento.

—Bien, porque este será nuestro hogar durante el próximo mes. ¿Has traído la fotografía?

Abro la bolsa que he traído conmigo y saco la foto enmarcada de Nikki, se la enseño a Tiffany y ella se dirige a la mini cadena que hay detrás de la escalera de caracol. De una percha de hierro que hay en la pared saca un par de auriculares (de esos que te cubren toda la oreja, como si fueran orejeras) y me los da. Están enganchados a un cable muy largo.

—Siéntate —me dice. Yo me dejo caer y me quedo con las piernas cruzadas—. Voy a ponerte nuestra canción, la que vamos a bailar. Es importante que sientas la conexión con esta canción. Necesitas que se te revuelva algo por dentro. He elegido esta canción por una razón. Es perfecta para nosotros dos, ya lo verás. Ponte los cascos y mientras escuchas la canción quiero que mires a Nikki a los ojos. Quiero que sientas la canción, ¿entiendes?

—No es una canción escrita por un hombre negro y ciego, ¿verdad? —pregunto temiendo que sea una canción de Stevie Wonder.

—No —dice, y me coloca los cascos.

Al llevar los cascos me siento como si estuviera solo en la habitación, a pesar de que Tiffany está ahí. Cojo el marco con las manos y miro a Nikki a los ojos en cuanto empieza la canción.

Notas tocadas al piano, lentas y tristes.

Dos voces que se turnan para cantar.

Dolor.

Conozco la canción.

Tiffany tenía razón, es una canción perfecta para los dos.

La canción va creciendo, las voces se vuelven más emocionales y mi pecho empieza a arder.

Las palabras expresan exactamente lo que he sentido desde que salí del lugar malo.

Cuando llega el estribillo ya estoy llorando, porque la mujer que canta parece sentir exactamente lo que yo siento. Sus palabras, sus emociones, su voz...

La canción termina con las mismas notas tristes al piano con las que empieza, levanto la mirada y me doy cuenta de que Tiffany me ha visto llorar y me siento avergonzado. Dejo la foto de Nikki en el suelo y me tapo la cara con las manos.

—Lo siento. Dame un segundo.

—Es bueno que una canción te haga llorar, Pat. Ahora tienes que transformar esas lágrimas en emoción. Tienes que llorar mientras bailas. ¿Comprendido?

No lo entiendo, pero aun así asiento con la cabeza.

EL MONTAJE DE MI PELÍCULA

Explicar cómo me aprendí el número de baile que había preparado Tiffany y cómo me convertí en un excelente bailarín sería difícil (especialmente porque nuestros ensayos eran largos, agotadores y muy aburridos). Por ejemplo, si tenía que levantar el dedo en una parte de la coreografía, Tiffany me hacía repetirlo mil veces cada día hasta que lo hacía a su gusto. Así que os ahorraré la mayor parte de detalles aburridos. Para complicar aún más las cosas, Tiffany me prohibió tomar apuntes de los ensayos o documentarme de cualquier manera que permitiera que otros le robaran sus técnicas de entrenamiento. Algún día quiere abrir un estudio y por eso es muy celosa de sus métodos y de su coreografía.

Por suerte, mientras empiezo a escribir esta parte recuerdo que en todas las películas de Rocky, cuando necesita convertirse en un boxeador mejor, nos muestran algunas escenas de él entrenando (haciendo flexiones, corriendo en la playa, golpeando trozos de carne, subiendo la escalera del Museo de Arte, mirando a Adrian con cariño o soportando los gritos de Mickey, o de Apollo Creed, o incluso de Paullie) mientras de fondo podemos escuchar la canción de la película que, por cierto, quizá sea la mejor canción del mundo, «Gonna Fly Now». En las películas de Rocky solo les lleva un par de minutos contar semanas de entrenamiento. Y aun así, a pesar de que solo se muestran unas cuantas escenas de ese trabajo duro, el público entiende que se ha entrenado mucho hasta conseguir las cualidades y las aptitudes pugilísticas que tiene.

Durante una sesión de terapia le pregunto a Cliff cómo se llama esa técnica que utilizan en las películas. Tiene que llamar a Sonja, su mujer, pero ella sabe la respuesta y dice que lo que trato de describir se llama montaje. Así que eso es lo que yo estoy tratando de recrear ahora, el montaje de mi película. Puede que si lo tenéis a mano os apetezca poner el CD de «Gonna Fly Now» (o cualquier otra canción que os inspire) y leer lo que escribo mientras escucháis la música. Aun así, la música no es obligatoria. Bueno, aquí está mi montaje:

Anticipándonos a nuestra gran actuación, corremos un poco más rápido cada día. Cuando salimos del parque hacemos un *sprint* final en el último trozo de recorrido hasta llegar a su casa. Llegamos realmente sudados. Siempre gano a Tiffany porque soy un hombre, pero también porque soy un gran corredor.

***

Visualizadme haciendo pesas, sentadillas, flexiones, abdominales con el Stomach Master 6000 y bicicleta estática.

***

—¡Gatea! —grita Tiffany. Así que yo gateo por el suelo de madera del estudio—. Gatea como si no tuvieras piernas, como si no hubieras comido en dos semanas y hubiera una única manzana en el centro de la habitación y otro hombre sin piernas también estuviera gateando hacia la manzana. Quieres gatear más rápido pero no puedes porque estás lisiado. La desesperación tiene que salir por los poros de tu piel como si estuvieses sudando. Temes no llegar a la manzana antes que el otro hombre. Él no compartirá la manzana conti... ¡No, no, no! ¡Para! ¡Lo estás haciendo todo mal! ¡Dios, Pat! ¡Solamente nos quedan cuatro semanas!

***

—Jeanie —oigo decir a mi padre. Está en la cocina desayunando y yo estoy en la escalera del sótano escuchando—. ¿Por qué Pat cierra los ojos y tararea cada vez que menciono a los Eagles? ¿Se está volviendo loco otra vez? ¿Debería preocuparme?

***

—¿Qué es eso de perderte el partido contra los Saints? —me dice Jake por teléfono cuando lo llamo un poco después de las once de la noche. Me ha llamado dos noches seguidas y mamá me ha dejado una nota que decía: «Llama a tu hermano, no importa que sea tarde. Importante»—. ¿Es que no quieres ver lo que va a hacer Baskett esta semana? ¿Por qué tarareas?

***

—Cuando eres bailarín puedes poner tus manos en cualquier parte del cuerpo de tu compañero, Pat, no es nada sexual. Así que cuando hagamos este primer *porté*, tus manos tienen que estar sujetando mi culo y mi entrepierna. ¿Por qué estás cambiando el ritmo? Pat, no es sexual, es danza moderna.

***

Visualizadme haciendo pesas, sentadillas, flexiones, abdominales con el Stomach Master 6000 y bicicleta estática.

***

—Estoy bien, Pat, estoy jodidamente bien. Me vas a dejar caer unas cuantas veces mientras aprendemos los pasos, pero no es porque no seas lo suficientemente fuerte. Necesitas colocar la palma de la mano en la base de mi entrepierna. Si necesitas que sea más específica lo seré. Aquí. Yo te lo enseñaré. Déjame la mano.

***

—Me dice tu madre que no quieres hablar de los Eagles con tu... ¿Por qué tarareas? —pregunta Cliff—. No he mencionado el nombre de cierto cantante, ¿de qué va todo esto?

***

—Nunca pensé que diría esto, pero quizá deberías considerar tomarte un descanso de tu entrenamiento de baile y ver el partido con Jake y tu padre —dice mi madre—. Ya sabes que odio el fútbol americano, pero tú y tu padre parecíais estar conectando, y Jake y tú estabais recuperando vuestra amistad. Pat, por favor, deja de tararear.

***

—La segunda vez que me levantes tienes que mirarme, Pat. Sobre todo antes de que yo vaya a volverme. No tienes que mirar mi entrepierna, pero tienes que estar listo para impulsarme, así cogeré más altura. Si no me impulsas cuando doble las rodillas, no podré completar la voltereta y probablemente me abriré la cabeza contra el suelo.

***

—Sé que puedes oírme aunque estés tarareando, Pat. ¡Mírate! —dice mi padre—. Acurrucado en la cama y tarareando como un chiquillo. Los Pajarracos perdieron de un punto en Nueva Orleans y tu chico, Baskett, no dio una. No creas que el que estuvieras bailando durante el partido no afectó al resultado.

***

—Pareces una serpiente retrasada. Se supone que tienes que gatear con los brazos, no deslizarte o menearte o lo que coño estés haciendo. Mírame.

***

Anticipándonos a nuestra gran actuación, corremos un poco más rápido cada día. Cuando salimos del parque hacemos un *sprint* final en el último trozo de recorrido hasta llegar a su casa. Llegamos realmente sudados. Siempre gano a Tiffany porque soy un hombre, pero también porque soy un gran corredor.

***

—¿Qué es lo que quiere Tiffany de ti? —me dice Ronnie. Estamos en el sótano de mis padres y se está tomando un descanso. Esta es una visita sorpresa disfrazada de sesión de pesas—. Te dije que te protegieras. Te lo estoy diciendo, Pat, no sabes de lo que es capaz esa mujer. Mi cuñada es capaz de cualquier cosa. ¡De cualquier cosa!

***

—Estás representando al sol con tus brazos. Estás en el centro del escenario y eres el sol. Y cuando marcas el círculo con tus brazos los movimientos deben ser lentos e intencionados, como los del sol. El baile es sobre el sol. Tú representarás cómo sale y cómo se pone el sol en el escenario, al ritmo de la canción. ¿Lo entiendes?

***

—Quiero que hables con Tiffany y le expliques que es importante que veas el partido de los Eagles con tu padre —dice mamá—. Por favor, deja de tararear, Pat, ¡deja de tararear ya!

***

—Los movimientos de la segunda vez que me elevas son mucho más difíciles, tienes que pasar de estar agachado a estar conmigo de pie sobre tus manos, que estarán por encima de tus hombros. ¿Crees que serás lo suficientemente fuerte para hacer esto? Si eres débil, podemos hacer otra cosa... Aun así vamos a probar a ver qué tal va.

***

—¿Por qué es tan importante esa competición de baile? —me pregunta. Yo miró el sol que hay pintado en el techo de su oficina y sonrío—. ¿Qué?

—El baile me deja ser eso —digo, y señalo hacia arriba.

Cliff sigue mi dedo con la mirada.

—¿Te deja ser el sol?

—Sí —digo, y sonrío otra vez porque me encanta ser el sol, quien hace que los rayos de luz, los rayos de esperanza atraviesen las nubes. Además, ser el sol me dará la oportunidad de escribirme cartas con Nikki.

***

—Por favor, deja de tararear al teléfono, Pat. Estoy al otro lado. Yo comprendo lo de aprender un arte por una mujer. Recuerda el día que te enseñé cómo tocaba el piano. La diferencia es que Caitlin nunca me pediría que me perdiese un partido de los Eagles porque sabe lo mucho que significan para mí. Puedo oír esa mierda de tarareo, Pat, pero yo voy a seguir hablando. Actúas como un chiflado. Si los Eagles pierden mañana contra los Buccaneers, papá creerá que has maldecido al equipo.

***

—De acuerdo, ahora te sabes la coreografía, más o menos. Cuando yo diga *porté* será el momento de que me levante, lo diré para que estés preparado. Pero no te preocupes, mientras te aprendas la coreografía me ocuparé de que nos salgan los *portés*. ¿De acuerdo?

Tiffany lleva mallas y una camiseta como todos los días, pero su cara se transforma justo antes de poner el CD. Se pone muy solemne. Las tristes notas al piano y las dos voces llenan la habitación y Tiffany empieza a bailar de una manera terriblemente hermosa y triste. Su cuerpo se mueve grácilmente y ahora entiendo a qué se refiere con lo de llorar mientras bailas. Salta, rueda, gira, corre, se desliza y grita:

—*Porté!* —Cae al suelo de golpe y solo se levanta cuando la música vuelve otra vez. La forma en que baila Tiffany es una de las cosas más hermosas que he visto nunca. Podría quedarme mirándola bailar el resto de mi vida y, extrañamente, ver bailar a Tiffany por todo el estudio me hace sentir como cuando flotaba en las olas con la pequeña Emily. Tiffany es muy buena.

***

—Tu padre ha dejado de cenar conmigo, Pat. Tampoco está saliendo a pasear conmigo. Desde que los Eagles perdieron contra los Buccaneers ha vuelto a sus... ¡Pat, deja de tararear, Pat!

***

Anticipándonos a nuestra gran actuación, corremos un poco más rápido cada día. Cuando salimos del parque hacemos un *sprint* final en el último trozo de recorrido hasta llegar a su casa. Llegamos realmente sudados. Siempre gano a Tiffany porque soy un hombre, pero también porque soy un gran corredor.

* * *

—No creo que entiendas lo mucho que esto significa para mi hermana —dice Veronica. Yo estoy muy sorprendido de verlas a ella y a la pequeña Emily en mi gimnasio—. ¿Sabes que desde que Tommy murió nunca nos había vuelto a pedir que fuéramos a verla bailar? De hecho, durante dos años nos prohibió ir a verla actuar. Pero este año cree que va a ganar, en realidad está convencida, y, aunque me alegro de verla tan feliz, tengo miedo al pensar en lo que podría pasar si perdéis. No es una persona estable, Pat, tú entiendes eso, ¿verdad? ¿Entiendes que perder la competición le provocaría una tremenda depresión? Así que tengo que preguntarte: ¿cómo van de verdad los ensayos? ¿Crees que podéis ganar de verdad? ¿Podéis?

* * *

Antes de apagar la luz miro a Nikki a los ojos, veo su nariz pecosa, su pelo bermejo, sus carnosos labios y la beso muchas veces.

—Pronto —le digo—, estoy haciendo todo lo que puedo. No te defraudaré. Recuerda: «El tiempo acaba de empezar, el tiempo no termina».

* * *

Visualizadme haciendo pesas, sentadillas, flexiones, abdominales con el Stomach Master 6000 y bicicleta estática.

* * *

—La Invasión Asiática te recogerá a las... —Cliff asiente y me sonríe—. Ah, el tarareo otra vez. Tu madre me ha contado que no quieres hablar con nadie sobre los Eagles, pero no irás a perderte en serio un partido que se juega en casa, ¿verdad?

* * *

—Lo más importante es que hagas que los *portés* parezcan más ligeros, como si sujetaras aire. Tiene que parecer que estoy flotando. ¿Comprendes? Bien, necesito que dejes de temblar en los entrenamientos, pareces un jodido enfermo de Parkinson, por todos los santos.

***

—¿Cómo puede un equipo perder tres partidos seguidos? —grita papá desde arriba hacia el sótano—. Un equipo que no tuvo ningún problema para ganar a los Dallas Cowboys. Un equipo con una ofensiva superior a la de cualquier otro equipo de la liga. Puedes tararear todo lo que quieras, Pat, pero eso no cambiará el hecho de que te has llevado la buena suerte de los Pajarracos y estás arruinando la temporada.

***

Visualizadme haciendo pesas, sentadillas, flexiones, abdominales con el Stomach Master 6000 y bicicleta estática.

***

—De acuerdo, no está mal. Has conseguido hacer bien el gateo y el *porté* ya no nos sale espantoso, pero solo nos queda una semana. ¿Podremos lograrlo? ¿PODREMOS LOGRARLO?

***

—Te he comprado un regalo —me dice Tiffany—. Ve al baño y pruébatelo.

Me meto en el baño del estudio y saco un par de mallas amarillas de la bolsa de plástico.

—¿Qué es esto? —le grito a Tiffany.

—Es tu traje. Póntelo y ensayaremos con la ropa.

—¿Y la camiseta?

***

—Otra vez —dice Tiffany, aunque son las 22.41 y me parece que el codo me va a explotar. Estoy de los nervios—. ¡Otra vez!

***

Son las 13.59.

—Otra vez —dice Tiffany, y luego se va a su sitio en la parte izquierda del estudio. Como sé que no sirve de nada discutir, me tiro al suelo y me dispongo a gatear.

***

—Esto no debería doler mucho —dice Tiffany justo antes de arrancar la primera tira de cera de mi cuerpo. Luego me enseña cuánto pelo me ha quitado. Estoy tumbado sobre una colchoneta en medio del estudio y parece que tenga el pecho cubierto de pegamento caliente.

Se me escapa una risilla tonta cada vez que me quita una tira del pecho.

Se me escapa una risilla tonta cada vez que me quita una tira de la espalda.

—Queremos que esos músculos brillen en el escenario, ¿verdad que sí?

—¿No puedo llevar una camiseta?

—¿Lleva camiseta el sol?

El sol tampoco lleva mallas amarillas, pero eso no lo digo.

***

Anticipándonos a nuestra gran actuación, corremos un poco más rápido cada día. Cuando salimos del parque hacemos un *sprint* final en el último trozo de recorrido hasta llegar a su casa. Llegamos realmente sudados. Siempre gano a Tiffany porque soy un hombre, pero también porque soy un gran corredor.

***

Dos días antes de la competición, justo antes de que ensayemos el número por vigésima quinta vez (Tiffany dice que el veinticinco es su número favorito), Tiffany dice:

—Tenemos que hacer esto impecablemente.

Así que lo hago lo mejor que puedo mientras nos observa en

189

los espejos que nos rodean. «Lo estamos haciendo impecablemente», pienso. Cuando terminamos estoy muy emocionado porque sé que ganaremos, sobre todo porque hemos mejorado mucho, nos hemos sacrificado y hemos entrenado mucho. Esta minipelícula tendrá un final feliz.

Mientras nos tomamos una pausa para beber noto que hay algo extraño en el comportamiento de Tiffany. No me está gritando, no está usando la palabra que empieza por «j», así que le pregunto qué le ocurre.

—¿Cuánta gente has reclutado para que venga a ver la competición?

—Se lo he pedido a todas las personas que conozco.

—Veronica me ha dicho que tu familia está enfadada contigo por abandonar a los Eagles.

—Mi madre no.

—Tengo miedo de que si no conseguimos que vengan suficientes personas para aplaudirnos, los jueces se sientan impresionados por otros bailarines que hayan recibido más aplausos que nosotros. Puede que no ganemos la competición, Pat, y entonces no podré ser tu intermediaria.

∗∗∗

—Si no vas a hacer nada mañana por la noche igual querrías traer a tu mujer y a tus hijos al recital de baile en el que participo —le digo a Cliff—. Tenemos una coreografía muy buena y creo que podemos ganar si tenemos el suficiente apoyo del público, y como no creo que ni mi padre ni mi hermano vayan a venir...

—¿Después de mañana por la noche ya habrás terminado con esos ensayos tan largos?

—Sí.

—Así que podrás ir al partido de los Redskins el...

—Hum...

—Dime una cosa, si yo voy al recital, ¿tú vendrás con nosotros al partido de los Eagles el domingo? La Invasión Asiática te echa de menos y, la verdad, sentimos que en cierto modo has maldecido a los Eagles al abandonarlos a mitad de la temporada. El pobre Baskett solo ha cogido dos balones en los últimos tres partidos y ni uno la semana pasada. Los Pajarracos han perdido tres partidos seguidos. Te echamos de menos en el Linc, Pat.

—No puedo hablar de ese tema hasta que pase el recital de baile de mañana. Solo puedo decir que necesito reclutar tanta gente como me sea posible para que Tiffany y yo cautivemos a los jueces con los aplausos. Ganar es muy importante y Tiffany dice que con el apoyo del público podemos convencer a los jueces.

—Si voy, ¿hablarás conmigo de esa cosa que no tienes permitido hablar después de la actuación?

—Cliff, no puedo hablar de eso hasta después de la actuación.

—Bueno, pues entonces yo tampoco podré decirte si iré a la actuación —dice Cliff.

Primero creo que está de broma, pero cuando al final de la sesión me doy cuenta de que no ha vuelto a sacar el tema pienso que he perdido la oportunidad de que Cliff venga al recital con su mujer y eso me hace sentir deprimido.

***

—«Hola, este es el contestador automático de Jake y de Caitlin. Deje su mensaje después de la señal. Bip.»

—Jake, siento llamar tan tarde, pero vengo de ensayar. Sé que estás enfadado conmigo porque crees que he maldecido a esas personas que me hacen tararear a veces, pero si tú y Caitlin venís a mi recital de baile hay una oportunidad de que pueda hacer esa cosa que hacíamos los domingos, sobre todo si nos aplaudís a Tiffany y a mí con fuerza. Necesitamos gente que nos vitoree para que los jueces se vean influenciados por la audiencia. Es muy importante para mí ganar esta competición. Así que, como hermano mío, te pido que traigas a tu mujer al Plaza...

—«Bip.»

Cuelgo y vuelvo a marcar.

—«Hola, este es el contestador automático de Jake y de Caitlin. Deje su mensaje después de la señal. Bip.»

—Es el hotel Plaza, el que está en...

—¿Hola? ¿Va todo bien?

Es la voz de Caitlin; me pongo nervioso y cuelgo, y me doy cuenta de que he perdido la oportunidad de que Jake venga al recital.

***

—Pat, sabes que estaré ahí y que aplaudiré muy fuerte, pero ganar no lo es todo —dice mamá—. Es el hecho de que fueras capaz de aprender a bailar en solo unas semanas, eso es impresionante.

—Pregúntaselo a papá.

—Lo haré, pero no quiero que pongas muchas esperanzas en eso. Un recital de danza no es algo a lo que tu padre habría ido aunque los Eagles hubieran ganado los últimos tres partidos.

COMO UNA SOMBRA SOBRE MÍ TODO EL TIEMPO

Veronica nos deja enfrente del hotel Plaza el sábado.

—Mucha mierda —dice justo antes de marcharse.

Sigo a Tiffany a través del vestíbulo y pasamos por una fuente de unos tres metros de alto; consta de cuatro torres y en cada una de ellas va cayendo el agua. Peces de verdad nadan en el agua y hay un cartel que dice: NO TIRAR MONEDAS A LA FUENTE. Tiffany ya ha estado aquí antes. Camina por delante del mostrador de información y me guía a través de un laberinto de pasillos forrados con papel dorado. Del techo cuelgan unas ostentosas lámparas doradas con forma de peces que llevan bombillas en la boca. Finalmente, encontramos la zona en la que tendrá lugar el recital.

Unas cortinas rojas enmarcan el escenario. Hay un gigantesco cartel que cuelga por encima de la pista de baile y en el que pone: ELIMINA LA DEPRESIÓN BAILANDO. Nos disponemos a apuntarnos en el mostrador cuando nos damos cuenta de que somos los primeros en llegar, ya que la mujer gorda que se encarga del listado de participantes dice:

—No se pueden apuntar hasta dentro de una hora.

Nos sentamos en una fila de asientos. Yo echo un vistazo a mi alrededor. En el techo hay colgada una inmensa lámpara de araña, y el techo no es un techo normal pues está decorado con todo tipo de flores y ángeles de escayola. Tiffany está nerviosa. No para de hacerse crujir los nudillos.

—¿Estás bien? —le pregunto.

—Por favor, no me hables antes de que empiece la actuación. Da mala suerte.

Así que me siento y empiezo a ponerme nervioso, sobre todo porque me juego mucho más en esta competición que Tiffany, y ella está nerviosa. Trato de no pensar en la posibilidad de perder la oportunidad de mandarle una carta a Nikki, pero, por supuesto, eso es en lo único que puedo pensar.

Cuando empiezan a llegar el resto de los concursantes me doy cuenta de que la mayoría de ellos parecen estudiantes de instituto y pienso que es extraño, pero no digo nada, sobre todo porque no tengo permitido hablar con Tiffany ahora.

Nos apuntamos y le damos la música al chico de sonido, que recuerda a Tiffany del año pasado, porque le dice:

—¿Aquí otra vez?

Tiffany asiente y nos vamos hacia los bastidores a cambiarnos. Gracias a Dios, me da tiempo a ponerme las mallas antes de que el resto de los participantes lleguen a los bastidores.

Estoy en una esquina, con Tiffany, pensando en mis cosas, cuando una señora fea le hace señas a Tiffany y le dice:

—Sé que vosotros los bailarines sois muy liberales con vuestro cuerpo, pero no esperaréis que mi hija adolescente se cambie delante de este hombre medio desnudo, ¿verdad?

Tiffany está realmente nerviosa ahora (lo sé porque no maldice a esa señora fea que me recuerda a las enfermeras del lugar malo, sobre todo porque no está en forma y lleva ese peinado de señora mayor cardado).

—¿Y bien? —dice la madre.

Yo veo que en la otra parte de la habitación hay un armario.

—¿Y si me meto ahí mientras el resto de los bailarines se cambian?

—Por mí está bien —dice la señora.

Tiffany y yo entramos en el armario, que está lleno de trajes abandonados que han debido de ser utilizados en festivales de niños, trajes que si me los pusiera me harían parecer una cebra o un tigre, y una caja con instrumentos de percusión (triángulos, timbales, panderetas y palos de madera). Esto último me recuerda al lugar malo y las clases de terapia musical de la hermana Nancy, a las cuales iba hasta que me echaron. Y entonces me viene a la mente un pensamiento terrorífico: ¿Y si alguno de los participantes va a bailar una canción de Stevie Wonder?

—Necesito que averigües qué canciones van a bailar los demás —le digo a Tiffany.

—Te he dicho que no me hables antes de la actuación.

—Averigua si alguien va a bailar una canción de un tipo negro y ciego cuyas iniciales son S.W.

—Stevie Won… —dice un instante después.

Cierro los ojos, tarareo una nota y cuento silenciosamente hasta diez, dejando la mente en blanco.

—Dios —dice Tiffany levantándose y saliendo del armario.

Diez minutos más tarde regresa:

—No hay ninguna canción de esa persona —dice Tiffany mientras se sienta.

—¿Estás segura?

—He dicho que no hay nada de Stevie Wonder.

Cierro los ojos, tarareo una nota y cuento silenciosamente hasta diez, dejando la mente en blanco.

Oímos un golpecito y cuando Tiffany abre la puerta ve a muchas madres ente bastidores. La mujer que ha llamado a la puerta le dice a Tiffany que todos los bailarines ya se han cambiado. Cuando salgo del armario me sorprendo al ver que Tiffany y yo somos los concursantes de más edad, al menos tenemos quince años más que el resto. Estamos rodeados de adolescentes.

—No dejes que te engañen con sus miradas inocentes —dice Tiffany—, son pequeñas víboras y bailarinas con mucho talento.

Antes de que llegue el público se nos da la oportunidad de practicar en el escenario del hotel Plaza. Hacemos nuestra coreografía muy bien, pero el resto de los bailarines también lo hacen, así que me preocupo al pensar que quizá no ganemos.

Justo antes de que empiece la competición presentan a los participantes al público. Cuando nos presentan a Tiffany y a mí, y salimos al escenario y saludamos, no recibimos un gran aplauso. Con los focos es difícil ver algo, pero logro encontrar a los padres de Tiffany en la primera fila sentados con Emily, Ronnie, Veronica y una señora de mediana edad que imagino que es la doctora Lily (la terapeuta de Tiffany, pues me dijo que vendría). Busco en el resto de las filas rápidamente, pero no veo a mi madre. Ni a Jake. Ni a papá. Ni a Cliff. De pronto me siento triste, a pesar de que no esperaba que nadie más aparte de mamá viniera. Igual mamá está por ahí y no la veo; eso me hace sentir un poco mejor.

Entre bastidores pienso que el resto de los concursantes han recibido más aplausos que nosotros, lo que quiere decir que en relación a los fans nos llevan ventaja. A pesar de que la mujer que nos ha anunciado está dando un discurso y diciendo que esto es una exhibición y no una competición, estoy preocupado por que Tiffany no consiga el trofeo de oro, pues eso estropearía mi oportunidad de escribirme cartas con Nikki.

Vamos a bailar los últimos y, mientras las chicas hacen sus números, los aplausos van de normales a entusiastas. Eso me sorprende, pues en el ensayo me pareció que todos los números eran muy buenos.

Pero justo antes de que nos toque bailar a nosotros, cuando la pequeña Chelsea Chen termina su número de ballet, se oye un aplauso tremendo.

—¿Cómo ha conseguido que la aplaudan así? —le pregunto a Tiffany.

—No me hables antes de la actuación —dice. Yo empiezo a ponerme muy nervioso.

La mujer que está a cargo del recital anuncia nuestros nombres y el aplauso es un poquito mayor del que hemos recibido antes de la competición. Justo antes de que me tumbe en la parte de atrás del escenario, busco con la mirada a Jake y a Cliff para ver si han llegado, pero al mirar hacia el público solo veo las luces que me iluminan. Antes de que tenga tiempo de pensar, comienza la música.

Notas al piano, tristes y lentas.

Empiezo a gatear hacia el centro del escenario, utilizando solo mis brazos.

La voz de hombre canta:

—«Mírame».

Bonnie Tyler responde:

—«De vez en cuando siento que me estás olvidando y que no regresarás».

En este momento, Tiffany corre sobre el escenario y salta sobre mí como si fuera una gacela o cualquier otro animal extremadamente ágil. Mientras las dos voces siguen intercambiando estrofas, Tiffany hace su parte: corre, salta, da volteretas, rueda, se desliza... en fin, baile moderno.

Cuando entra en escena el tambor, yo me pongo en pie y marco un tremendo círculo con las manos para que la gente sepa que soy el sol y que ya ha amanecido. Los movimientos de Tiffany se vuelven más apasionados. Cuando Bonnie Tyler llega al coro y canta:

—«Que este amor es para siempre, que en penumbras un rayo de luz nos envuelva a los dos...».

Primer *porté*.

—«Vivimos atrapados en un juego de sal, tu amor es una sombra para mi libertad.»

Sostengo a Tiffany sobre mi cabeza, soy como una roca, estoy actuando implacablemente.

—«Ya nada puedo hacer y no logro escapar de un fuego sobre pólvora que puede estallar.»

Empiezo a dar vueltas mientras sostengo a Tiffany y ella abre las piernas mientras Bonnie Tyler canta:

—«Y así te tengo que amar, el tiempo acaba de empezar, el tiempo no termina».

Hacemos un giro de 360 grados. Bonnie Tyler canta:

—«Érase una vez una historia feliz que ahora es solo un cuento de horror. —Tiffany se desliza entre mis brazos y yo la voy bajando lentamente al suelo, como si estuviera muerta, mientras yo, el sol, la acaricio—. Ya nada puedo hacer, eclipse total del amor».

Cuando la música empieza otra vez, ella se pone en pie de un salto y empieza a bailar por el escenario de una manera muy hermosa.

Mientras continúa la canción, voy marcando círculos enormes con los brazos, representando al sol lo mejor que puedo. Me sé tan bien la coreografía que puedo pensar en otras cosas mientras bailo. Empiezo a pensar que realmente lo estoy haciendo muy bien y que es una pena que mi familia y mis amigos no estén aquí viéndome bailar tan bien. Aunque no nos ganaremos el mayor aplauso del público, sobre todo después de ver que Chelsea Chen ha traído a cada miembro de su familia a la representación, empiezo a pensar que ganaremos de todas formas. Tiffany es realmente buena y empiezo a admirarla de una forma que no había hecho antes. Me está mostrando una parte de ella que yo nunca había visto. Durante el último mes, las veces que hemos ensayado en el estudio había llorado con el cuerpo, pero hoy lo está haciendo desconsoladamente, y uno tendría que ser de piedra para no sentir lo que le está ofreciendo al público.

En ese momento Bonnie Tyler canta:

—«Y en tus brazos soñaré que este amor es para siempre. —Nos toca el segundo *porté*, el más difícil, así que me agacho y coloco las manos en mis hombros. Mientras la canción continúa, Tiffany se pone sobre las palmas de mis manos—. Y así te tengo que amar».

Tiffany dobla las rodillas, yo me pongo en pie tan rápido como puedo, extiendo los brazos y levanto las palmas. Tiffany salta por los aires haciendo una voltereta completa, cae en mis brazos y, mientras el coro va terminando, nos miramos a los ojos.

—«Érase una vez una historia de amor que ahora es solo

un cuento de horror, ya nada puedo hacer, eclipse total del amor.» —Ella se cae de mis brazos, como si estuviera muerta, y yo, el sol, me pongo. Lo que quiere decir que me tumbo en el suelo y utilizo solamente mis brazos para gatear hacia atrás, hacia la zona que no está iluminada. Eso me lleva casi un minuto.

La canción termina.

Silencio.

Por un segundo, temo que no nos aplauda nadie.

Pero entonces la sala estalla en aplausos.

Cuando Tiffany se pone en pie, yo también lo hago. Como hemos practicado muchas veces, cojo a Tiffany de la mano y hacemos una reverencia; en ese momento el aplauso se incrementa y la gente se pone en pie.

Estoy feliz y triste a la vez, porque ningún familiar ni amigo ha venido a verme, pero entonces oigo el cántico de los Eagles más fuerte que he oído nunca en toda mi vida.

—¡E! ¡A! ¡G! ¡L! ¡E! ¡S! ¡EAGLES! —Levanto la mirada y no solo veo a Jake, a Caitlin y a mamá, también está Scott con los hombres gordos y Cliff con la Invasión Asiática. Todos llevan camisetas de los Eagles y empiezan a cantar—. ¡Baskett! ¡Baskett! ¡Baskett! ¡Baskett!

En la primera fila, Ronnie me sonríe orgulloso. Me hace un gesto de aprobación levantando el pulgar de sus manos cuando establecemos contacto visual. Veronica está sonriendo y también la pequeña Emily, pero la señora Webster está llorando y sonriendo a la vez, y me doy cuenta de que piensa que nuestro baile ha sido realmente hermoso, lo suficiente para hacerla llorar.

Tiffany y yo salimos corriendo del escenario y las niñas de instituto nos dan la enhorabuena con sus sonrisas, sus incrédulos ojos y su cháchara.

—Dios, eso ha sido realmente impresionante —dicen todas. Es fácil que todo el mundo admire a Tiffany, pues es una excelente bailarina y una gran coreógrafa.

Finalmente, Tiffany me mira y me dice:

—¡Has estado perfecto!

—No, tú has estado perfecta —digo—. ¿Crees que hemos ganado?

Ella sonríe y mira al suelo.

—¿Qué? —digo

—Pat, tengo que decirte algo.

—¿Qué?

—No hay trofeo de oro.

—¿Qué?

—Que no hay ganadores en el recital de «Elimina la depresión bailando». Solo es una exhibición. Me inventé lo del premio para motivarte.

—Oh.

—Y funcionó, porque has estado maravilloso en el escenario. Gracias. Seré tu intermediaria —dice Tiffany justo antes de besarme en los labios y abrazarme durante mucho rato. Su beso está salado a causa del baile. Es extraño tener a Tiffany abrazándome con tanta pasión enfrente de tantas adolescentes en mallas (sobre todo porque yo voy sin camiseta y estoy recién depilado), aparte de que no me gusta que me toque nadie excepto Nikki.

—Ahora que ya hemos bailado, ¿puedo volver a hablar de los partidos de los Eagles? Lo digo porque tengo muchos aficionados de los Eagles esperándome.

—Después de haberte aprendido la coreografía, puedes hacer lo que quieras, Pat —me susurra Tiffany al oído. Luego espero un buen rato a que deje de abrazarme.

Me meto en el armarito para cambiarme y cuando Tiffany me dice que ya no hay adolescentes desnudas en la parte de atrás del escenario salgo a reunirme con mis fans. Cuando bajo del escenario, la señora Webster me coge la mano, me mira a los ojos y dice:

—Gracias. —No deja de mirarme a los ojos, pero la anciana señora no dice nada más y eso me resulta extraño.

Finalmente, Veronica dice:

—Lo que mi madre quiere decir es que lo de esta noche ha significado mucho para Tiffany.

Emily me señala y me dice:

—¡Pap!

—Así es, Em —dice Ronnie—, el tío Pat.

—¡Pap! ¡Pap! ¡Pap!

Todos nos reímos, pero entonces oigo a cincuenta indios cantando:

—¡Baskett! ¡Baskett! ¡Baskett!

—Mejor ve a reunirte con tus escandalosos fans —dice Ronnie, así que me dirijo a la marea de camisetas de los Eagles. Otros espectadores que no conozco me dan palmaditas en la espalda y me dan la enhorabuena mientras me abro paso hacia ellos.

—Has estado genial ahí arriba —dice mi madre, de una forma que sé que le han sorprendido mis excelentes habilidades como bailarín. Mamá me abraza—. Estoy tan orgullosa...

Le devuelvo el abrazo.

—¿Papá está aquí?

—Olvídate de papá —dice Jake—, tienes a unos sesenta hombres salvajes esperando para llevarte a la fiesta previa al partido más salvaje que hayas visto nunca.

—Espero que no hayas pensado en dormir esta noche —me dice Caitlin.

—¿Listo para terminar con la maldición de Pat Peoples? —me pregunta Cliff.

—¿Qué? —digo.

—Los Pajarracos no han ganado ni un partido desde que dejaste de verlos, así que esta noche tomaremos medidas drásticas para terminar con la maldición —explica Scott—. Dormiremos en el autobús de la Invasión Asiática justo a las puertas del aparcamiento de Wachovia. Cuando amanezca, empezaremos la fiesta.

—Ashwini está esperándonos en el autobús a la vuelta de la esquina —dice Cliff—. ¿Estás listo?

Estoy un poco sorprendido por las noticias, sobre todo

porque después de haber dado semejante recital pensaba simplemente disfrutar de un rato más de los elogios.

—No tengo mi ropa.

Pero mamá saca mi camiseta de Baskett de una bolsa que ni siquiera había visto y dice:

—Aquí está todo lo que necesitas.

—¿Qué hay de mis medicinas?

Cliff sostiene una pequeña bolsa de plástico dentro de la cual están mis pastillas.

Antes de que pueda decir o hacer nada más, la Invasión Asiática empieza a cantar, aún más fuerte:

—¡Baskett! ¡Baskett! ¡Baskett!

Los hombres gordos me sacan a hombros del auditorio, pasamos la fuente llena de peces y salimos del hotel Plaza hasta las calles de Filadelfia. Y ahí estoy, en el autobús de la Invasión Asiática bebiendo cerveza y cantando:

—¡Volad, Eagles, volad! El camino a la victoria...

En Filadelfia Sur nos paramos en el restaurante Pat's a pedir filetes con queso (les cuesta mucho prepararlos porque somos unos sesenta, pero nadie quiere ir a Filetes Geno porque son de inferior calidad) y luego vamos al aparcamiento de Wachovia. Aparcamos al lado de la verja para poder ser el primer vehículo en entrar y coger un buen sitio. Bebemos, cantamos y jugamos un poco con el balón. Aunque solo me he bebido dos o tres cervezas empiezo a decirles a todos que los quiero mucho por haber venido al recital de danza y les pido perdón por haber abandonado a los Eagles en medio de la temporada, pero que fue por una buena razón, aunque no pueda decir cuál. Al poco duermo en el autobús y Cliff me despierta diciendo:

—Has olvidado tomar las medicinas de la noche.

Cuando me despierto a la mañana siguiente, mi cabeza está apoyada en el hombro de Jake y me siento bien por estar tan cerca de mi hermano, que aún duerme. Silenciosamente, me pongo en pie y me doy cuenta de que todos están dormidos (Scott, los hombres gordos, Cliff y los cincuenta miembros de la Invasión Asiática). Todos están ahí sentados, durmiendo con las cabezas apoyadas en los hombros del de al lado. Todos somos hermanos.

Muy silenciosamente me dirijo a la parte delantera del autobús, paso junto a Ashwini quien, sentado en el asiento del conductor, duerme con la boca abierta.

Una vez fuera, en el pequeño trozo de césped que hay entre la calle y la acera, empiezo a hacer flexiones y abdominales como hacía en el lugar malo antes de tener pesas, una bicicleta estática y el Stomach Master 6000.

Una hora después, amanece.

Mientras termino la última tanda de abdominales pienso que ya he quemado los filetes con queso y las cervezas de la noche anterior, pero siento que aún debería hacer algo más, así que echo a correr. Cuando vuelvo, mis amigos duermen.

De pie junto a Ashwini, miro cómo duermen mis chicos y me siento feliz de tener tantos amigos. ¡Un autobús lleno!

Me doy cuenta de que me fui del hotel Plaza sin despedirme de Tiffany y me siento un poco mal por eso, a pesar de que ella dijo que después de haberlo hecho tan bien podía hacer lo que quisiera. También tengo ganas de escribirle mi primera carta a Nikki, pero ahora tengo que pensar en el partido de los Eagles. Sé que una victoria de los Eagles es lo único que suavizará las cosas con mi padre. Así que le pido a Dios, que estoy seguro de que quedó impresionado con el baile, que me dé un pequeño descanso. Al mirar todas esas caras somnolientas, me doy cuenta de que he echado de menos a mis hermanos verdes.

CARTA N.º 2 — 15 DE NOVIEMBRE DE 2006

Querido Pat:

En primer lugar, déjame decirte que me alegro de tener noticias tuyas. Ha pasado mucho tiempo y se me ha hecho raro. Quiero decir que, cuando estás casada con alguien durante años y luego no ves a esa persona en otros muchos años, es raro, ¿no crees? No sé cómo explicarlo, sobre todo porque nuestro matrimonio acabó de una forma tan brusca y escandalosa. Nunca tuvimos tiempo de hablar de tú a tú como personas civilizadas. Por eso a veces pienso que es como si no estuviera realmente segura de que los muchos años «sin Pat» no hayan sido otra cosa que una breve separación que parece que dure años. Como un viaje en coche solo que dura toda la noche, pero que parece que sea una eternidad. Viendo pasar todos aquellos coches veloces por la autopista a ciento diez kilómetros por hora, los ojos se convierten en hendiduras perezosas, y la mente se maravilla por los recuerdos de toda una vida (recuerdos de la niñez, del pasado y del futuro, y pensamientos de tu propia muerte) hasta que los números del salpicadero ya no significan nada nunca más. Y después sale el sol, llegas a tu destino y el viaje en coche se convierte en algo que ya no es real, porque ese sentimiento surrealista se ha desvanecido y el tiempo vuelve a ser algo significativo de nuevo.

Contactar contigo por fin es como llegar al final de ese largo viaje en coche y darte cuenta de que fuiste al lugar equivocado. Siento que he acabado de alguna manera en el pasado, en el puerto de origen, en lugar de en el muelle de destino. Pero al menos, por fin he conseguido decírtelo, lo cual es importante. Probablemente suene estúpido, pero quizá sepas lo que quiero decir. La parte de mi vida que una vez llenaste no ha sido más que un viaje por la autovía, ya que te encerraron, y espero que este intercambio de cartas nos ayude a poner un punto final entre nosotros, porque pronto volveré al lugar en el que estaba antes de que Tiffany contactara conmigo y nosotros tan solo seremos recuerdos el uno para el otro.

Casi no puedo creer lo mucho que escribiste. Cuando Tiffany me dijo que me estabas escribiendo una carta, no esperaba que le dieras doscientas páginas fotocopiadas de tu diario. Como podrás imaginar, Tiffany no pudo leérmelas todas por teléfono porque habría tardado horas y horas. Me leyó la nota introductoria y luego me contó el resto, citando, a menudo, tu diario. Debes saber que supuso mucho trabajo para ella leer el manuscrito y seleccionar las partes que ella creyó que yo querría escuchar. Por el bien de Tiffany, por favor, limítate a escribir cinco páginas como máximo en tu próxima carta (debería haber una próxima carta), ya que leer cinco páginas en voz alta lleva mucho tiempo, y Tiffany también está mecanografiando lo que yo le dicto por teléfono, que ya es mucho pedir. Realmente es una persona increíblemente amable, ¿no crees? Tienes suerte de tener a Tiffany en tu vida. Quizá sea la profesora que hay en mí quien habla, pero creo que un límite de páginas es lo mejor. No te ofendas, pero intentemos ser concisos, ¿vale?

Felicidades por tu actuación de baile. Tiffany dice que actuaste de forma impecable. ¡Estoy muy orgullosa de ti! Me resulta difícil imaginarte bailando, Pat. La forma en la que Tiffany describió la actuación fue impresionante. Me alegro de que te intereses por cosas nuevas, eso es bueno. ¿Sabes que la única vez que bailaste conmigo fue la noche que nos casamos?

Las cosas en el Instituto Jefferson son fabulosamente asquerosas. El APA presionó para tener los libros de notas *on line*, y ahora los padres tienen acceso a las notas de sus hijos veinticuatro horas al día siete días a la semana. Odiarías tener que trabajar aquí con este nuevo «avance». Todo lo que los padres tienen que hacer es conectarse a un ordenador, ir a la página web del Instituto Jefferson, introducir su número de usuario y su contraseña, y pueden ver si su hijo ha entregado los deberes cualquier día, o si ha sacado una mala nota en un control sorpresa o lo que sea. Por supuesto, esto significa que si nosotros nos retrasamos a la hora de calificar, los padres lo sabrán y aquellos más agresivos llamarán. Las entrevistas entre padres y profesores han aumentado debido a esto. Cada vez que un estudiante olvida uno solo de sus deberes, yo tengo noticias de sus padres. Nuestros equipos deportivos también pierden con bastante frecuencia. Tanto el entrenador Ritchie como el entrenador Harvey te echan de menos. Créeme cuando te digo que no podrán sustituirte y que los chicos van peor sin el entrenador Peoples al mando. La vida del profesor sigue siendo ajetreo y locura, y me alegro de que no tengas que luchar con este tipo de estrés mientras te curas.

Siento que tu padre parezca estar distante, sé lo mucho que eso solía disgustarte. Y también siento que tus Eagles vayan arriba y abajo, pero al menos ganaron a los Redskins el fin de semana pasado. Y con los pases de temporada con Jake, debes de sentirte como si hubieras muerto y estuvieras en el cielo.

Creo que lo mejor es que te diga que me he vuelto a casar. No entraré en detalles, a menos que me lo pidas, Pat. Estoy segura de que esto supone una conmoción para ti, especialmente después de que Tiffany me haya leído las muchas partes de tu diario que parecen indicar que todavía tenías la esperanza de salvar nuestro matrimonio. Debes saber que eso no va a ocurrir. La verdad es que pensé en divorciarme de ti antes del accidente, antes de la operación y antes de que te ingresaran en la unidad de neurología. No éramos una buena pareja. Tú nunca estabas en casa. Y, admitámoslo, nuestra vida sexual era una mierda. Por eso te engañé, algo que igual recuerdas o igual no. No estoy intentando hacerte daño, Pat, todo lo contrario, no me siento orgullosa de mi infidelidad. Me arrepiento de haberte engañado. Pero nuestro matrimonio se había acabado antes de que yo tuviera una aventura. Tu mente no está bien, pero me han dicho que tu terapeuta es uno de los mejores del sur de Jersey. El tratamiento está funcionando y pronto recuperarás tu memoria; cuando eso ocurra, recordarás el daño que te hice y entonces ni siquiera querrás escribirme, por no hablar de intentar recrearte en lo que crees que un día tuvimos.

Entiendo que mi brusca respuesta a tu carta extremadamente larga y pasional pueda disgustarte, y si no quieres volver a escribirme, lo entenderé. Pero quería ser sincera contigo. ¿De qué serviría mentirte ahora?

Tuya,
NIKKI

P.D. Me ha impresionado que finalmente hayas leído muchos de los libros de mi temario de literatura americana. Muchos estudiantes también se han quejado de que las novelas son demasiado deprimentes. Prueba con Mark Twain. *Huck Finn* acaba bien. Te gustará. Pero te diré lo mismo que les digo a mis alumnos cuando se quejan de la naturaleza deprimente de la literatura americana: la vida no es una película alegre para menores acompañados de un adulto. La vida real, a menudo, acaba mal, como nuestro matrimonio, Pat. Y la literatura trata de documentar esta realidad mientras nos enseña que aún es posible que la gente evolucione noblemente. Tengo la sensación de que has evolucionado muy noblemente desde que volviste a New Jersey, y quiero que sepas que te admiro por eso. Espero que puedas reinventarte a ti mismo y vivir el resto de tu vida con un tranquilo sentido de satisfacción, que es lo que yo he estado intentando hacer desde que nos separamos.

CARTA N.º 3 — 19 DE NOVIEMBRE DE 2006

Querida Nikki:

Tan pronto como recibí tu carta hice que mi madre fuera a buscar *Las aventuras de Huckleberry Finn* a la biblioteca pública de Collingswood. Ansioso como estaba por disfrutar una obra literaria con un final feliz, me leí el libro entero de una sola sentada, lo que supuso que me olvidara de ir a la cama durante una noche. No sé si Tiffany te leería las partes de mi diario en las que hablo de mi amigo negro Danny, pero este libro le volvería loco, ya que Twain utiliza 215 veces la palabra que empieza por «n». Esto lo sé porque después de leer los primeros capítulos empecé de nuevo y llevé la cuenta. Cada vez que Twain utilizaba la palabra que empieza por «n» hacía una marca en un trozo de papel, y cuando acabé ¡había 215 marcas! Danny dice que solo la gente negra puede utilizar la palabra que empieza por «n», que es una especie de verdad universal hoy en día, por lo que me sorprende que la junta escolar te deje enseñar ese libro.

Pero el libro no me gustó mucho. Aunque Tom Sawyer debería haberle dicho a Jim que era libre enseguida, me alegré por Jim cuando al final de la novela se gana su libertad. Además, la forma en la que Huck y Jim se mantienen juntos durante las malas rachas me recuerda al modo en que Danny y Pat se apoyaban en el horrible lugar. Lo que de verdad me chocaba era cómo Huck seguía luchando con la idea de que Dios no quería que ayudara a Jim a escapar porque Jim era un esclavo.

Me di cuenta de que la gente tenía diferentes valores en aquella época, y que la Iglesia y el gobierno aprobaban la esclavitud, pero Huck realmente me impresionó cuando dijo que si ayudar a Jim a ser libre significaba ir al infierno, iría al infierno.

Cuando leí tu carta lloré durante mucho tiempo. Sé que fui un mal marido, y no estoy cabreado por que me engañaras o me dejaras, ni siquiera por que te volvieras a casar. Te mereces ser feliz. Y si estás casada ahora, volver conmigo sería un pecado, porque significaría que estamos cometiendo adulterio, incluso aunque sigo pensando en ti como mi esposa. Estos pensamientos me marean, ya que me hacen dar vueltas sin control, y hacen que quiera golpearme la frente con algo duro y abrir mi cicatriz, que me pica cada vez que estoy confuso o alterado. Utilizando tu metáfora... desde que puedo recordar, he estado conduciendo por una autopista oscura, adelantando a coches veloces. Todo lo demás ha sido una entrada en boxes: la familia, los Eagles, los bailes, mis entrenamientos. He estado conduciendo hacia ti todo el tiempo, deseando solo una cosa: reunirme contigo. Y ahora, finalmente, me doy cuenta de que estoy intentando cortejar a una mujer casada, y sé que es un pecado. Pero no creo que puedas entender lo duro que he trabajado para este final feliz. Estoy en forma, y ahora estoy practicando cómo ser amable en vez de correcto. No soy el hombre con el que estuviste casada todos aquellos años de soledad. Soy un hombre mejor. Un hombre que te llevaría a bailar y que dejaría por completo el deporte (entrenar y los Eagles) si eso te hiciera feliz. Mi conciencia me dice que no debería continuar con estos sentimientos, pero el que me dijeras que me leyera la novela de Twain me hizo pensar que quizá me estabas enviando una señal. Huck pensó que no debería ayudar a Jim a escapar, pero siguió a su corazón, liberó a Jim, y esto fue lo que se convirtió en el final feliz. Así que, quizá de un modo indirecto, me estás diciendo que... ¿debería seguir a mi corazón? ¿Por qué otra razón ibas a recomendarme específicamente *Las aventuras de Huckleberry Finn*?

Además, todo el tiempo que pasamos juntos no fue malo.

Puede que el final fuera tétrico, pero ¿recuerdas el principio? ¿Recuerdas la universidad? ¿Recuerdas cuando condujimos hasta Massachusetts en mitad de la noche? Era el viernes de después de los exámenes de mitad de trimestre y estábamos viendo uno de esos programas de viajes en la PBS porque ambos pensábamos que volveríamos a viajar después. Todos nuestros amigos se habían ido a la Casa del Fútbol Americano a una fiesta, pero nosotros nos quedamos juntos en el sofá de mi casa unifamiliar para una noche de vino y pizza. Estábamos viendo aquel programa sobre ballenas, viendo la costa de Martha's Vineyard, y me preguntaste si hacían vino en Martha's Vineyard. Te dije que la temporada de crecimiento en Nueva Inglaterra sería demasiado corta para obtener los tipos adecuados de uva, pero tu insististe en que debía de haber un viñedo si la isla se llamaba Martha's Vineyard. Tuvimos aquella acalorada discusión riéndonos y golpeándonos con las almohadas el uno al otro; entonces, de repente estábamos en mi viejo Taurus, conduciendo hacia el norte.

Estoy seguro de que no pensabas que iba a conducir todo el camino hasta Massachusetts sin cambiarnos de ropa o asearnos, pero pronto nos encontramos sobre el puente Tappan Zee, y tú me sonreías, y yo te cogía de la mano.

Nunca llegamos a Martha's Vineyard, pero pasamos un fin de semana bastante loco en un motel barato justo a las afueras de Cape Cod. ¿Te acuerdas de los paseos por la playa en marzo? ¿O nuestro olor al hacer el amor mientras disfrutábamos el uno con el otro una y otra vez en aquella habitación del motel? ¿Recuerdas cómo cada vez que saltábamos en el colchón, el humo de nuestros cigarrillos parecía filtrarse por los lados? ¿La cena de langosta que derrochamos en aquel restaurante tan cursi llamado Capitán Bob, donde los camareros llevaban parches en el ojo?

Siempre dijimos que volveríamos a Massachusetts, cogeríamos el ferry y veríamos si Martha's Vineyard realmente tenía viñedos. Entonces ¿por qué no lo hicimos? Seguramente porque teníamos clase el lunes por la mañana. Pero ojalá hubiéramos cogido ese ferry cuando tuvimos la oportunidad. ¿Qué era lo peor que podía haber pasado? Nos habríamos perdido las clases. Ahora pareece tonto conducir todo el camino hasta Cape Cod con la intención de coger el ferry hacia Martha's Vineyard solamente para pasar el fin de semana en un motel barato en las afueras de Cape Cod.

Lo que quiero decir es que quizá aún podamos coger aquel ferry, Nikki. Puede que no sea demasiado tarde.

Sé que todo esto es demasiado complicado ahora, pero debe de haber una razón por la que estemos en contacto otra vez. Debe de haber una razón para que perdiera la memoria y luego la llenara con una enfermiza necesidad de mejorar. Debe de haber una razón si Tiffany llega a intercambiar esta carta. Todo lo que te estoy pidiendo es que mantengas abierta la posibilidad de que nos encontremos para que continuemos comunicándonos mediante nuestro vínculo.

Mi terapeuta, Cliff, dice que siente que estoy como envenenado por un gran descubrimiento, y que cree que ha estabilizado mis tendencias violentas con medicación. Sé que en mis escritos mencionaba que escupía muchas de mis medicinas cuando al principio llegué a casa, pero ahora estoy tomándome todas las pastillas y puedo notar que mi salud mental se estabiliza. Cada día siento que estoy más cerca de recobrar el recuerdo de nuestra desaparición. Y no importa lo que recuerde, no importa lo que realmente ocurriera entre nosotros, eso no cambiará lo que siento por ti. Estás viviendo con otro hombre, te has vuelto a casar, ¿qué puede ser peor que eso? Todavía te quiero. Siempre te querré, y ahora estoy preparado para demostrarte mi amor por ti.

Espero que esta nota haya sido lo suficientemente concisa, ya que he intentado encarecidamente que no sobrepasara las cinco páginas, y lo he conseguido. Te echo tanto de menos, Nikki… Cada peca de tu bonita nariz.

Te quiere,
PAT, tu semental sexy
(¿recuerdas esto del vídeo de nuestra boda?).

CARTA N.º 4 — 29 DE NOVIEMBRE DE 2006

Querido Pat:

Tiffany me informa de que eres sincero, y por lo que ella me ha contado sobre tu nueva personalidad parece que eres un hombre completamente transformado. Ya sea esto el resultado del accidente, de la terapia, de la medicación o simplemente de una total fuerza de voluntad, mereces que te felicite, porque no es una simple proeza.

En primer lugar, déjame que te diga que te recomendé *Huck Finn* solamente para que disfrutaras de su lectura. No estaba intentando enviarte un mensaje en clave. Después de todo lo que has escrito y de lo que Tiffany me ha contado, quizá deberías leer *El guardián entre el centeno*. Trata de un chico joven que se llama Holden que lo pasa mal intentando desenvolverse en el mundo real. Holden quiere vivir en un mundo infantil el resto de su vida, y eso lo convierte en un personaje muy bonito e interesante, pero también tiene problemas para encontrar su sitio en el mundo real. En este momento parece que estás pasándolo mal luchando contra la realidad. Una parte de mí se emociona ante los cambios que has hecho, ya que tus cartas realmente presentan a un hombre mejor. Pero también estoy preocupada: esta visión del mundo que has desarrollado es frágil, y puede que eso sea lo que te ha mantenido en la unidad de neurología durante varios años y te está manteniendo en el sótano de tus padres durante tantos meses. En algún momento deberás dejar el sótano de tus padres, Pat. Vas a tener que buscar un trabajo y ganar dinero, y entonces no podrás ser la persona que has sido durante estos últimos meses.

Por supuesto que recuerdo Massachusetts. Éramos muy jóvenes y el recuerdo es precioso. Nunca lo olvidaré. Pero ÉRAMOS NIÑOS, Pat. Eso ocurrió hace más de una década. Ya no soy el tipo de mujer que dormiría en un motel barato. Quizá tú eres de nuevo el tipo de hombre que de repente se llevaría a una mujer a Martha's Vineyard. Quizá estás experimentando algún tipo de segunda niñez. No lo sé. Lo que sé es que NO vas a experimentar una segunda niñez conmigo. No soy una niña, Pat. Soy una mujer que ama mucho a su actual marido. Mi meta no era permitir que volvieras a entrar en mi vida. Solo quería darte la oportunidad de decir adiós, de resolver cualquier asunto que estuviera por resolver. Quiero que esto último quede bien claro.

NIKKI

CARTA N.º 5 — 3 DE DICIEMBRE DE 2006

Querida Nikki:

La noche después de que los Tennessee Titans destrozaran a los Eagles en casa, un partido en el que Donvan McNabb se desgarró el ligamento anterior cruzado, poniendo fin a su temporada y quizá a su carrera, Andre Waters murió de una herida de bala que él mismo se disparó. Me doy cuenta de que nada de esto te importa, pero Waters era uno de mis jugadores preferidos desde hacía tiempo, cuando yo era realmente un niño. Era una parte integrante de la Banda de la Defensa Verde. La gente solía llamarlo Waters el Sucio porque a menudo lo amonestaban por su agresivo estilo de juego. Y cuando yo era un niño, Waters era un dios para mí. Jake dice que Waters probablemente se suicidó después de ver jugar tan mal a los Eagles contra los Titans, lo cual no es nada divertido. Mi padre no habla con nadie porque está disgustado por la lesión de McNabb, que reduce considerablemente las opciones de los Eagles de jugar los *playoffs*. Mi nuevo jugador preferido, Hank Baskett, no está cogiendo muchos de los balones que le lanzan, pero en realidad lanzó una intercesión durante una desatinada jugada de engaño durante el partido contra los Indianapolis Colts justo el pasado fin de semana. Y por supuesto, también estaba tu última carta.

Así que estoy empezando a pensar que esta es la parte de mi película en la que parece como si nada fuera a funcionar. Tengo que recordarme a mí mismo que todos los personajes de película experimentan una especie de período oscuro antes de encontrar su final feliz.

Fue duro esperar durante dos semanas tu respuesta. Tu carta me entristeció mucho, y en las últimas veinticuatro horas he escrito mi contestación por lo menos cien veces.

No sé si Tiffany te leyó la parte de mis memorias en las que describo la consulta de mi terapeuta, pero tiene dos sillones reclinables, uno negro y otro marrón. Mi terapeuta deja que sus pacientes elijan en cuál de los dos asientos se quieren sentar simplemente para poder ver de qué humor están. Últimamente, he estado eligiendo el negro.

He leído algunas partes de tus cartas a Cliff, que es el nombre de mi terapeuta. Él no sabe nada acerca de la implicación de Tiffany en todo esto porque le prometí a ella que no diría a nadie que ella había aceptado hacer de enlace entre nosotros dos. Cuando Cliff me preguntó cómo iba a contactar contigo, no quise responderle. Espero que no te importe que haya leído algo de lo que has escrito a mi terapeuta. Es divertido. Cliff sigue insinuando que debería buscar una relación con Tiffany. Y yo sé que Tiffany te está leyendo esta carta a ti, así que esta parte será embarazosa para todos los implicados, pero Tiffany solo tiene que ocuparse de esto porque es un enlace entre nosotros, y yo bailé tan bien que cumplí mi parte del trato.

Cliff dice que Tiffany y yo, en este punto de nuestras vidas, tenemos mucho en común, y que tú y yo tenemos muy poco en común porque estamos en lugares diferentes. Pensaba que se refería a que tú estabas en Maryland y yo en New Jersey, pero resulta que él se refería a que yo aún sigo luchando por recobrar mi salud mental, y que tú estás mentalmente estable. Le pregunté a Cliff por qué quería que persiguiera una relación con alguien que es tan inestable mentalmente como yo, y me dijo que tú no podrías apoyarme del modo en que necesito que me apoyen, y esa es la razón por la que nuestro matrimonio fracasó. Me enfadé mucho con Cliff cuando me dijo esto, especialmente, porque yo soy el culpable, pero él insistía en que tú me permitiste que me convirtiera en la persona que era al dejarme hacer, al no ponerme nunca en mi lugar y permitirme abusar emocionalmente de ti durante tanto tiempo. Él dice que Tiffany no me permitiría hacer esto, y que nuestra amistad está basada en una necesidad mutua y en un compromiso de mejorar mediante el *fitness* y el baile.

Tiffany y yo somos muy buenos amigos, y aprecio todo lo que está haciendo por mí. Pero ella no es tú. Todavía te quiero, Nikki. Y no puedes controlar o alterar el amor verdadero.

Mamá fue a la biblioteca pública de Collingswood a por *El guardián entre el centeno*. Me gusta mucho Holden Caulfield y siento mucha simpatía hacia él. Realmente era un chico encantador, siempre intentando hacer lo correcto para su hermana Phoebe y, sin embargo, siempre fracasando, como la vez que compró un disco a Phoebe y lo rompió antes de poder dárselo. También me gusta lo preocupado que siempre estaba por lo que los patos de Nueva York hacían en invierno. ¿Adónde van? Pero mi parte preferida es el final, cuando Holden lleva a su hermana al tiovivo y ella monta en el caballo e intenta alcanzar el anillo dorado. Holden dice: «Estaba un poco asustado por si se caía del maldito caballo, pero ni hice ni dije nada. El caso es que con los niños, si quieren agarrarse a un anillo dorado, tienes que dejar que lo hagan, y no decir nada. Si se caen, pues se caen; pero es malo decirles algo». Cuando leí esto pensé en lo que me habías escrito de que estaba en mi segunda niñez y en que tendría que «dejar el sótano» algún día. Pero luego pensé en lo que había mejorado y en que aprender a bailar con Tiffany era como alcanzar el anillo dorado, que eres tú. Nikki, tú eres mi anillo dorado. Así que, tal vez me caiga del maldito tiovivo, pero tengo que llegar a ti, ¿correcto?

Quiero verte. Quiero hablar contigo cara a cara. Solo una vez. Después de eso, si no quieres verme nunca más, podré vivir con ello. Simplemente dame una oportunidad para enseñarte lo mucho que he cambiado. Solo una oportunidad. Un encuentro cara a cara. Por favor.

Te quiere,
PAT

CARTA N.º 6 —13 DE DICIEMBRE DE 2006

Querido Pat:

Siento que tu héroe de la infancia se suicidara. Y siento que McNabb esté lesionado.

No obstante, me entristece especialmente saber que tu padre sigue dejando que los resultados de los partidos de fútbol gobiernen las relaciones que tiene con su familia más inmediata. Compadezco a tu madre, pobrecita.

Tu decisión de revelar los puntos de vista de tu terapeuta respecto a Tiffany acarreó que las dos mantuviéramos una conversación telefónica embarazosa. Es obvio que Tiffany se preocupa lo suficiente por ti para hacer posible todo este intercambio de cartas. Espero que la protejas legalmente, Pat, absteniéndote de discutir el acuerdo ni con tu terapeuta ni con nadie más.

Por otra parte, ¿te das cuenta de que al mostrar mis cartas a Cliff me has puesto en una posición legal precaria? Por ley, no se me permite mantener contacto contigo, ¿recuerdas, Pat? De manera que esta será mi última carta. Lo lamento.

En lo que respecta a Holden Caulfield y el anillo dorado que Phoebe consigue alcanzar al final de la novela, por favor, no pienses en mí como tu anillo dorado. Soy tu ex mujer. Te deseo lo mejor, pero tu terapeuta tiene razón cuando dice que somos incompatibles.

Puedo ver claramente que esto no nos lleva hacia un final, lo cual hace que me arrepienta de haber abierto este diálogo.

Mi única esperanza es que algún día, después de que hayas estabilizado tu salud mental, encuentres alivio en el hecho de que volví a comunicarme contigo después de todo lo ocurrido. Te deseo lo mejor en este mundo, Pat.

Adiós.
NIKKI

CARTA N.º 7 — 14 DE DICIEMBRE DE 2006

Querida Nikki:

Creo en los finales felices con todo mi corazón. He trabajado lo bastante duro a fin de mejorar como persona para dejar mi película ahora. ¿Recuerdas el lugar en el que te pedí que nos casáramos? Reúnete conmigo allí el día de Navidad al atardecer. Esto es todo lo que te pediré que hagas. Sin embargo, siento como si me debieras esta última petición. Por favor.

Te quiere,
PAT

EL CUADRADO EN MI MANO

Mi padre se niega a llevarla, así que me pongo el traje nuevo que mi madre me compró a principios de este mes y la acompaño a la misa del gallo en la iglesia de Saint Joseph. Es una noche fría, pero andamos las pocas manzanas necesarias y pronto entramos en el gran santuario donde, muchos años atrás, me confirmé. Hileras de poinsettias rojas y blancas alineadas en el altar y antiguas lámparas de varillas de hierro de pie hacen guardia al final de cada banco, exactamente igual que cualquier otra Nochebuena. La luz de las velas hace que la piedra del edificio parezca aún más antigua, casi medieval. Y sentarme de nuevo en los bancos me recuerda a cuando Jake y yo éramos solo unos niños. Íbamos a la misa de Nochebuena emocionados pensando en el día siguiente, preparados para abrir todos aquellos regalos. Pero esta noche somos solo mamá y yo, ya que Jake y Caitlin están pasando la Nochebuena en Nueva York en casa de los padres de Caitlin, y papá está en casa bebiendo cerveza.

Después de los avisos y los cantos navideños, el sacerdote se pone a hablar sobre estrellas, ángeles, pesebres, burros y milagros, y en algún momento de la historia empiezo a rezar:

Querido Dios, sé que haría falta un milagro para que Nikki apareciera mañana en el lugar en el que nos prometimos, pero afortunadamente para mí, Tú y yo creemos en los milagros. Como estoy aquí sentado pensando en todo esto, me pregunto si Tú realmente crees en los milagros, ya que eres todopoderoso y puedes hacer cualquier cosa. Así que, técnicamente, hacer que Nikki aparezca mañana, o poner al Niño Jesús dentro de la Virgen María, no debe de ser más difícil para Ti que, por ejemplo, ver un partido de los Eagles, lo que ha sido bastante fácil, porque el reserva quarterback, Jeff Garcia, ha logrado ganar tres seguidos. Es gracioso, ahora que lo pienso. Si creaste el mundo en solo una semana, enviar a tu Hijo a hacer una misión no debió de suponerte esfuerzo alguno. Pero todavía me siento agradecido de que te tomaras tu tiempo para enviar a Jesús a enseñarnos todo acerca de los milagros, ya que la posibilidad de que ocurran milagros hace que mucha gente aquí siga hacia delante. No hace falta que te diga que he estado trabajando bastante duro para mejorar como persona desde que empezó el período de separación. Realmente, quiero agradecerte que trastornaras mi vida, ya que nunca me habría tomado el tiempo para mejorar mi carácter si no me hubieran enviado al lugar malo, y por eso nunca habría conocido a Cliff, o incluso a Tiffany, y sé que detrás de este viaje hay una razón. De hecho, confío en que hay un plan divino, y por eso creo que harás que Nikki aparezca mañana. Quiero agradecerte por adelantado que me ayudes a recuperar a mi mujer. Ansío que lleguen los próximos años, cuando pueda tratar a Nikki del modo en que merece ser tratada. Además, si esto no te genera muchos problemas, permite, por favor, que los Eagles ganen el día de Navidad, ya que una victoria sobre los Cowboys pondrá a los Eagles en primera posición y, entonces, puede que mi padre esté de buen humor, y puede que incluso nos hable a mamá y a mí. Es raro, pero incluso con los Pajarracos en controversia por los *playoffs*, papá ha sido un ogro estas vacaciones, y eso ha hecho que mamá estuviera triste. La vi varias veces llorando, pero eso, probablemente, Tú ya lo sabes, ya que Tú lo sabes todo. Dios, te quiero.

Me santiguo justo cuando el sacerdote acaba la homilía, y entonces se pasan las velas y se van encendiendo mientras la gente canta «Noche de paz». Mamá está medio inclinada hacia mí, por lo que pongo mi brazo alrededor de su hombro y le doy un pequeño abrazo. Ella me mira y sonríe. «Mi buen chico», dicen sus labios, alumbrados por la luz de las velas, y entonces los dos nos unimos a los cantos.

Mi padre está durmiendo en la cama cuando llegamos a casa. Mamá sirve un poco de ponche de huevo para los dos, enciende las luces y bebemos a sorbos bajo la luz del árbol de Navidad. Mamá habla de todos los adornos que Jake y yo hacíamos de pequeños. Ella sigue señalando las piñas pintadas, los pequeños marcos de fotos hechos con palitos de polo con las fotos de nuestra clase dentro, y los renos hechos con pinzas de tender y limpiadores de flautas.

—¿Recuerdas cuando hiciste esto en la clase de fulanito y menganito? —sigue diciendo, y yo asiento cada vez, a pesar de que no recuerdo haber hecho ninguno de esos adornos.

Es divertido ver que mamá recuerda todo sobre Jake y sobre mí, y de alguna forma sé que Nikki nunca más volverá a quererme, no importa lo que mejore mi carácter, y eso es por lo que realmente quiero a mi madre.

Justo cuando estamos acabando los últimos sorbos de nuestro ponche de huevo, llaman a la puerta.

—¿Quién podrá ser? —pregunta mamá de un modo exagerado, lo cual sugiere que sabe exactamente quién podría ser.

Empiezo a emocionarme porque pienso que igual es Nikki; que mamá ha organizado el mejor de los regalos de Navidad. Pero cuando abro la puerta tan solo están Ronnie, Veronica, Tiffany y la pequeña Emily. Todos ellos saltan al vestíbulo y empiezan a cantar:

—*We wish you a Merry Christmas. We wish you a Merry Christmas. We wish you a Merry Christmas and a Happy New Year.*

En este momento, Tiffany deja de cantar, pero Ronnie y Veronica continúan cantando a voz en grito la primera estrofa y mi madre sonríe todo el tiempo mientras escucha las buenas vibraciones que le traen. La pequeña Emily parece un esquimal de tan forrada como va, pero los cantos de sus padres hacen que su carita parezca contenta. Incluso puedo ver las luces del árbol de Navidad reflejadas en sus ojos oscuros. Mientras cantan, la familia de Ronnie parece una familia feliz, y yo envidio a mi amigo.

Tiffany se mira los pies, pero se une de nuevo al canto cuando vuelven a entonar el estribillo.

La canción acaba con Ronnie sosteniendo la última nota demasiado rato, pero mi madre aplaude igualmente, y entonces nos sentamos todos alrededor del árbol de Navidad y tomamos más ponche de huevo.

—A lo mejor te apetece darles a tus amigos sus regalos —dice mamá.

Mamá me ha llevado de compras muchas veces durante las últimas semanas y hemos elegido regalos para la gente que me ha ayudado a ponerme mejor, porque mamá dice que es importante reconocer a la gente especial en tu vida durante las vacaciones. A Cliff le encantó la diana de los Eagles, y resulta que tanto a Veronica como a Tiffany les gustan los perfumes que les compramos (gracias a Dios, ya que olí casi cada botella del centro comercial Cherry Hill); a Ronnie le encanta el balón de fútbol oficial de la NFL de piel que elegí para él, ya que así puede practicar sus lanzamientos, y la pequeña Emily abraza el águila de juguete con la camiseta de los Eagles que escogí especialmente para ella, e incluso empieza a chupar el pico amarillo tan pronto como acaba de arrancar todo el papel.

Por el bien de mi madre, mantengo la esperanza de que quizá mi padre baje y se una a la fiesta, pero no lo hace.

—Y nosotros también tenemos un regalo para ti —me dice Ronnie—. Vamos, Em, démosle al tío Pat su regalo.

Le da a Emily una caja que pesa demasiado para que la lleve, y eso que ahora camina bastante bien, de modo que Emily y él me acercan el regalo.

—¡Para Pap! —dice Emily, y empieza a arrancar el papel.

—¿Quieres que te ayude? —le pregunto, y ella rasga el resto del papel mientras todos miran.

Una vez que Emily acaba con el papel, abro la caja y busco a través de las virutas de poliestireno; así encuentro lo que parece ser una placa de algún tipo. La saco de las virutas y puedo ver que es una foto enmarcada de Hank Baskett. Está en el final del área con un balón en la mano.

—La hicieron durante el partido de Dallas —dice Ronnie.

—Lee lo que está escrito en la foto —dice Veronica.

> Para Pat,
> ¡vas camino de la victoria!
> Hank Baskett n.º 84

—¡Es el mejor regalo del mundo! ¿Cómo conseguisteis que Baskett firmara la foto?

—El primo de Veronica es peluquero —explica Ronnie— y uno de sus clientes trabaja para el departamento de promociones de los Eagles, de modo que pudimos mover algunos hilos. Vinnie dijo que era la primera petición que su contacto recibía para un autógrafo de Baskett y que Baskett estaba realmente emocionado por tener una petición, ya que sus autógrafos no tienen mucha demanda.

—Gracias, Ronnie —digo, y entonces nos damos un típico abrazo de hombres con un solo brazo.

—Feliz Navidad —me dice Ronnie mientras me da un golpe en la espalda.

—Bien, odio interrumpir la fiesta, pero necesitamos meter a Emily en la cama antes de que Papá Noel baje por la chimenea —dice Veronica.

Mientras se ponen los abrigos, mi madre coloca sus regalos en bolsas de fiesta con asas bonitas y le da las gracias a todo el mundo por venir, diciendo:

—No sabéis lo mucho que esto significa para Pat y para mí. Habéis sido tan buenos con nosotros este año... Sois gente buena. Todos vosotros. La mejor gente. —Y entonces mamá empieza a llorar de nuevo—. Lo siento. Gracias. Feliz Navidad. No os preocupéis por mí. El Señor os bendiga.

Justo antes de que todo el mundo se vaya, Tiffany me agarra la mano, me besa la mejilla y dice:

—Feliz Navidad, Pat.

Cuando separa su palma de la mía, tengo un cuadrado en la mano, pero la mirada de Tiffany pide que guarde silencio, de modo que pongo el cuadrado en mi bolsillo y digo adiós a la familia de Ronnie.

Ayudo a mi madre a recoger el papel de envolver y los tazones vacíos de ponche de huevo, y entonces ella me agarra bajo el muérdago en el vestíbulo, está señalando hacia arriba y sonriendo, así que le doy un beso de buenas noches y ella se aúpa para abrazarme.

—Estoy muy contenta de tenerte en mi vida ahora, Pat —me dice mi madre, apretando los músculos de su brazo con fuerza, y empujando mi cabeza hacia abajo de modo que su hombro sobresale por encima de mi cuello y comienza a resultarme difícil respirar.

En mi habitación, bajo la luz de la vela eléctrica de Navidad que mamá ha encendido en mi ventana durante las vacaciones, desdoblo la nota que Tiffany me ha dado.

CARTA N.º 8 — 24 DE DICIEMBRE DE 2006

Querido Pat:

No voy a ir en Navidad. No voy a ir nunca más. Avanza. Empieza de nuevo. Tiffany y tu familia te ayudarán a conseguirlo. Adiós, esta vez de verdad. No voy a escribirte más, tampoco mantendré ninguna conversación telefónica más con ella, porque no me gusta que me grite o me maldiga de tu parte. No intentes contactar conmigo. La orden de alejamiento aún está vigente.

NIKKI

UN EPISODIO QUE PARECÍA INEVITABLE

La mañana de Navidad me despierto antes del amanecer y empiezo mi rutina de levantar pesas. Estoy nervioso por encontrarme con Nikki hoy, así que doblo el tiempo de mis ejercicios en un intento de trabajar mi ansiedad. Me doy cuenta de que la nota que Tiffany me dio anoche sugiere que puede que Nikki no esté interesada en reunirse conmigo en aquel lugar tan especial una vez que anochezca, pero también sé que en las películas, justo cuando el personaje principal está a punto de tirar la toalla, ocurre algo sorprendente que lleva a un final feliz. Estoy bastante convencido de que esta es la parte de mi película en la que algo sorprendente ocurrirá, así que confío en Dios, quien sé que no me dejará de lado. Si tengo fe, si voy a aquel lugar especial, algo bonito ocurrirá cuando el sol se ponga, lo sé.

Cuando oigo la música navideña, dejo las pesas y voy abajo. Mi madre está cocinando huevos y beicon, y el café está haciéndose.

—Feliz Navidad —dice mamá, y me da un besito en la mejilla—. No olvides tus pastillas.

Cojo los frascos de color naranja del armario y los abrazo. Mientras trago mi última píldora, mi padre entra en la cocina y tira el plástico que cubre el periódico al cubo de la basura. Cuando se da la vuelta y se dirige a la sala de estar, mi madre dice:

—Feliz Navidad, Patrick.

—Feliz Navidad —murmura papá.

Comemos huevos, beicon y tostadas juntos, como una familia, pero nadie habla mucho.

En la sala de estar nos sentamos alrededor del árbol. Mamá abre el regalo de papá. Es un collar de diamantes de grandes almacenes, pequeños diamantes con forma de corazón en una fina cadena de oro. Sé que mamá tiene un collar parecido porque lo lleva casi todos los días. Probablemente, mi padre le regaló lo mismo el año pasado, pero mamá actúa como si estuviera realmente sorprendida, y dice: «Patrick, no deberías», antes de besarlo en los labios y abrazarlo. A pesar de que papá no le devuelve el abrazo a mamá, sé que está feliz porque esboza una especie de sonrisa.

Luego, le damos a papá su regalo, que es de mamá y mío. Rasga el papel de envolver y sujeta una auténtica camiseta de los Eagles, no una de esas con calcomanías pegadas con la plancha.

—¿Por qué no tiene ningún número o un nombre? —pregunta.

—Como McNabb se lesionó, pensamos que te gustaría escoger un nuevo jugador favorito —dice mamá—, así que cuando lo hagas, pondremos el número y el nombre correcto cosido en el jersey.

—No malgastéis vuestro dinero —dice papá poniendo el jersey de nuevo en la caja—. No ganarán hoy sin McNabb. No van a jugar los *playoffs*. Ya me he cansado de ver a ese pésimo equipo de fútbol.

Mamá sonríe hacia mí porque ya le dije que papá diría todo eso, aunque los Eagles hubieran jugado bastante bien. Pero mamá y yo sabemos que papá verá el partido de los Eagles contra los Cowboys más tarde y que elegirá un nuevo jugador favorito a finales del próximo verano, después de haber visto uno o dos partidos de pretemporada, y en ese momento dirá algo así como: «Jeanie, ¿dónde está mi auténtica camiseta de los Eagles? Quiero que me cosan esos números antes de que empiece la temporada».

Una docena de regalos son para mí, todos ellos comprados y envueltos por mamá. Tengo una nueva sudadera de los Eagles, unas zapatillas para correr, ropa para hacer ejercicio, ropa de vestir, unas cuantas corbatas, una nueva chaqueta de piel de marca y un reloj especial para correr que me ayudará a cronometrar mis carreras e incluso a calcular las calorías que quemo mientras corro. Y...

—¡Dios santo, Jeanie! ¿Cuántos regalos le has comprado al chico? —exclama papá, pero lo dice de un modo que nos hace saber que no le parece mal del todo.

Después de comer, me doy una ducha, me pongo desodorante en las axilas, algo de la colonia de mi padre y uno de mis nuevos conjuntos para correr.

—Voy a probar mi reloj nuevo —le digo a mamá.

—Caitlin y tu hermano llegarán dentro de una hora —dice mamá—. Así que no tardes mucho.

—No lo haré —digo justo antes de salir de casa.

En el garaje me cambio y me pongo la ropa de vestir que escondí ahí a principios de semana: pantalones de *tweed*, camisa negra con botones en el cuello, zapatos de piel y un abrigo caro de mi padre que hace tiempo que no usa. Después, camino hacia la parada del PATCO de Collingswood y me subo al tren de las 13.45 hacia Filadelfia.

Empieza a chispear.

Me bajo en la estación de Eight con Market, camino a través de la llovizna hacia el ayuntamiento y tomo el tren de la línea naranja con dirección al norte.

No hay mucha gente en el tren, y en el metro no parece que sea Navidad. Pero ni el vapor del olor de la basura que entra en la parada cada vez que se abren las puertas, ni el chico que hace pintadas sentado en el asiento naranja al otro lado del mío o la hamburguesa medio comida que hay en el pasillo me derrumban, porque voy a reunirme con Nikki; el período de separación está a punto de acabar.

Me bajo en Broad con Olney y subo los escalones hacia Filadelfia Norte, donde llueve un poco más fuerte. Aunque recuerdo que me atracaron dos veces cerca de esta parada de metro cuando iba al instituto, no me preocupa, principalmente porque es Navidad y soy mucho más fuerte de lo que era cuando era un estudiante. En Broad Street veo a unas cuantas personas de color, lo que me hace pensar en Danny y en cómo siempre solía hablar de ir a vivir con su tía a Filadelfia Norte cuando saliera del lugar malo, especialmente cada vez que le mencionaba que me había graduado en la Universidad de La Salle, que parece ser que está cerca de donde vive la tía de Danny. Me pregunto si Danny ya habrá salido del lugar malo. Pensar que él pueda estar el día de Navidad en una institución mental me pone muy triste, porque Danny fue un buen amigo conmigo.

Mientras camino por Olney, meto las manos en los bolsillos del abrigo de papá, ya que, debido a la lluvia, hace bastante frío. Pronto veo las banderas azules y amarillas que flanquean las calles de la ciudad universitaria, y esto hace que me sienta triste y a la vez alegre de estar otra vez en La Salle, al igual que cuando veo fotos antiguas de gente que ha muerto o con la que he perdido el contacto.

Cuando llego a la biblioteca, giro a la izquierda y camino dejando atrás las pistas de tenis, donde tomo un atajo pasando por la derecha el edificio de seguridad.

Mas allá de las pistas de tenis hay una colina tapiada con tantos árboles que uno nunca creería que está en Filadelfia Norte si alguien lo llevase hasta allí con los ojos vendados y luego le quitara la venda y le preguntara: «¿Dónde crees que estás?».

A los pies de la colina hay una casa de té japonesa, tan pintoresca como fuera de lugar en Filadelfia Norte, aunque nunca he estado dentro tomándome un café (se trata de una casa de té privada), así que tal vez en el interior tiene un aire de ciudad; no lo sé. Nikki y yo solíamos encontrarnos en esta colina, detrás del viejo roble, y nos sentábamos en la hierba durante horas. Sorprendentemente, no había muchos estudiantes que merodeasen por este sitio. Quizá no sabían que estaba ahí. Quizá nadie más pensaba que era un lugar bonito. Pero a Nikki le encantaba sentarse sobre la verde colina y mirar hacia la casa de té japonesa, sentir como si estuviera en algún otro lugar del mundo, algún otro lugar que no fuera Filadelfia Norte. Y si no fuera por las ocasionales bocinas de coches o los disparos en la distancia, habría creído que estaba en Japón mientras me encontraba sentado en aquella colina, a pesar de que nunca he estado en Japón y de que no tengo ni idea de cómo será estar un ese país tan particular.

Me siento bajo un árbol enorme, en un trozo de hierba seca, y espero.

Las nubes de lluvia han ocultado el sol hace rato, pero cuando miro mi reloj, los números marcan oficialmente el atardecer.

Mi pecho empieza a encogerse, me doy cuenta de que estoy temblando y respirando más de lo normal. Me sujeto la mano para ver lo fuertes que son los temblores y mi mano se agita como el ala de un pájaro, o tal vez es como si tuviera calor e intentara abanicarme a mí mismo con los dedos. Trato de pararlo pero no puedo; meto las dos manos en los bolsillos del abrigo de mi padre esperando que Nikki no se dé cuenta de lo nervioso que estoy cuando aparezca.

Se hace oscuro, y luego más oscuro.

Finalmente, cierro los ojos y empiezo a rezar:

Querido Dios, si he hecho algo mal, por favor, por favor, dime qué es para que pueda enmendarlo. Mientras busco en mis recuerdos, no puedo pensar en nada que pueda haberte hecho enfadar, excepto por el puñetazo al aficionado de los Giants hace unos meses, pero ya pedí perdón por ese asunto, y pensé que habíamos pasado a otra cosa. Por favor, haz que Nikki aparezca. Cuando abra los ojos, por favor, haz que ella esté aquí. Puede que haya tráfico o... ¿habrá olvidado cómo llegar a La Salle? Siempre solía perderse en la ciudad. No pasa nada si no se presenta exactamente al atardecer, pero, por favor, hazle saber que aún estoy aquí esperándola, y que la esperaré toda la noche si es necesario. Por favor, Dios. Haré cualquier cosa. Si hicieras que apareciera cuando abra los ojos...

Huelo un perfume de mujer.
Reconozco ese olor.
Respiro profundamente para estar preparado.
Abro los ojos.
—Lo siento, ¿vale? —dice, pero no es Nikki—. Nunca pensé que esto te llevaría hasta aquí. Así que voy a ser honesta contigo. Mi terapeuta piensa que estás atascado en un constante estado de negación porque nunca permites poner un punto final, y pensé que podrías pasar página si me hacía pasar por Nikki. Así que inventé todo lo de hacer de enlace en un esfuerzo por proporcionarte un fin, esperando que acabaras con ese desánimo y pudieras seguir adelante con tu vida una vez que entendieras que reunirte con tu ex mujer era imposible. Yo escribí todas las cartas, ¿vale? Nunca llegué a contactar con Nikki. Ella ni siquiera sabe que estás sentado aquí. Probablemente, ni siquiera sabe que saliste de la unidad de neurología. No va a venir, Pat. Lo siento.

Estoy mirando la empapadísima cara de Tiffany (pelo mojado, maquillaje corrido) y casi no puedo creer que no sea Nikki. En un primer momento no registro sus palabras, pero cuando lo hago siento que el pecho me arde, y un episodio parece ser inevitable. Mis ojos echan fuego. La cara se me enrojece. De repente, me doy cuenta de que los últimos dos meses han sido completamente ilusorios. Nikki nunca va a volver, y el período de separación va a durar para siempre.

Nikki
Nunca.
Va.
A.
Volver.

Nunca.

Quiero golpear a Tiffany.

Quiero machacarle la cara con los nudillos hasta que los huesos de las manos se me hagan añicos y Tiffany esté completamente irreconocible, hasta que no tenga una cara con la que poder escupir mentiras.

—Pero todo lo que te dije en las cartas es cierto. Nikki se divorció de ti y se volvió a casar, e incluso interpuso una orden de alejamiento en tu contra. Saqué toda la información de...

—¡Mentirosa! —digo, a la vez que me doy cuenta de que estoy llorando otra vez—. Ronnie me dijo que no debía confiar en ti. Que no eras más que una...

—Por favor, escúchame. Sé que ahora sufres una gran conmoción, pero debes enfrentarte a la realidad. ¡Te has estado mintiendo a ti mismo durante años! Necesitaba hacer algo drástico para ayudarte. Pero nunca pensé que...

—¿Por qué? —digo, sintiendo como si fuera a vomitar, como si mis manos fueran a apretar el cuello de Tiffany en cualquier momento—. ¿Por qué me has hecho esto?

Tiffany me mira a los ojos durante lo que parece ser un largo rato, y luego su voz se entrecorta igual que la de mamá cuando quiere decir algo que realmente siente de verdad.

—Porque estoy enamorada de ti —dice Tiffany.

Y entonces me levanto y me pongo a correr.

Al principio Tiffany me sigue pero, a pesar de que llevo los zapatos de piel y de que ahora está lloviendo bastante fuerte, me las arreglo para encontrar la velocidad masculina que ella no tiene, corro más rápido de lo que nunca antes había corrido, después de girar las suficientes esquinas y zigzaguear por en medio del tráfico, miro atrás y Tiffany se ha ido, así que bajo el ritmo un poco y hago footing durante lo que parecen ser horas. Sudo bajo la lluvia y el abrigo de mi padre empieza a pesar mucho. Ni siquiera puedo pensar lo que esto significa.

Traicionado por Tiffany. Traicionado por Dios. Traicionado por mi propia película. Aún estoy llorando, y tengo pensamientos horrorosos. Podría lanzar mi cuerpo bajo un autobús o un vagón de metro; podría, mientras estoy de camino, darle un puñetazo a la ventana de algún coche hasta que la sangre de mis muñecas dejara de salir; podría dejarme caer al suelo y golpearme el cráneo contra el hormigón hasta que mis sesos se esparciesen por toda la acera y el pensamiento parase. Pero en lugar de eso, sigo haciendo footing.

Dios, no te pedí un millón de dólares. No te pedí ser famoso o poderoso. Ni siquiera te pedí que Nikki volviera conmigo. Solo te pedí un encuentro. Una simple conversación cara a cara. Todo lo que he hecho desde que dejé el lugar malo ha sido mejorar para convertirme exactamente en lo que Tú dices a todo el mundo que sea: una buena persona. Y aquí estoy, corriendo a través de Filadelfia Norte en un lluvioso día de Navidad, solo. ¿Por qué nos contaste tantas historias acerca de los milagros? ¿Por qué enviaste a tu Hijo para que bajase desde el cielo? ¿Por qué nos das películas si la vida nunca acaba bien? ¿Qué clase de mierda de Dios eres tú? ¿Quieres que sea un miserable el resto de mi vida? ¿Qué...?

Algo golpea con fuerza mi espinilla y entonces las palmas de mis manos se deslizan a través del mojado cemento. Siento patadas en la espalda, en las piernas y en los brazos. Me hago una bola intentando protegerme a mí mismo, pero las patadas continúan. Cuando siento como si mis riñones fueran a explotar, miro hacia arriba para ver quién está haciéndome esto, pero solo veo la suela de una zapatilla antes de que esta me golpee en la cara.

CHIQUILLO LOCO

Cuando me despierto, la lluvia ha parado, pero estoy temblando; me incorporo y me duele todo el cuerpo. Mi abrigo ha desaparecido. Mis zapatos de piel han desaparecido. Todo el dinero que tenía ha desaparecido. Mi cinturón ha desaparecido. El reloj nuevo que me había regalado mi madre por Navidad ha desaparecido. Con los dedos me toco la cara, y se vuelven rojos.

Al mirar alrededor veo que estoy en una calle estrecha llena de coches aparcados. Hay hileras de casas a ambos lados. Algunas están apuntaladas, muchos de los porches y de las escaleras pegados a las partes delanteras necesitan repararse y las luces de la calle no están encendidas, quizá las rompieron a pedradas, lo que hace que el mundo entero parezca oscuro. No estoy en un vecindario seguro, y voy sin dinero, sin zapatos y sin tener alguna idea de dónde estoy. Una parte de mí quiere tumbarse sobre la acera hasta morir congelado, pero antes de que pueda pensar en algo estoy de pie, cojeando por la manzana.

El músculo del muslo derecho está como bloqueado, no puedo doblar la rodilla derecha muy bien.

Una de las casas del bloque esta decorada con adornos de Navidad. En el porche hay un pesebre con figuritas de plástico de María y José, ambas negras. Camino hacia el Niño Jesús, pensando que es más probable que la gente que celebra la fiesta me ayude que la que no tiene decoraciones navideñas porque, en la Biblia, Jesús dice que debemos ayudar a la gente sin zapatos a la que han robado.

Cuando finalmente llego a la casa decorada, ocurre algo gracioso. En lugar de llamar a la puerta, cojeo hacia las figuras de María y José porque quiero mirar dentro del pesebre y ver si el Niño Jesús también es negro. Mi agarrotada pierna grita de dolor y falla justo cuando llego a la escena de la Natividad. Apoyado en las manos y en una rodilla, veo entre sus padres al Niño Jesús, realmente es negro, y está iluminado; su oscura cara brilla como el ámbar y un chorro de luces blancas rodea su pequeño pecho de bebé.

Al entornar los ojos, bajo la luz del Niño Jesús, instantáneamente me doy cuenta de que me han robado porque maldije a Dios, así que rezo y pido perdón, y entiendo que Dios me está diciendo que necesito trabajar un poco más en mi carácter antes de que me permita llegar el final del período de separación.

Mi pulso late tan fuerte en mis orejas que ni siquiera he oído que la puerta de la entrada se abría y que un hombre caminaba hacia el porche.

—¿Qué estás haciendo con nuestro belén de tía Jasmine? —dice el hombre.

Y cuando vuelvo la cabeza, Dios me hace saber que ha aceptado mis disculpas.

Cuando llevaron a mi amigo negro Danny al lugar malo, no hablaba, como yo, y tenía una gran cicatriz, pero la suya estaba en la parte de atrás de la cabeza, donde una línea rosa sobresalía brillante de su pelo afro. Durante un mes o así, simplemente se sentaba en una silla al lado de la ventana de su habitación, ya que las conversaciones con los terapeutas que lo visitaban lo dejaban frustrado. Los chicos y yo queríamos acabar con esto y le decíamos «Hola», pero Danny, cuando le hablábamos, se limitaba a mirar por la ventana, por lo que llegamos a la conclusión de que era una de esas personas cuyo trauma mental era tan malo que probablemente iba a pasar el resto de su vida siendo un vegetal, más o menos como mi compañero de habitación, Robbie. Pero un mes más tarde, Danny empezó a comer en la cafetería con el resto de nosotros, a asistir a música y a sesiones de terapia en grupo, e incluso a ir a algunas excursiones en grupo a las tiendas por el puerto y a los partidos en Camden Yards. Era obvio que sí entendía las palabras, e incluso era bastante normal, solo que no hablaba.

No recuerdo cuánto tardó pero, después de un tiempo, Danny empezó a hablar de nuevo, y yo fui la primera persona a la que le habló.

Una chica de alguna bonita universidad de Baltimore vino a proporcionarnos lo que nos dijo que eran «tratamientos no tradicionales». Teníamos que presentarnos voluntarios para las sesiones, ya que esa chica aún no era una terapeuta. Al principio desconfiábamos, pero cuando vino a promocionar el programa, pronto nos persuadió con su figura de niña y esa cara de aspecto inocente tan mona. Era una joven muy amable y bastante atractiva, así que hicimos todo lo que ella nos dijo con la esperanza de mantenerla por allí, sobre todo porque no había pacientes mujeres en el lugar malo y las enfermeras eran extremadamente feas.

Durante la primera semana, nuestra estudiante universitaria nos hizo mirarnos mucho en espejos, ya que nos animaba a que nos conociéramos realmente, lo cual era algo bastante extraño allí. Ella decía cosas como:

—Estúdiate la nariz. Mírala hasta que realmente la conozcas. Observa cómo se mueve cuando respiras profundamente. Aprecia el milagro de la respiración. Ahora mírate la lengua. No solo la parte de arriba, sino también la de abajo. Estúdiala. Contempla el milagro de saborear y hablar.

Pero un día nos puso por parejas al azar, nos hizo sentarnos uno frente al otro y nos dijo que miráramos en el ojo del compañero. Nos tuvo haciendo esto durante bastante tiempo, y resultó bastante raro, porque la habitación estaba totalmente en silencio y los hombres no suelen mirar a los ojos de los otros durante largos períodos de tiempo. Entonces empezó a decirnos que imagináramos que nuestra pareja era alguien a quien echábamos de menos, o alguien a quien habíamos hecho daño en el pasado, o un miembro de la familia a quien no veíamos desde hacía muchos años. Nos dijo que viéramos a esa persona a través de los ojos de nuestra pareja, hasta que dicha persona estuviera delante de nosotros.

Mirar en los ojos de otra persona durante un período de tiempo prolongado demostraba ser algo poderoso. Y si no me crees, inténtalo tú mismo.

Por supuesto, empecé a ver a Nikki, lo cual resultaba raro, porque yo estaba mirando a través de los ojos de Danny, y Danny es un hombre negro de 1,92 de altura que no se parece en nada a mi ex mujer.

Incluso aun cuando mis pupilas permanecían fijas en las de Danny, era como si estuviera mirando directamente a los ojos de Nikki. Yo fui el primero que empezó a llorar, pero los otros me siguieron. Nuestra universitaria vino a verme, me dijo que era valiente y luego me abrazó, lo cual fue bonito. Danny no dijo nada.

Aquella noche me desperté por el sonido de los gruñidos de Robbie. Cuando abrí los ojos me llevó un par de segundos fijar mis pupilas, pero cuando lo hice, vi a Danny vigilándome por encima.

—¿Danny? —dije.

—Yo no me llamo Danny.

Su voz me asustó, porque no esperaba que me hablara, en especial porque no le había hablado a nadie desde que llegó.

—Me llamo Chiquillo Loco.

—¿Qué es lo que quieres? —le pregunté—. ¿Por qué estás en nuestra habitación?

—Solo quería decirte mi nombre de calle, así podremos ser colegas. Pero como ahora no estamos en la calle, puedes seguir llamándome Danny.

Y entonces Danny se largó de la habitación y Robbie dejó de gruñir.

Todo el mundo en el lugar malo estaba bastante conmocionado cuando Danny comenzó a hablar de modo normal al día siguiente. Todos los médicos dijeron que estaba experimentando un avance, pero no era así. Simplemente Danny decidió hablar. Realmente nos hicimos colegas y hacíamos todo lo que teníamos que hacer en el lugar malo juntos, incluida nuestra rutina de ejercicios. Y poco a poco descubrí la historia de Danny

Como Chiquillo Loco, él era un conocido rapero de Filadelfia Norte que había firmado con una pequeña compañía de discos de Nueva York llamada Rougher Trade. Estaba tocando en un club de Baltimore cuando unos muertos de hambre, aún no sé cómo (Danny a menudo cambia los detalles de esta historia, de modo que no puedo decir lo que ocurrió realmente), lo golpearon en la parte de atrás de la cabeza con una llave grande, lo llevaron al puerto y lo echaron al agua.

La mayor parte del tiempo, Danny afirmaba que un grupo de rap de Baltimore, uno que estaba programado que actuara antes que Chiquillo Loco, le preguntó si quería fumar en un callejón detrás del club y, cuando aceptó, empezaron a contarle no sé qué mierda sobre la titularidad en el barrio. Cuando demostró que las ventas de sus discos eran mayores, se apagaron las luces y se despertó muerto, lo cual realmente es cierto, ya que su expediente dice que estuvo muerto durante unos minutos antes de que los servicios de urgencia consiguieran reanimarlo.

Por suerte para Danny, alguien oyó el chapoteo que Chiquillo Loco hizo al caer en el agua y esta persona lo pescó y pidió ayuda justo cuando los otros raperos huían. Danny asegura que la sal del agua mantuvo su mente viva, pero no entiendo cómo pudo pasar eso, puesto que lo lanzaron al puerto mugriento y no al océano. Después de una operación en la que le retiraron pequeñas partes del cráneo del cerebro y de una larga estancia en el hospital, llevaron a Danny al lugar malo. La peor parte fue que perdió su habilidad para rapear, simplemente ya no podía hacer que su boca rapeara, o al menos no a la velocidad a la que lo solía hacer, por lo que Danny hizo un voto de silencio que solo rompió después de estar mirándome a los ojos durante un largo período de tiempo.

Una vez, le pregunté a Dan a quién había visto cuando me miraba a los ojos y me dijo que a su tía Jasmine. Cuando le pregunté que por qué había visto a su tía Jasmine, me dijo que era la mujer que lo había criado y le había hecho ser un hombre.

—¿Danny? —digo, arrodillándome delante del pesebre.
—¿Quién eres?
—Soy Pat Peoples.
—¿Pat el blanco de Baltimore?
—Sí.
—¿Cómo?
—No lo sé.
—Estás sangrando, ¿qué ha pasado?
—Dios me castigó, pero luego me trajo hasta aquí.
—¿Qué hiciste para que Dios se enfadara?
—Lo maldije, pero le dije que lo sentía.
—Si realmente eres Pat Peoples, ¿cómo me llamo?
—Chiquillo Loco, alias Danny.
—¿Ya has tomado la cena de Navidad?
—No.
—¿Te gusta el jamón?
—Sí.
—¿Quieres cenar conmigo y con la tía Jasmine?
—Vale.

Danny me ayuda a levantarme. Mientras cojeo y me dirijo al hogar de la tía Jasmine, huelo a piñas y a jamón asado en salsa de piña. Hay un pequeño árbol de Navidad decorado con tiras de palomitas de maíz de colores y coloridas bombillas intermitentes. Dos calcetines verdes y uno rojo cuelgan de un manto en una falsa chimenea. En la televisión, los Eagles se baten con los Cowboys.

—Siéntate —dice Danny—. Estás en tu casa.

—No quiero ensuciarte el sofá de sangre.

—Tiene una funda de plástico, ¿la ves?

Miro hacia el sofá y realmente está cubierto por un plástico, así que me siento y veo que los Eagles están ganando, algo que me sorprende, ya que Dallas llevaba siete puntos de ventaja.

—Te he echado de menos —dice Danny después de sentarse a mi lado—. Ni siquiera dijiste un maldito adiós cuando te fuiste.

—Mamá vino y me sacó cuando estabas en terapia musical. ¿Cuándo saliste del lugar malo?

—Ayer mismo. Por buen comportamiento.

Miro la cara de mi amigo y veo que está serio.

—¿De modo que saliste ayer del lugar malo, y justamente yo corro por tu vecindario, me roban en tu calle y te encuentro aquí?

—Supongo —dice Danny.

—Es una especie de milagro, ¿no crees?

—Los milagros ocurren en Navidad, Pat. Todo el mundo sabe esa mierda.

Pero antes de que podamos decir nada más, una mujer pequeña con aspecto serio que lleva puestas unas enormes gafas de montura negra camina hacia la sala de estar y empieza a gritar: «¡Oh, Dios mío! ¡Oh, Jesús!». Intento convencer a la tía Jasmine de que estoy bien, pero ella llama al 911 y seguidamente me encuentro en una ambulancia camino del hospital Germantown.

Cuando llego a la sala de urgencias, la tía Jasmine reza por mí y grita a un montón de gente hasta que me llevan a una habitación privada donde me quitan la ropa, me limpian las heridas y me cosen un corte de la cara.

Me dan un calmante mientras explico al oficial de policía lo ocurrido.

Después de pasar por rayos X, los médicos me dicen que tengo la pierna hecha polvo; mi madre, Caitlin y Jake llegan, y entonces tengo la pierna en una escayola que empieza en el tobillo y acaba justo debajo de la cadera.

Quiero disculparme con Danny y con la tía Jasmine por arruinarles la cena de Navidad, pero mi madre me dice que ellos se han ido enseguida después de que ella llegara, lo cual me entristece por alguna razón.

Cuando finalmente me dan el alta en el hospital, una enfermera me pone un calcetín morado en los dedos desnudos y me da un par de muletas, pero Jake me empuja en una silla de ruedas hasta su BMW. Tengo que sentarme de lado en el asiento de atrás con el pie sobre el regazo de mamá por culpa de la escayola.

Nos dirigimos hacia Filadelfia Norte en silencio, pero cuando salimos de la carretera Schuylkill Expressway, Caitlin dice:

—Bien, al menos nunca olvidaremos esta Navidad.

Lo dice como si fuera un chiste, pero nadie se ríe.

—¿Por qué nadie me pregunta cómo acabé en Filadelfia Norte? —pregunto.

Después de una larga pausa mamá dice:

—Tiffany nos llamó desde una cabina y nos lo contó todo. Estábamos circulando por esa zona, buscándote, cuando han llamado del hospital a tu padre. Él ha llamado al móvil de Jake y aquí estamos.

—¿Así que he arruinado la Navidad de todo el mundo?

—Esa puta loca nos la ha arruinado.

—Jake —dice mamá—. Por favor.

—¿Ganaron los Eagles? —le pregunto a Jake. Recuerdo que iban ganando y tenía la esperanza de que papá estuviera de un humor decente cuando llegara a casa.

—Sí—me dice Jake, de un modo que me deja entrever que está enfadado conmigo.

Los Eagles ganaron a T.O. y a Dallas, en Dallas, el día de Navidad, y Jake, que no se ha perdido un solo partido desde que estábamos en primaria, probablemente se ha perdido el mejor partido de la temporada porque estaba buscando por todo Filadelfia Norte a su hermano mentalmente trastornado. Y ahora caigo en por qué mi padre no estaba con el equipo de búsqueda; no había forma alguna de que se perdiera un partido de los Eagles tan importante, especialmente contra Dallas. No puedo evitar sentirme culpable, ya que probablemente habría sido una bonita Navidad, sobre todo porque mi padre habría estado de un humor increíble. Estoy seguro de que mamá había preparado comida. Incluso Caitlin lleva puesta una camiseta de los Eagles. Y yo continúo complicándole la vida a todo el mundo, y quizá habría sido mejor que los ladrones me hubieran matado, y...

Empiezo a llorar, pero silenciosamente, no quiero que mamá se disguste.

—Siento que te hayas perdido el partido por mi culpa, Jake —digo, pero las palabras me hacen llorar aún más, y enseguida estoy sollozando entre mis manos otra vez, como un bebé.

Mi madre me acaricia la pierna, pero nadie dice nada.

Hacemos el resto del camino a casa en silencio.

¿ELLA CÓMO ESTÁ?

Mi cumpleaños es el viernes 29 de diciembre. Por la tarde, mamá me ayuda a pegar bolsas de basura alrededor de la escayola para que pueda darme la primera ducha desde que me rompí la pierna. Hablar de esto es un tanto embarazoso, pero mamá tiene que ayudarme a proteger la escayola mientras yo pongo una pierna a cada lado del borde de la bañera, intentando que mi peso caiga en la pierna buena. Mamá me alcanza el gel cuando lo necesito y también el champú. Ella hace como que no me mira el cuerpo desnudo, pero estoy seguro de que en algún momento echa un vistazo, lo que hace que me sienta extraño. Hace días que no hago ejercicio, por lo que me noto pequeño y débil, pero mamá no dice nada sobre mi menguada redondez porque es una mujer amable.

Después de la ducha, mamá me ayuda a ponerme unos pantalones de chándal que ha modificado cortándoles una pierna desde arriba para que pueda ponérmelos. También me pongo una camisa de Gap con botones en el cuello y mi chaqueta de piel nueva. Bajo los escalones dando saltos, me apoyo en la puerta de camino y me instalo en el asiento de atrás del coche de mamá. Me siento de lado para que la escayola quepa.

Cuando llegamos a la casa Voorhees, me apoyo en las muletas de camino a la consulta de Cliff, elijo el sillón reclinable negro, coloco la escayola en el reposapiés y se lo cuento todo a Cliff.

Cuando acabo la historia, Cliff me dice:

—¿Así que has estado en cama desde Navidad?

—Sí.

—¿Y no te apetece leer o ver la televisión?

—No.

—¿No estás haciendo nada de ejercicio en la parte superior de tu cuerpo? ¿Nada de pesas?

—No.

—¿Qué haces durante todo el día?

—Duermo o pienso. A veces escribo, pero Danny también ha estado viniendo a verme. —Ya le había contado a Cliff todo lo referente al reencuentro con Danny, algo que incluso Cliff tuvo que admitir que fue una especie de milagro y probablemente el rayo de esperanza de estas horrorosas Navidades.

—¿Qué hacéis Danny y tú cuando va a verte?

—Jugamos al parchís.

—¿Parchís?

—Es el juego de la realeza de la India. ¿Cómo es que no lo sabes?

—Conozco el parchís, solo que estoy sorprendido de que Danny y tú juguéis a juegos de mesa juntos.

—¿Por qué?

Cliff pone una cara divertida pero no dice nada.

—Danny trae el juego del parchís desde Filadelfia Norte. Viene en tren.

—Eso está bien, ¿no? Debe de ser agradable ver a tu viejo amigo.

—Me sentí mal al saber que seguía sin poder rapear, incluso después de una segunda operación, pero su tía le consiguió un trabajo en la portería de su iglesia, que también es guardería. Danny limpia los bancos con aceite de pino, pasa la fregona al suelo, vacía la basura y pasa la aspiradora cada noche, cosas de ese estilo. Ahora él también huele a aceite de pino, que es una especie de extra. Pero Danny está más callado de lo que yo lo recuerdo en el lugar malo.

—¿Le has contado a Danny lo que Tiffany te hizo? —me pregunta Cliff.

—Sí, lo hice.

—¿Qué te dijo?

—Nada.

—¿No te dio ningún consejo?

—No le pedí ningún consejo.

—Ya veo. —Cliff se agarra la barbilla, por lo que sé que me va a decir algo que mi madre le ha dicho—. Pat, sé cómo perdiste la memoria. Todo el mundo lo sabe.

Hace una pausa aquí, calculando mi reacción.

—Y yo creo que tú también lo recuerdas. ¿Lo recuerdas?

—No.

—¿Quieres que te diga cómo perdiste la memoria?

—No.

—¿Por qué?

No digo nada.

—Sé que el doctor Timbers solía contarte la historia cada día como parte de tu terapia. Esa es la razón por la que nunca lo he comentado. Pensé que tal vez hablarías de ello cuando estuvieras listo, pero han pasado casi cinco meses, y ahora tienes la pierna rota y las cosas parecen ir a peor. No puedo dejar de pensar que necesitamos empezar a probar nuevas tácticas. Lo que Tiffany te sugirió acerca de poner un punto final es cierto. No estoy diciendo que sus métodos sean honrosos, pero realmente necesitas enfrentarte a lo ocurrido, Pat. Necesitas pasar página.

—Tal vez mi película no se ha acabado —digo. A veces los productores engañan a la audiencia con un falso final y justo cuando crees que la película se va a acabar, algo dramático ocurre que conlleva un final feliz. Esto parece ser un buen indicador para que algo dramático ocurra, en especial porque hoy es mi cumpleaños.

—Tu vida no es una película, Pat. La vida no es una película. Eres un hincha de los Eagles. Después de ver la liga nacional de fútbol americano durante treinta y cinco años sin una Super Bowl deberías saber que la vida real, a menudo, acaba mal.

—¿Cómo puedes decir eso, especialmente ahora que los Eagles han ganado cuatro seguidos y están en cabeza para los *playoffs*? ¡Incluso después de que McNabb se lesionara! —Cliff me mira como si estuviera asustado. De pronto me doy cuenta de que estoy gritando. Pero no puedo evitar añadir—: ¡Con una actitud tan negativa como esa seguro que acabará mal, Cliff! ¡Empiezas a hablar como el doctor Timbers! ¡Ten cuidado o acabará venciéndote el pesimismo!

Hay un largo silencio, después Cliff me mira realmente preocupado, lo que comienza a preocuparme a mí también.

De camino a casa, mamá me cuenta que va a venir gente por mi cumpleaños. Ella me va a preparar una cena de cumpleaños.

—¿Va a venir Nikki? —pregunto.

—No, Pat. Nikki nunca vendrá —dice mamá—. Nunca.

Cuando llegamos a casa, mamá hace que me siente en la sala de estar mientras ella prepara carne empanada con patatas y guisantes, y pastel de manzana. Ella sigue intentando hablarme, pero a mí no me apetece.

Jake y Caitlin llegan los primeros, y tratan de animarme hablándome entusiasmados de los Pajarracos, pero no funciona.

Cuando Ronnie y Veronica llegan, Emily trepa hasta mi regazo, lo que hace que me sienta mejor. Caitlin le pregunta a Emily si quiere hacerme un dibujo en la escayola y, cuando acepta, mamá busca algunos rotuladores y todos nosotros vemos a la pequeña Emily dibujar. Empieza haciendo un círculo tambaleante, algo comprensible teniendo en cuenta que la escayola no es lisa. Pero luego simplemente garabatea con todos los colores por todos lados y no puedo decir qué se trae entre manos hasta que señala su creación y dice:

—¡Pap!

—¿Has dibujado un retrato del tío Pat? —dice Ronnie, y

cuando Emily asiente, todos reímos porque no se parece en nada a mí.

Cuando nos sentamos a la mesa del comedor, mi padre todavía no está en casa. Incluso después de la victoria sobre Dallas ha estado bastante distante últimamente, escondiéndose en su estudio de nuevo. Nadie menciona la ausencia de papá, así que yo tampoco.

La comida de mamá está deliciosa, todos lo comentan.

Cuando llega la hora del pastel me cantan cumpleaños feliz y la pequeña Emily me ayuda a soplar las velas que tienen forma de número treinta y cinco, casi no me puedo creer que tenga teinta y cinco porque me siento como si tuviera treinta, tal vez solo desearía tener treinta porque así tendría a Nikki en mi vida.

Después de comernos el pastel, Emily me ayuda a abrir los regalos. Tengo un nuevo tablero de parchís de madera pintado a mano de parte de mamá, que dice que invitó a Danny a la fiesta pero que tenía trabajo. Ronnie, Emily y Veronica me regalan una manta polar de los Eagles. Jake y Caitlin me regalan un abono para un gimnasio de Filadelfia. El folleto dice que tiene piscina, sauna, canchas de baloncesto y tenis, y todos los tipos de equipamiento de pesas y otras máquinas para hacer músculos.

—Es a donde yo voy —dice mi hermano—. Y estaba pensando que podríamos empezar a hacer ejercicio juntos una vez que se cure tu pierna.

A pesar de que ya no estoy demasiado interesado en hacer ejercicio, me doy cuenta de que es un bonito regalo, por lo que le doy las gracias a Jake.

Cuando nos retiramos a la sala de estar, le pregunto a Veronica por Tiffany.

—¿Cómo está Tiffany? —No sé realmente por qué lo pregunto. Las palabras parece que simplemente salen de mi boca, y una vez que lo hacen, todo el mundo deja de hablar y el silencio se apodera del ambiente.

—La invité a tu fiesta —dice mamá por fin, probablemente solo para que Veronica no se sienta mal porque haya excluido a su hermana.

—¿Para qué? —pregunta Jake—. ¿Para que le pueda mentir a Pat otra vez? ¿Para que lo retrase unos cuantos años más?

—Solo intentaba ayudar —dice Veronica.

—Tu hermana tiene una forma divertida de ayudar.

—Para —le dice Caitlin a Jake.

Y el silencio vuelve a apoderarse de la habitación.

—¿Cómo está? —pregunto, porque realmente quiero saberlo.

NECESITO UN FAVOR ENORME

El día de Nochevieja, después de que hayamos acordado comprar cerveza ilimitada para nuestros vecinos, Jake se las ha arreglado para cambiar su asiento con el titular de temporada de la localidad que está delante de la mía y, una vez sentados, mi hermano apoya la escayola sobre su hombro; de este modo puedo estar sentado durante el partido de los Falcons.

A los cinco minutos del primer cuarto, el entrenador jefe, Andy Reid, saca a los participantes y el locutor del partido informa de que Dallas ha perdido ante Detroit, lo que significa que los Pajarracos son campeones de la Conferencia Nacional de Fútbol división Este. Es la quinta vez en los últimos seis años y hace que el partido actual sea irrelevante. Todo el mundo en el Linc vitorea, los cinco dedos de espuma levantados abundan, y es duro quedarse sentado. Con los receptores fuera desde el comienzo, mantengo la esperanza en Hank Baskett, que atrapa alguna pelota en la primera mitad. Scott, Jake y yo celebramos excesivamente cada una de ellas porque llevo puesta la camiseta de Baskett sobre el abrigo y a todos nos gusta animar al debutante.

En el medio tiempo, los Eagles van 17-10, y Scott abandona entonces el partido porque dice que le prometió a su mujer que iría a casa en Nochevieja si los Cowboys perdían y el partido de los Eagles carecía de sentido. Le echo la reprimenda por irse y me sorprendo de que mi hermano no se una a mí. Pero poco después de que Scott se vaya, Jake dice:

—Escucha, Pat. Caitlin quiere que vaya a esa fiesta de Nochevieja con corbata negra en el hotel Rittenhouse. Se enfadó porque venía al partido hoy, y estaba pensando en salir un poco antes para poder darle una sorpresa. Pero no quiero dejarte aquí con la escayola y todo lo demás. Así que, ¿te parece si salimos un poco antes?

Estoy conmocionado y un poco enfadado.

—Quiero ver si Baskett hace su segundo *touchdown* —digo—. Pero tú puedes irte. Estaré bien aquí con todos los hinchas de verdad, la gente que se queda a ver el partido entero.

No está bien que le diga eso, ya que seguramente Caitlin ya está vestida esperando a que Jake llegue a casa, pero lo cierto es que necesito la ayuda de mi hermano para salir del Linc con las muletas; tengo el presentimiento de que Baskett cogerá mucho el balón en la segunda mitad y sé que, de todas formas, Jake realmente quiere ver el partido; tal vez pueda utilizar a su hermano enfermo mental como buena excusa para perderse la fiesta de Fin de Año de Caitlin; tal vez es lo que Jake realmente quiere y necesita, así que me arriesgo.

—¡Hombre de la cerveza! —grito al tipo de la Coors light que está pasando por nuestra fila.

Cuando se para le digo:

—Solo una cerveza porque este tipo de aquí va a dejar a su hermano lisiado y mentalmente enfermo y va a irse al hotel Rittenhouse para poder beber grandes sorbos de champán con tíos con esmoquin que no son hinchas de los Eagles.

Mi hermano me mira como si le hubiera dado una patada en el estómago, y enseguida saca la cartera.

—Está bien. A la mierda. Que sean dos cervezas —dice Jake, y yo sonrío mientras mi hermano se acomoda en el asiento de Scott y me ayuda a colocar la escayola en el asiento vacío delante del mío.

Durante la segunda mitad, Baskett continúa atrapando los lanzamientos de AJ Feeley, y en el último cuarto mi jugador preferido corre, coge el balón con soltura y corre por la línea lateral 89 yardas para conseguir el segundo *touchdown* de su joven carrera. Jake me ayuda a levantarme, y luego todo el mundo en nuestro sector levanta sus cinco dedos de espuma y me dan en la espalda porque llevo puesta la camiseta de Baskett que mi hermano me regaló cuando salí del lugar malo.

El comentarista dice que Baskett es el primer jugador de los Eagles en atrapar dos pases de *touchdown* de más de 80 yardas en la misma temporada, lo cual es todo un logro, incluso si Baskett ha sido un jugador poco relevante este año.

—Y tú querías que nos fuéramos —le digo a Jake.

—¡Vamos, Baskett! —dice, y me da un abrazo con un brazo, hombro con hombro.

Después, los jugadores de reserva de los Eagles ganaron el último partido de la temporada. Los Pajarracos acabaron 10-6, bloqueando así, al menos, uno de los partidos de *playoff* que se jugaban. Con las muletas salgo del Linc con Jake como defensa, apartando a la multitud y gritando:

—¡Lisiado se acerca! ¡Se acerca lisiado! ¡Apartaos!

No nos encontramos con la banda de Cliff hasta que nos acercamos a la tienda de los hombres gordos y del autobús de la Invasión Asiática. Pero lo hacemos; nuestros amigos nos saludan con cánticos de Baskett porque el número 84 ha hecho una gran carrera.

Teniendo los *playoffs* para discutir, todos somos reacios a marcharnos, por lo que bebemos cervezas y hablamos sobre el 8-8 de los Giants, contra los que los Eagles jugarán en la primera ronda. Cuando Cliff me pregunta si creo que nuestro equipo ganará a los Giants, le digo a mi terapeuta:

—No solamente ganarán, sino que Hank Baskett anotará otro *touchdown*.

Cliff asiente, sonríe y dice:

—Antes incluso de que la temporada empezara, tú ya decías: ¡Hank Baskett es el hombre!

Jake se va antes porque él y Caitlin tienen una fiesta de Nochevieja a la que acudir en ese hotel, así que todos nos burlamos de él y lo llamamos calzonazos. Pese a que nos deja por su mujer, le doy un abrazo y le vuelvo a dar las gracias por haberse quedado, haberme dado un pase de temporada, y habérmelo pagado para los pases de *playoff* también, que son bastante caros. Y sé que Jake me ha perdonado por hacer que se perdiera el segundo juego contra Dallas porque me devuelve el abrazo y me dice:

—Sin problemas, hermano. Te quiero. Siempre. Lo sabes.

Después de que Jake se vaya bebemos cerveza durante otra media hora o así, pero poco a poco muchos de los chicos admiten que también tienen planes para Nochevieja con sus mujeres y yo cojo el autobús de la Invasión Asiática a casa hacia New Jersey.

Los Eagles han ganado los últimos cinco partidos y la NFC Este, así que no hay razón para que Ashwini deje de tocar la bocina de la Invasión Asiática cuando llega a la casa de mis padres, y cuando lo hace, todos los indios borrachos cantan: «¡E! ¡A! ¡G! ¡L! ¡E! ¡S! ¡EAGLES!», lo que hace que mi madre salga a la puerta.

De pie, en el escalón de la entrada, mamá y yo decimos adiós al autobús verde.

El día de Nochevieja cenamos tarde todos juntos como una familia, pero incluso después de que los Eagles hayan ganado otro partido y con las esperanzas para la Super Bowl vivas, mi padre no habla mucho y se dirige al estudio antes de que mamá acabe su comida, probablemente para poder leer novelas históricas.

Mamá me pregunta si quiero salir a la calle y golpear sartenes y cazuelas como hacíamos cuando era un niño. Le digo a mamá que en realidad no quiero golpear sartenes y cazuelas, más que nada porque estoy cansado por haber pasado el día a la intemperie con el frío, de modo que desde el sofá vemos a la gente en Times Square.

2006 se convierte en 2007.

—Este va a ser un buen año para nosotros —dice mamá, y luego fuerza una sonrisa.

Le devuelvo la sonrisa a mamá, no porque crea que va a ser un buen año, sino porque mi padre se ha ido a la cama hace una hora, Nikki nunca volverá, y no hay nada que indique lo más mínimo que 2007 vaya a ser buen año ni para mamá ni para mí, y mamá aún está buscando ese resquicio de esperanza del que me habló hace mucho tiempo. Ella aún se aferra a la esperanza.

—Va a ser un buen año —digo.

Cuando mamá se queda dormida en el sofá, apago el televisior y la observo respirar. Aún es guapa, y verla descansar tan plácidamente hace que me sienta furioso con mi padre. A pesar de que sé que no puede cambiar su forma de ser, me gustaría que, al menos, intentara apreciar más a mamá y pasara algo de tiempo con ella, sobre todo ahora que ya no tiene a los Eagles para ponerlo gruñón, porque esta temporada ya está siendo un éxito sin tener en cuenta lo que ocurra en los *playoffs*, especialmente después de haber llegado tan lejos sin McNabb. Y aun así sé que mi padre no está por la labor de cambiar porque lo conozco desde hace treinta y cinco años, y siempre ha sido el mismo hombre. Mamá se acurruca acercando las rodillas y los hombros al cuerpo y empieza a temblar, así que me levanto, cojo las muletas y ando hacia el armario. Cojo una manta de la parte inferior del armario, camino con las muletas hacia mamá y la tapo, pero continúa temblando. Vuelvo al armario, veo una manta más gruesa en el estante de arriba, así que la alcanzo y tiro hacia abajo. Me cae en la cabeza justo después de que oiga un pequeño golpe. Miro hacia abajo y veo una cinta de vídeo a mis pies en una funda de plástico que tiene dos campanas en la cubierta.

Camino con las muletas hacia mi madre y la tapo con la manta más gruesa.

Es complicado coger la cinta con la muleta que me impide agacharme; en realidad, tengo que sentarme en el suelo para cogerla. Después de deslizarme hacia el televisor, introduzco la cinta en el reproductor. Miro hacia atrás, me aseguro de que mamá está profundamente dormida, y luego bajo el volumen antes de darle al *play*.

El vídeo no está completamente rebobinado y la parte que aparece en pantalla es el comienzo de una cena de recepción. Nuestros invitados están sentados en una sala de banquetes del Glenmont Country Club, que es un campo de golf en una pequeña ostentosa ciudad a las afueras de Baltimore. La cámara está centrada en la puerta de la entrada, pero también pueden verse la pista de baile y a la banda. El cantante principal, utilizando un micrófono, dice: «Déjenme que les presente el convite de boda al estilo Philly». En ese momento, la parte de las trompetas de la banda empieza a tocar las primeras notas de «Gonna Fly Now». El guitarrista, el bajista y el batería pronto empiezan a tocar también, y aunque no suena exactamente como el tema principal de *Rocky*, se parece lo suficiente para que funcione.

—¡Los padres del novio, el señor y la señora Peoples!

Nuestros invitados aplauden educadamente mientras mamá y papá cruzan la pista de baile cogidos del brazo, y por la expresión de dolor en la cara de mi padre, ser anunciados el día de mi boda fue una de las peores experiencias de su vida.

—Los padres de la novia, el señor y la señora Gates.

Los padres de Nikki dan un pequeño salto rutinario al entrar en el salón de banquetes, lo cual hace que parezcan estar un poco borrachos, y en realidad lo estaban. Me río pensando lo divertidos que eran mis suegros cuando bebían. Echo de menos a los padres de Nikki.

—La dama de honor, Elizabeth Richards, y el amigo del novio, Ronnie Brown.

Liz y Ronnie aparecen saludando a nuestros invitados, como si fueran de la realeza o algo así, lo cual resultó raro, y la táctica no hizo sino enmudecer los aplausos. Ronnie parecía joven en el vídeo, y pienso en cómo era cuando aún no era padre; Emily ni siquiera existía cuando se filmó este vídeo.

—¡La dama de honor, Wendy Rumsford, y el padrino, Jake Peoples!

Jake y Wendy caminan por la pista de baile directamente hacia la cámara hasta que sus caras son de tamaño real en el televisor de pantalla plana de mi padre. Wendy no hace más que gritar como si estuviera en un partido de los Eagles o algo así, pero Jake dice: «Te quiero, hermano», y luego besa la lente de la cámara dejando la marca de la mancha con forma de labios. Veo que la mano del cámara emerge y rápidamente limpia la lente con un trozo de tela.

—Y ahora, por primera vez en la historia, ¡déjenme presentarles al señor y a la señora de Pat Peoples!

Todo el mundo se levanta y aplaude a nuestro paso en el salón de banquetes. Nikki está muy guapa con el traje de novia; ella mantiene la cabeza en esa tímida posición, con la barbilla cerca del pecho, y verla ahora me hace llorar porque la echo mucho de menos.

Cuando llegamos a la pista de baile, la banda cambia de marcha, y oigo esas encantadoras flautas que encabezan el canto del vocalista: «La la laaa... la la laa... la la laaa... la laa la laaa».

Algo dentro de mí empieza a derretirse y siento como si estuviera experimentando un dolor de cabeza helado, o como si alguien estuviera agitando mi mente con un pico de hielo. Ya no estoy viendo la televisión, estoy viendo la calle a través del limpiaparabrisas empañado y está lloviendo bastante violentamente. Ni siquiera son las cuatro de la tarde, sino que está oscuro, es medianoche. Estoy enfadado porque se acerca un gran partido y el techo del gimnasio gotea como un colador otra vez, lo que me obliga a cancelar el entrenamiento de baloncesto.

Todo lo que quiero hacer es ducharme y luego ver las cintas de los partidos.

Cuando entro en casa, oigo música: «*My Cherie Amour, lovely as a summer day...*», y es raro escuchar la voz de Stevie Wonder. Viene del cuarto de baño. «*My Cherie Amour, distant as the milky way.*» Abro la puerta del cuarto de baño; noto cómo el vapor me lame la piel y me pregunto por qué

Nikki está escuchando la canción de nuestra boda en la ducha. «*My Cherie Amour, pretty little one that I adore*»; el reproductor de música está en el lavabo, pero dos pilas de ropa reposan en el suelo y hay un par de gafas de hombre en la pila, al lado del reproductor. «*You're the only girl my heart beats for, how I wish that you were mine.*»

—¡Puta de mierda! —grito mientras corro la cortina de la ducha, destapando demasiada carne enjabonada.

Estoy de pie en la bañera. Mis manos rodean su cuello. Ahora estoy entre los dos; la ducha está empapando la parte de atrás de mi abrigo con chorros calientes, haciendo que me pesen los pantalones, y él está en el aire, con los ojos me suplica, me pide aire para respirar, sus manos intentan que lo suelte pero es un hombrecillo débil. Nikki está gritando; Stevie Wonder está cantando; el amante de Nikki se está poniendo morado. Es tan pequeño que lo puedo aguantar contra las baldosas con una sola mano; ladeo el hombro hacia atrás, aprieto fuerte el puño destrozadientes y alcanzo el objetivo. La nariz le explota como un sobre de ketchup. Se le ponen los ojos en blanco y las manos le caen lejos de las mías. Cuando vuelvo a ladear el puño por segunda vez, la música deja de sonar, y entonces estoy de espaldas en la bañera, el amante de Nikki ha caído fuera de la bañera y Nikki, desnuda, sujeta el reproductor de CD con las manos temblorosas; cuando intento levantarme, me golpea una vez más con el reproductor en la cabeza; me fallan las rodillas y veo el grifo plateado de la ducha elevándose como si fuera una serpiente pequeña y gorda hasta estrellarse en mi frente, y entonces...

... me despierto en un hospital e inmediatamente empiezo a vomitar sobre mí mismo, hasta que llegan las enfermeras y me dicen que mueva la cabeza, y estoy llorando y llamando a Nikki, pero ella no viene. Me duele muchísimo la cabeza. Cuando me toco la frente, noto las vendas pegadas alrededor del cráneo, pero entonces las manos se ven forzadas a bajar a los lados. Las enfermeras están gritando y sujetándolas hacia abajo, y luego también los médicos, y siento un pinchazo en el brazo y...

Cuando parpadeo, veo mi reflejo en la pantalla de televisión. El vídeo se ha acabado. En la pantalla plana de mi padre parezco tener tamaño real; puedo ver a mi madre durmiendo en el sofá. Mientras continúo mirándome, la cicatriz de la frente me empieza a picar, pero realmente no quiero golpearme la frente contra algo duro otra vez.

Me pongo en pie y con las muletas voy hacia la cocina. La agenda de direcciones aún está en el armario de la cocina. Llamo al apartamento de Jake. Mientras marco, miro hacia el microondas y veo que son las 2.54 de la madrugada, pero recuerdo que Jake está en una ostentosa fiesta en un hotel y que no llegará a casa hasta mañana, por lo que decido dejarle un mensaje.

—«Hola, este es el contestador de Jake y Caitlin. Por favor deja tu mensaje después de oír la señal. Bip.»

—Jake, soy tu hermano, Pat. Necesito un favor enorme...

LAS MEJORES INTENCIONES

Pat:

Ha pasado mucho tiempo; con suerte, el suficiente.

Si todavía no has hecho pedazos esta carta, por favor, léela hasta el final. Como habrás descubierto, en este momento de mi vida soy mucho mejor escritora que interlocutora.

Todo el mundo me odia.

¿Sabías que tu hermano vino a mi casa y amenazó con matarme si me ponía en contacto contigo? Su sinceridad me asustó lo suficiente para que te escribiera antes. Incluso mis padres me han reprochado que me hiciera pasar por Nikki. Mi terapeuta dice que mi traición puede que no sea perdonable y, por cierto, no deja de repetirme la palabra «imperdonable»; podría decir que está muy decepcionada conmigo. Pero lo cierto es que lo hice por tu bien. Sí, esperaba que de una vez por todas pusieras punto final y pasarás página con Nikki. Querrías pegarme un tiro, sobre todo porque somos una gran pareja de baile, disfrutamos corriendo, la vivienda en la que vivimos es similar y, afrontémoslo, los dos estamos luchando mucho para mantenernos aferrados a la realidad. Tenemos mucho en común, Pat. Todavía creo que apareciste en mi vida por algún motivo.

Porque te quiero, quiero decirte algo que nunca le he dicho a nadie, excepto a mi terapeuta. Es algo que me hizo daño, así que espero que lo sepas tratar. Al principio no iba a decírselo a nadie porque imaginaba que la situación no podría ir a peor, y puede que si soy un poco honesta, vaya bien ahora mismo.

No sé si sabes esto, pero Tommy era policía. Trabajaba para el Departamento de Policía de Haddonfield y le asignaron ser una especie de consejero en el instituto. Así que la mitad de sus horas las pasaba trabajando y aconsejando a adolescentes problemáticos, y la otra mitad era un simple policía más. Te estoy diciendo esto porque es importante que entiendas que Tommy era un hombre bueno. No se merecía morir, y su muerte demuestra que la vida es un azar y es arbitraria, hasta que encuentras a una persona que para ti puede darle sentido a todo eso, aunque solo sea temporalmente.

En cualquier caso, Tommy era muy bueno con los adolescentes, e incluso organizó un club en el instituto diseñado para concienciarlos sobre los peligros de conducir después de beber alcohol. Muchos padres pensaban que el club consentía que los menores bebieran porque no era un club para que los menores no bebieran, sino un club para que no condujeran después de haber bebido, por lo que Tommy tuvo que luchar mucho para sacarlo a flote. Tommy me contaba que muchos chicos del instituto bebían cada fin de semana y que el que los menores bebieran lo consentían incluso muchas de las familias más prominentes de la ciudad. Y lo que me pareció más gracioso fue que los chicos iban a él y le pedían que montara un club porque estaban preocupados por si alguien resultaba herido o moría si sus amigos conducían hasta casa después de las fiestas. ¿Te imaginas hablarle así a un poli cuando eras un adolescente? Ese era el tipo de tío que era Tommy, la gente confiaba en él enseguida.

Así que Tommy organizaba asambleas, e incluso montó esa noche de karaoke de profesores en la que los estudiantes podían pagar para escuchar a sus profesores preferidos cantando los éxitos del momento. Tommy podía convencer a la gente para que hiciera cosas como esa. Yo iba a estos eventos y Tommy se subía al escenario con todos esos adolescentes y cantaba y bailaba con los otros profesores a los que había convencido para que se vistieran con disfraces salvajes, y padres, estudiantes, directores, todos sonreían. No podías evitarlo porque Tommy era todo un derroche de energía positiva. Y siempre pronunciaba discursos durante estos eventos, y explicaba listas de hechos y estadísticas sobre conducir y beber. Era como Martin Luther King con un podio delante de él. La gente escuchaba a Tommy. Tommy los quería. Lo quería jodidamente, tanto, Pat...

Algo divertido sobre Tommy es que le encantaba tener mucho sexo. Siempre quería hacer el amor. Quiero decir que aún no había llegado a casa de trabajar, y ya tenía sus manos encima de mí. Me despertaba cada mañana y estaba encima de mí machacándome. Prácticamente no podíamos tener una comida juntos sin que deslizara las manos por debajo de la mesa buscándome las piernas. Y si Tommy estaba en casa, no había forma de ver un programa de televisión, porque aún no había empezado la publicidad, y ya estaba él balanceándose con fuerza y mirándome de aquella manera. Era bastante salvaje, y durante los primeros diez años de matrimonio me encantaba. Pero después de diez años de sexo sin parar, empecé a cansarme. Quiero decir, la vida es algo más que sexo, ¿no? De modo que una brillante y soleada mañana, justo después de acabar de hacer el amor debajo de la mesa de la cocina, el hervidor de agua del té empezó a silbar, me levanté y vertí dos tazas.

—Creo que, tal vez, deberíamos limitar el sexo a diez veces a la semana —dije.

Nunca olvidaré su cara. Me miraba como si le hubiera disparado en el estómago.

—¿Algo va mal? —dijo—. ¿Estoy haciendo algo mal?

—No. No tiene nada que ver con eso.

—Entonces ¿qué es?

—No lo sé. ¿Te parece normal tener sexo siete u ocho veces al día?

—¿Ya no me quieres? —me preguntó Tommy con esa mirada de niño pequeño herido; aún lo veo cada vez que cierro los ojos.

Por supuesto le dije a Tommy que lo quería más que nunca, pero que me gustaría poner un poco de freno al sexo. Le dije que quería hablar más con él, dar paseos, y encontrar nuevas aficiones para que el sexo volviera a ser especial.

—Tener mucho sexo —le dije— es como que le quita la magia.

Por alguna razón, sugerí que fuéramos a montar a caballo.

—O sea, ¿que me estás diciendo que la magia se ha acabado? —me dijo, y esa fue la última cosa que me dijo.

Recuerdo haber hablado mucho después de que él dijera eso, contarle que podíamos tener todo el sexo que quisiéramos y que esto era solo una sugerencia, pero estaba herido. Él me miraba recelosamente todo el tiempo, como si yo estuviera engañándolo o algo así. Pero no lo estaba. Solo quería que bajáramos un poco el ritmo para que pudiera apreciar más el sexo. «Demasiado de algo bueno», era todo lo que quería decirle. Pero estaba claro que le había hecho daño, porque antes de que pudiera acabar de explicárselo, se levantó y se fue arriba a ducharse. Salió de casa sin decir adiós.

Recibí una llamada del trabajo. Todo lo que recuerdo es oír que Tommy estaba herido y que lo llevaban al West Jersey Hospital. Cuando llegué al hospital había una docena de hombres vestidos de uniforme, policías por todos lados. Sus brillantes ojos me lo dijeron.

Más tarde averigüé que Tommy había ido al centro comercial Cherry Hall durante su descanso para comer. Encontraron una bolsa de Victoria's Secret llena de lencería en su coche; todas las prendas eran de mi talla. De vuelta a Haddonfield, paró a ayudar a una mujer mayor a cambiar el neumático. Por qué no llamó a una grúa nunca lo sabremos, pero Tommy siempre intentaba ayudar a la gente así. El coche estaba detrás de él, las luces estaban en marcha, pero estaba cambiando una de las ruedas que daban a la calle. A algún conductor que había bebido durante la comida se le cayó el móvil y, cuando se agachó a recogerlo, giró el volante hacia la derecha, golpeó de refilón el coche de la mujer y aplastó con la rueda la cabeza de Tommy.

El titular en el periódico local decía: «El oficial de policía Thomas Reed, responsable de empezar el programa Sin-Beber-al-Volante en el Instituto Haddonfield, fue asesinado por un conductor ebrio». Era todo muy irónico, incluso divertido en un modo sádico. Había muchos polis en su funeral. Los niños del instituto convirtieron el césped de mi entrada en un monumento conmemorativo viviente, ya que permanecieron de pie en la acera con velas y colocaron flores ante una foto enorme de Tommy vestido como MC Hammer, haciendo de maestro de ceremonias en una de las noches de karaoke de profesores; alguien había plastificado la foto y la había expuesto. Como yo no quería salir, esos adolescentes me cantaron de una forma muy dulce las primeras tardes, con sus bonitas voces tristes. Nuestros amigos me trajeron comida, el padre Carey me habló del cielo, mis padres lloraron conmigo, y Ronnie y Veronica se quedaron en mi casa durante la primera semana o así. Pero lo único en lo que podía pensar era en que Tommy murió creyendo que yo ya no quería tener sexo con él. Me sentía tan culpable, Pat... Quería morir. Pensaba que si no hubiese ido a Victoria's Secret durante su hora de comer, si no hubiéramos tenido la discusión, entonces nunca habría pasado por donde estaba la mujer con el neumático pinchado, lo que significaría que no lo habrían matado. Me sentía muy culpable. Todavía me siento tan jodidamente culpable...

Después de unas semanas, volví al trabajo, pero en mi mente todo había cambiado. La culpa se transformó en necesidad y, de repente, ansiaba mucho el sexo. Me explicaron que experimentar la muerte de segunda mano provoca biológicamente la necesidad de reproducirse, así que tiene más sentido, supongo, pero yo no buscaba reproducirme, yo quería follar. De modo que empecé a follar con tíos, cualquier tío era un juego. Todo lo que tenía que hacer era mirar a un hombre de cierta manera, y en pocos segundos sabía si iban a follarme. Y cuando lo hacían, cerraba los ojos, pensando que era Tommy. Para estar con mi marido de nuevo, follaba con tíos en cualquier sitio. En el coche. En un guardarropa en el trabajo. En un callejón. Detrás de un arbusto. En unos lavabos públicos. En cualquier sitio. Pero en mi mente, siempre estaba bajo la mesa de la cocina, y Tommy había vuelto a mí, y yo no le había dicho que estaba cansada de tener sexo, sino que haría el amor con él tantas veces como lo necesitara porque lo amaba con todo mi corazón.

Estaba enferma, y había muchos hombres que estaban ansiosos por aprovecharse de mi enfermedad. En todas partes había hombres que, con regocijo, follarían con esta mujer enferma mental.

Por supuesto, esto me llevó a perder mi trabajo, a terapia y a muchas pruebas médicas. Afortunadamente, no contraje ninguna enfermedad, y volvería a hacerme los análisis de nuevo si eso fuera un problema para nosotros. Pero incluso en el caso de que hubiera contraído el sida o lo que fuera, me habría valido la pena en aquel momento, porque necesitaba poner ese punto final. Necesitaba ese perdón. Necesitaba salir de la fantasía. Necesitaba mandar a la mierda mi culpa para poder romper la niebla en la que estaba, para sentir algo, cualquier cosa, y volver a empezar mi vida de nuevo, que es tan solo lo que estoy empezando a hacer ahora, desde que somos amigos.

Tengo que admitir que durante la cena de la fiesta en casa de Veronica solo pensé en ti como en un polvo fácil. Me formé una impresión sobre ti con aquella estúpida camiseta de los Eagles y me imaginé que podría hacer que me follaras, y podría imaginar que eras Tommy. No había hecho eso desde hacía mucho, y durante un tiempo no quise tener sexo con extraños, pero tú no eras un extraño. Habías sido escogido cuidadosamente por mi propia hermana. Eras un hombre seguro con el que Ronnie estaba intentando que levantara cabeza. Así que me imaginé que empezaría a tener sexo regularmente contigo, solo para poder continuar con la fantasía de Tommy otra vez.

Pero cuando me abrazaste delante de la casa de mis padres, y cuando lloraste conmigo, las cosas cambiaron de una forma increíble. Al principio no lo entendía, pero mientras corríamos juntos y comíamos cereales con pasas en las cenas e íbamos a la playa y nos hacíamos amigos, simplemente amigos, sin nada de sexo que lo complicara, era bonito de un modo en el que no había pensado. Simplemente me gustaba estar cerca de ti, incluso cuando no nos decíamos nada.

Supe que sentía algo por ti cuando empecé a estar avergonzada por dentro al oír el nombre de Nikki. Era obvio que nunca ibas a volver con ella, así que llamé a tu madre, la emborraché en el bar del pueblo e hice que me lo contara todo sobre ti. Desde entonces nos hemos estado viendo cada semana, Pat. Necesitaba una amiga; necesitaba hablarle a alguien de tu padre. Así que yo la escuchaba. Al principio solo la utilizaba para obtener información, pero ahora somos una especie de amigas. Ella no sabía nada de las cartas que estaba escribiendo como si fuera Nikki, y se enfadó mucho conmigo durante un tiempo después del episodio de Navidad, pero sí que sabe lo de esta carta, obviamente, puesto que te la ha entregado ella por mí. Es una mujer muy fuerte y misericordiosa, Pat. Se merece algo mejor que tu padre, y quizá tú te merezcas algo mejor que yo. La vida es así.

Escribí esas cartas con la esperanza de proporcionarte el punto final que yo encontré mediante el sexo esporádico después de que Tommy muriera. Afortunadamente, era buena en inglés en la universidad, así que pude escribir sobre libros de literatura americana; los desenterré del desván de mis padres y los releí. Y por si te lo preguntas, sigo en contacto con algunos de los profesores de los que Tommy era amigo en el Instituto Haddonfield, de modo que pude usar los detalles sobre las calificaciones *on line* y todo eso. Por supuesto, tu madre rellenó el resto. Por favor, debes saber que empecé con lo de hacer de enlace después de asegurarme de que Nikki nunca aceptaría hablarte de nuevo bajo ninguna circunstancia. Tal vez nunca seas capaz de perdonarme, pero quería que conocieras mis intenciones, y todavía te quiero en mi jodida vida.

Te echo de menos, Pat. De verdad. ¿Podemos al menos ser amigos?

TIFFANY

¡BU!

Cuando Danny acaba de leer la carta de Tiffany se rasca el pelo a lo afro y mira a través de la ventana de mi habitación durante un largo rato. Quiero saber su reacción porque es el único que sé que aún no tiene una firme opinión formada sobre Tiffany. Todos los demás están en contra, incluso Cliff.

—Entonces... —digo finalmente desde mi cama. Estoy sentado con la espalda apoyada en la cabecera y la escayola encima de unas almohadas—. ¿Qué crees que debería hacer?

Danny se sienta, abre la caja de parchís y saca el tablero pintado a mano y las fichas que mi madre me regaló por mi cumpleaños.

—Creo que me estoy poniendo rojo hoy —dice—. ¿Qué color quieres?

Después de elegir el azul, montamos el tablero en una pequeña mesa que mi madre puso en la habitación cuando llegué a casa con la pierna rota. Jugamos al parchís como hacemos siempre que viene Danny, y parece obvio que él no se va a posicionar con respecto a Tiffany, probablemente porque sabe que solo yo puedo tomar esta decisión, pero puede que simplemente quiera hacer una partida. Le gusta el parchís más que a cualquier otro hombre que haya conocido nunca. Y cuando se lanza sobre una de mis fichas y la envía al círculo de salida, Danny siempre señala mi cara y grita «¡Bu!». Siempre me hace reír, porque es jodidamente serio con el parchís.

A pesar de que yo no disfruto tanto jugando al parchís como lo hace Danny, y aunque no haya contestado a ninguna de mis preguntas sobre Tiffany, es bonito tenerlo de nuevo en mi vida, probablemente porque nos limitamos a jugar y no hablamos mucho sobre otras personas, y eso me gusta.

Jugamos al parchís durante muchas horas; los días pasan y mi récord contra Danny se eleva a treinta y dos victorias y doscientas tres derrotas. Danny es un jugador de parchís excelente, y el mejor lanzador de dados que yo haya conocido. Cuando dice: «Papá necesita un seis doble», casi siempre lanza dos seises. Sea lo que sea lo que papá necesita, Danny lo lanza. Es como si tuviera una habilidad mágica para lanzar combinaciones específicas. A menudo me pregunto si es porque es negro.

LIBRARSE DE UNA NIMBOSTRATOS

Una semana después de que me quiten la escayola estoy de pie sobre el puente peatonal en el parque Knights, inclinando el cuerpo sobre la reja, mirando fijamente al estanque. Podría correr a su alrededor en menos de cinco minutos. El agua que hay por debajo de mí tiene una fina capa de hielo en la parte de arriba y yo pienso en lanzar piedras sobre él, pero no sé por qué, sobre todo porque ni siquiera tengo piedras. Aun así, quiero tirar piedras sobre el hielo con tanta fuerza que lo perfore y demuestre que es débil y temporal; para ver el agua oscura de debajo que sube y baja del agujero que yo solo habré creado.

Pienso en los peces escondidos. Esos grandes peces de colores con los que la gente abastece el estanque para que los hombres viejos tengan algo a lo que alimentar en primavera y los chicos pequeños tengan algo que cazar en verano; peces que están ahora en sus madrigueras de barro al fondo del estanque. ¿O están esos peces escondidos justamente ahora? ¿Esperarán hasta que el estanque se congele por completo?

Ahí va un pensamiento: soy como Holden Caulfield pensando en los patos, solo que tengo treinta y cinco años y Holden era un adolescente. ¿Puede ser que el accidente golpeara mi mente haciendo que volviera al modo adolescente?

Una parte de mí quiere escalar la reja y saltar desde el puente, que tan solo tiene tres metros de altura, solo metro y medio por encima del estanque; una parte de mí quiere abrirse camino a través del hielo con los pies, para sumergirme hacia abajo, abajo, abajo en el lodo, donde pueda dormir durante meses y olvidar todo lo que ahora recuerdo y sé. Una parte de mí desearía que nunca hubiera recuperado la memoria, que aún tuviera esa falsa esperanza a la que agarrarme, que por lo menos aún tuviera la idea de que Nikki me mantiene con fuerzas durante las horas y los días.

Cuando finalmente miro desde el hielo los campos de fútbol, veo que Tiffany ha aceptado mi invitación para reunirnos, justo como Cliff dijo que haría. Desde esta distancia solo mide cinco centímetros, lleva un gorro de esquí amarillo y un abrigo blanco que le cubre la mayor parte de las piernas, lo que hace que parezca un ángel sin alas que crece y crece, y la veo pasar los columpios y el gran pabellón con mesas de picnic dentro; la veo caminar a lo largo de la orilla del agua hasta que finalmente alcanza su altura normal, que es de poco más de metro y medio.

Cuando camina por el puente peatonal, inmediatamente vuelvo a mirar abajo, a la fina capa de hielo otra vez.

Tiffany camina hacia mí y se queda de pie de forma que su brazo casi toca el mío, pero no lo suficiente. Al usar mi visión periférica, veo que ella también está mirando abajo, a la fina capa de hielo, y me pregunto si a ella también le gustaría poder lanzar algunas piedras.

Nos quedamos así durante lo que parece ser una hora; ninguno de los dos dice nada.

Se me enfría la cara hasta que ya no puedo sentir ni la nariz ni las orejas.

Finalmente, sin mirar a Tiffany, digo:

—¿Por qué no viniste a mi fiesta de cumpleaños?

Es una pregunta estúpida para hacer en este momento, pero me doy cuenta de que no puedo pensar en nada más que decir, sobre todo porque no he visto a Tiffany en mucho tiempo, desde que le grité el día de Navidad.

—Mi madre me dijo que te invitó. Así que ¿por qué no viniste?

Después de una larga pausa, Tiffany dice:

—Bien, como te dije en la carta, tu hermano amenazó con matarme si me ponía en contacto contigo. También vino Ronnie a mi casa el día antes de la fiesta y me prohibió ir. Dijo que, en primer lugar, nunca debió habernos presentado.

Había hablado con Jake acerca de su amenaza, pero lo pasé mal imaginándome a Ronnie diciéndole esas cosas a Tiffany. Y sé que Tiffany está diciendo la verdad porque parece realmente herida y vulnerable, sobre todo porque parece que está mordiendo la parte de debajo de su labio como si fuera un chicle. Seguramente, Ronnie le diría eso a Tiffany en contra de los deseos de Veronica. Su mujer nunca le permitiría decir algo tan potencialmente dañino para el ego a Tiffany, y pensar en Ronnie prohibiendo a Tiffany ir a mi fiesta hace que me sienta orgulloso de mi mejor amigo, especialmente porque hizo eso en contra de los deseos de su mujer para protegerme a mí.

«Los amigos importan más que una tía», es lo que Danny me decía cada vez que me lamentaba por Nikki, tiempo atrás, cuando ambos estábamos en el lugar malo, antes de que lo operaran por segunda vez. En la clase de arte terapéutico, Danny incluso me hizo un pequeño póster con esas palabras escritas en letras doradas. Lo colgué en la pared de mi habitación y la de mi compañero, Robbie, al volver al lugar malo, pero una de las endemoniadas enfermeras quitó la obra de arte de Danny cuando yo no estaba en la habitación; me lo confirmó Robbie pestañeando y golpeándose la cabeza con el hombro. Incluso me di cuenta de que la frase es un tanto sexista (porque «tía» no es una palabra apropiada para referirse a una mujer). Decir: «Los amigos importan más que una tía» en mi mente me hace sonreír, sobre todo porque Ronnie es mi mejor colega en New Jersey, ahora que Jake y Danny viven en Filadelfia.

—Lo siento, Pat. ¿Es eso lo que quieres oír? Bien, lo diré otra vez, lo siento mucho, joder, lo siento de verdad.

Incluso cuando Tiffany utiliza la palabra que empieza por «j», su voz se quiebra como la de mamá cuando dice algo que realmente siente, y eso me hace pensar que quizá Tiffany empiece a llorar justo aquí en el puente

—Soy una persona que lo fastidia todo, que ya no sabe cómo comunicarse con la gente a la que quiere. Pero sentía todo lo que te dije en la carta. Si yo hubiera sido tu Nikki, habría vuelto a ti el día de Navidad, pero no soy Nikki. Lo sé. Y lo siento.

No sé qué responder, de modo que me quedo de pie durante varios minutos, sin decir nada.

De repente, por alguna extraña razón, quiero contarle a Tiffany el final de mi vieja película. Me imagino que debería saber el final, sobre todo porque ella ha tenido un papel protagonista. Y entonces, las palabras se me desparraman.

—Decidí enfrentarme a Nikki solo para hacerle saber que recuerdo lo que pasó entre nosotros, pero que no le guardo ningún rencor. Mi hermano me llevó hasta mi antigua casa en Maryland, y resulta que Nikki aún vive allí, lo que me pareció algo raro, sobre todo porque tiene a un nuevo yo: el tío este, Terry, el que trabaja con Nikki como profesor de inglés y que siempre solía llamarme bufón inculto porque nunca leía libros de literatura —digo, dejando aparte el tema del estrangulamiento y los puñetazos a Terry desnudo cuando me lo encontré en la ducha con Nikki—. Si yo fuera Terry, probablemente no querría vivir en la casa del ex marido de mi mujer porque eso es algo raro, ¿no?

Tiffany no dice nada cuando paro, por lo cual, simplemente, continúo hablando.

—Cuando íbamos por mi antigua calle, estaba nevando, que es algo aún más extraño en Maryland, y por tanto algo increíble para los niños. Tal vez no había ni dos centímetros en el suelo, una miseria, pero lo suficiente para recogerla con las manos. Vi a Nikki fuera con Terry, y estaban jugando con dos niños; por los colores en los que iban vestidos, me imaginé que el que iba vestido de azul marino era un niño y la que iba prácticamente de melocotón era una niña aún más pequeña. Después de pasar por delante, le dije a Jake que diera la vuelta a la manzana y aparcara el coche a casi un kilómetro de allí para que pudiéramos ver a la nueva familia de Nikki jugando en la nieve. Mi antigua casa está en una calle muy concurrida, por lo que no íbamos a llamar la atención de Nikki. Jake hizo lo que le dije y luego paró el motor, pero dejó el limpiaparabrisas en marcha para que pudiéramos ver. Bajé mi ventana, porque estaba en el asiento trasero debido a la escayola, y vimos a la familia jugando durante un largo rato, tanto rato que al final Jake encendió de nuevo el motor y puso la calefacción porque hacía mucho frío. Nikki llevaba la larga bufanda a rayas verdes y blancas que yo solía llevar a los partidos de los Eagles, un abrigo marrón claro y manoplas rojas. Sus rizos rojizos colgaban libres bajo un sombrero verde. Estaban teniendo una guerra de bolas de nieve; la nueva familia de Nikki estaba teniendo una bonita guerra de bolas de nieve. Se veía que los niños querían a su padre y a su madre; y que el padre amaba a la madre; y que la madre amaba al padre; y que los padres amaban a sus hijos, ya que todos se lanzaban la nieve los unos a los otros de una forma encantadora, haciendo turnos, riéndose y cayéndose sobre sus forrados cuerpos unos encima de otros, y...

Paro aquí porque tengo problemas para que las palabras me salgan de la boca.

—Y miré con los ojos entreabiertos para intentar ver la cara de Nikki, e incluso a una manzana de allí podría decir que estaba sonriendo todo el tiempo, que estaba contenta, y de alguna forma eso fue suficiente para mí, para finalizar oficialmente el período de separación y pasar los créditos de mi película sin siquiera enfrentarme a Nikki; simplemente le pedí a Jake que me llevara de nuevo a New Jersey, algo que hizo porque probablemente es el mejor hermano del mundo entero. Por eso supongo que solo quiero que Nikki sea feliz, incluso si su vida feliz no me incluye a mí, porque tuve mi oportunidad y no fui un marido muy bueno y Nikki era una esposa fantástica, y...

Tengo que parar de nuevo. Trago varias veces.

—Y voy a recordar esa escena como el final feliz de mi vieja película. Nikki teniendo una pelea de bolas de nieve con su familia. Parecía tan feliz con su nuevo marido y sus dos hijos...

Paro de hablar porque no van a salir más palabras. Es como si el aire frío me hubiera congelado la lengua y la garganta, como si el frío estuviera expandiéndose por los pulmones y estuviera congelándome el pecho desde dentro.

Tiffany y yo nos quedamos de pie en el puente durante un largo rato.

A pesar de que tengo la cara entumecida, empiezo a sentir calor en los ojos. De repente, me doy cuenta de que estoy llorando otra vez. Me limpio los ojos y la nariz con la manga del abrigo, y sollozo.

Solo cuando dejo de llorar, Tiffany finalmente habla, aunque no habla sobre Nikki.

—Tengo un regalo de cumpleaños para ti, pero no es gran cosa. Y no lo envolví ni compré una tarjeta o algo, porque, bueno... porque soy tu jodida amiga, la que no compra tarjetas o envuelve regalos. Y sé que ya hace más de un mes, pero en cualquier caso...

Se quita los guantes, se desabrocha algunos botones y saca mi regalo del bolsillo de dentro del abrigo.

Cojo de sus manos un conjunto de diez o más pesadas páginas plastificadas, quizá de unos diez por doce centímetros cada una, sujetas todas por un tornillo de plata en la esquina superior izquierda. En la portada se lee:

TABLA PARA LOS
OBSERVADORES
DE NUBES.
*Una tabla fácil de utilizar,
duradera e identificadora
para todos los entusiastas del aire libre.*

—Siempre estabas mirando las nubes cuando solíamos ir a correr —dice Tiffany—, por lo que pensé que podría gustarte poder explicar la diferencia entre las distintas formas.

Con emoción, giro la portada hacia arriba de modo que puedo leer la primera y pesada página plastificada. Dice:

> El tiempo es un fenómeno fascinante. Sus elementos (lluvia, nieve, humedad y nubes) se producen a más de 16 kilómetros por encima de la superficie de la Tierra. De estos elementos, el visiblemente más dramático es el de las nubes o «esencias que flotan en el cielo» como las llamaban antes del año 1800...

Después de leerlo todo acerca de «las cuatro formas básicas de nubes»: cúmulos, cirros, estratos y nimbos; después de ver todas las bonitas fotos que documentan las diferentes variaciones para los cuatro grupos, no sé cómo, Tiffany y yo acabamos tumbados en medio del mismo campo de fútbol en el que solía jugar cuando era un niño. Miramos al cielo y hay una capa gris invernal, pero Tiffany dice que tal vez si esperamos lo suficiente, alguna forma se liberará y podremos identificar la nube sola utilizando mi TABLA PARA LOS OBSERVADORES DE NUBES. Permanecemos ahí tumbados sobre el suelo congelado durante mucho tiempo, pero todo lo que vemos en el cielo es una sólida sábana gris que mi nueva TABLA DE NUBES identifica como nimboestrato, o «una masa de nubes gris de la que cae una extensa y continua lluvia o nieve».

Después de un rato, la cabeza de Tiffany acaba sobre mi pecho y mis brazos alrededor de sus hombros, por lo que acerco su cuerpo al mío. Temblamos juntos solos en el campo durante lo que parecen ser horas. Cuando empieza a nevar, los copos que caen son enormes y rápidos, casi de inmediato el campo se vuelve blando, y es entonces cuando Tiffany me susurra la cosa más rara; dice:

—Te necesito, Pat Peoples; te necesito tan jodidamente tanto...

Y entonces empieza a llorar lágrimas calientes en mi piel mientras me besa el cuello suavemente y solloza.

Es extraño oírle decir eso, tanto tiempo alejado de un «Te quiero» de una mujer normal, y todavía probablemente más cierto. Me siento bien abrazando a Tiffany junto a mí, y recuerdo lo que mi madre me dijo tiempo atrás, cuando intentaba deshacerme de mi amiga al preguntarle si iba a cenar conmigo; mamá me dijo:

—Necesitas amigos, Pat. Todo el mundo los necesita.

También recuerdo que Tiffany me mintió durante muchas semanas; recuerdo la horrorosa historia que Ronnie me contó sobre el despido del trabajo de Tiffany y que ella admitió en sus cartas más recientes; recuerdo lo rara que ha sido mi amistad con Tiffany, pero luego pienso que nadie más que Tiffany podría realmente entender cómo me siento después de perder a Nikki para siempre. Recuerdo que el período de separación se acabó por fin, y mientras Nikki se ha ido para ser más féliz, todavía tengo a una mujer en mis brazos que ha sufrido mucho y necesita desesperadamente creer que es bonito. En mis brazos. Es una mujer que me ha dado la TABLA PARA LOS OBSERVADORES DE NUBES, una mujer que conoce mis secretos, una mujer que sabe lo estropeada que está mi mente, cuántas pastillas me tomo, y, aun así, me permite abrazarla. Hay algo honesto en todo esto, no puedo imaginar a ninguna otra mujer tumbada conmigo en medio de un campo de fútbol congelado, incluso en medio de una tormenta de nieve, esperando de forma imposible a ver una sola nube que se libere de un nimboestrato.

Nikki no habría hecho esto por mí, ni siquiera en su mejor día.

Así que atraigo a Tiffany un poco más cerca de mi cuerpo, beso el lunar que tiene entre sus cejas perfectamente depiladas, y siento como unos pocos copos de nieve se consumen entre mis labios y su templada cara. Después de respirar profundamente, digo:

—Creo que te necesito.

AGRADECIMIENTOS

Estoy especialmente agradecido a mi familia, amigos, mentores y profesionales que me ayudaron en todo el proceso que ha hecho posible este libro: Sarah Crichton, Kathy Daneman, Cailey Hall y la gente de FSG; Doug Stewart, Seth Fishman y las personas de Sterling Lord Literistic; Al, Dad Dog, Mamá, Meg, Micah, Kelly, Barb y Peague, Jim Smith, Bill y Mo Rhoda, «Peruvian Scott» Humfeld, «Canadian Scott» Caldwell, Tim y Beth Rayworth, Myfanwy Collins, Richard Panek, Rachel Pollack, Bess Reed Currence (B), Duffy, Flem, Scorso, Helena White, «Los WM» —Jean Wertz, Wally Wilhoit, Kalela Williams, Karen Terrey, Beth Bigler y Tom Léger—, Dave Tavani, Lori Litchman, Alan Barstow, Larz y Andrea, Corey y Jen, Ben y Jess, tío Dave, tía Carlotta, tío Pete y mis abuelos, Dink y H.

El papel utilizado para la impresión de este libro
ha sido fabricado a partir de madera
procedente de bosques y plantaciones
gestionados con los más altos estándares ambientales,
garantizando una explotación de los recursos
sostenible con el medio ambiente
y beneficiosa para las personas.
Por este motivo, Greenpeace acredita que
este libro cumple los requisitos ambientales y sociales
necesarios para ser considerado
un libro «amigo de los bosques».
El proyecto «Libros amigos de los bosques» promueve
la conservación y el uso sostenible de los bosques,
en especial de los Bosques Primarios,
los últimos bosques vírgenes del planeta.

Papel certificado por el Forest Stewardship Council®